둘이 하는 혼잣말

: 염습(殮襲)

둘이 하는 혼잣말

: 염습殮襲

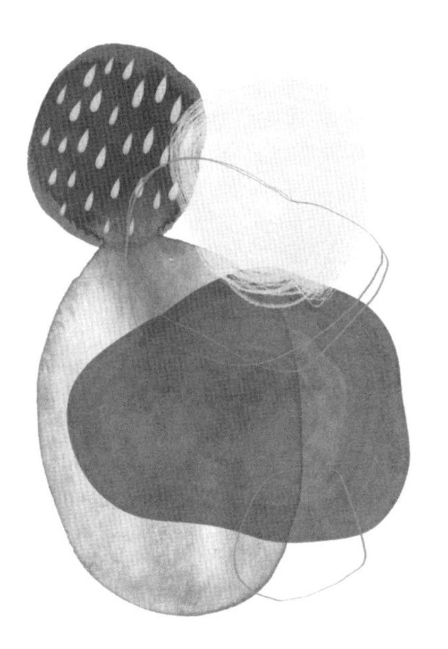

김하인 장편소설

팩토리나인

목차

장례 예법에서 '습(襲)'은 죽은 당사자의 몸을 정(靜)하게 하는 거다. 하지만 결국 산 자들을 위한 절차다.
고인의 머리칼을 단정하게 하고 전신을 깨끗하게 닦는다.
얼굴에 곱게 화장까지 해 주는 이유는 고인에게 정성을 표하는 거다.
몸을 정갈하게 한 뒤 깨끗한 수의를 입히고 매듭을 묶는다.
입관 뒤, 관 두껑이 봉해지기 전 세상에 남겨진 유족들이
이승을 떠나는 고인에 대해 보다 좋은 이별의 기억을 갖게 하기 위해서다.

¶

몸에는 인생이 고였다가 어디론가 한꺼번에 흘러 나간다.
내가 나라는 것을 자각하기 전에 나를 이루었듯이
내가 나 아니게 되어 버림을 속수무책으로 방관한다.
그 몸이 생로병사의 수로로 흘러가 잦아드는 것을
그 누구도 막지 못한다. 그렇다면 모든 몸이 뒤섞여 흔적도
없이 사라지는 거대한 시간의 바다는 완전한 귀속인가.
아니면 또 다른 불멸일까. 바다를 바라보는 마음이
자맥질하는 몸의 요동을 느낀다. 한 마리 조그만 물고기 몸이
바다의 무게를 감당하는 부레의 떨림이 슬프다.

1. 하얀 문

화장실 거울 속에 한 남자가 우두커니 서 있다. 낯설다. 반백의 머리칼, 골 깊은 금이 간 부석부석한 피부에 메마른 표정을 한 초로의 남자. 김승민은 검붉게 부풀어 오른 눈시울을 누그러뜨리기 위해 두 손으로 눈두덩을 꾹꾹 눌렀다. 검은 양복과 흰 와이셔츠 목을 거머쥔 검은 넥타이. 왼쪽 팔에 검은색 두 줄 완장을 찬 그는 손목시계를 들여다보았다. 밤 9시 25분이었다.

그의 아내 박은신은 이틀 전인 11월 3일 오후 5시경에 갑작스레 운명했다. 안에서 산사태 나듯 몸속을 덮쳐 버린 위암을 이겨 내지 못했다. 1963년생이니까 환갑을 코앞에 두고 세상을 등진 것이다. 남편인 승민과는 한 살 차이로 같은 고향에다가 서로 이웃한 집 오빠 동생 사이였다.

은신은 첫사랑이다. 그녀와 그는 기어이 결혼했고 세 아이를 두었다. 두 아이는 장성했다. 큰딸 혜영은 결혼해 아들을 낳았고 둘째인 아들 재현 또한 근년에 직장을 가진 후 사내 연애 중이다. 셋째인 막내 재민이 그들에겐 참으로 아픈 손가락이었다. 부부는 막내를 지키지 못했다. 그 녀석은 9년 전 열일곱 나이로 세상을 떴다.

"헛흐으음!"

마른기침을 터트리며 화장실을 나온 그는 장례식장 1층 복도 끝에 위치한 소회의실을 향해 걸어갔다. 그는 두 자녀에게 밤 9시 반까지 그곳에 모여 달라고 일러두었다. 그곳 문을 열자 상복을 입은 딸과 아들이 철제 의자에 앉아 있다가 엉거주춤 엉덩이를 떼며 일어났다. 그가 자리에 앉자 딸은 눈가를 손수건으로 누르며 앉았고 아들은 '이 시간에 꼭 상의해야 할 게 뭔가요?' 하는 시선을 그에게 던지며 앉았다.

"너희들 엄마 염습(殮襲)을 해야 하는데……."

보통 염습은 사후 당일에 한다. 하지만 경황도 없었고 상주 승민은 생각이 따로 있어서 지체되었다.

"우리 손으로 해 드렸으면 하는데 너희들 생각은 어떠냐?"

잠시 간격을 두고 "네?" 하며 딸 혜영이 눈을 휘둥그레 떴다.

아들은 "여, 염습요? 염습이 뭔데요?" 하고 되물었다.

"돌아가신 네 엄마 몸을 깨끗하게 닦고 수의를 입혀 드리는 거다."

그는 자식들 반응이 마뜩지 않았지만 짐짓 표정을 누그러뜨리고 "어떻게 할래? 가족인 우리들이 합심해서 해 드리는 게 좋지 않겠냐?" 하고 달래듯이 재차 말했다.

"그, 그러니까 엄마 시신을 씻겨 드린다는 거잖아요?"

"물로 씻기는 건 아니고 거즈로 깨끗하게 닦아 드리는 거다."

"어휴, 어떻든지 간에 그건 좀 그렇죠. 그런 일 하는 사람들이 여기 따로 있지 않아요? 장례지도산가 뭔가 하는. 전문적인 그 사람들을 놔두고서 굳이 유족들이 나서서 그런 일까지……."

"네 엄마다. 내 아내고."

승민의 목소리가 음울하게 가라앉았다.

"아버지, 누가 그걸 모르고 드린 말씀인가요? 이례적이잖아요. 저도 직장 사람들 장례식장 여러 번 드나들어 봤지만 유족이 그런 일을 도맡아 한다는 건 처음 들었어요."

아들은 미간을 찌푸리면서까지 내켜 하지 않았다. 반대 의사가 분명했다.

"그래요, 아버지. 우리가 해 드린다 해도 서툴 거고 실수를 저지를 우려가 많아요. 잘 모르니까요."

내심 믿었던 장녀까지 그렇게 말했다. 그의 메마른 입술 사이로 어쩔 수 없이 후우 하고 깊은 한숨이 터져 나왔다. 키워 보니 아들 녀석이야 엄벙덤벙했지만 딸은 그나마 속 깊은 곳이 있구나 싶었는데.

"저도 아버지 뜻에 따르고 싶긴 한데요……."

혜영이 잠시 머뭇거리다가 눈치를 보며 말을 이었다.

"이제야 말씀드리는 게 죄송하긴 하지만 제가 지금 홑몸이 아니에요."

"……!"

"누나, 그럼 임신했단 거야?"

"그래."

딸은 한 손으로 아랫배를 가볍게 감싸더니 떨구었던 시선을 아빠를 향해 들어 올렸다.

"4개월 차예요. 하나 있는 것도 벅차다 싶긴 한데, 생겼으니 어떻게 해요. 애 아빠도 기뻐하는 눈치고 해서……."

"흐음. 그래, 좋은 소식이구나."

승민은 슬몃 미소를 머금어 내며 천천히 고개를 끄덕거렸다. 딸의 심사는 충분히 헤아려졌다. 갓 생겨난 아이를 배 속에 지니고서 시신을 만져야 한다는 게 적잖이 부담이 될 것이다.

께름칙할 것은 당연했다. 아무리 제 엄마라 해도 시신은 시신일 터이니까.

"아빠, 우리도 그냥 다른 사람들처럼 장례지도사에게 맡겨요. 곱게 화장한 후에 유족들을 맞는 게 상례잖아요. 그리고 우리가 수의를 어떻게 입혀 드려요? 몸이 벌써 뻣뻣하실……."

아들은 표현이 마뜩지 않다는 듯 잠시 우물거리더니 계속해서 말을 이었다.

"설령 입혀 드린다 해도 그렇죠. 발목이며 신체 곳곳에 매듭도 묶어 드려야 하는 걸로 아는데, 아버지나 저희나 그런 관례며 절차를 세세하게는 모르잖아요."

"흐음, 알았다."

승민은 실망감을 내색하지 않으려 고개를 몇 번 주억거리고는 구부정하게 일어나 천천히 허리를 폈다.

"아빠, 재현이가 말씀드린 대로 해요. 네?"

"그래그래. 너희들 뜻은 충분히 알았으니까 내가 좀 더 생각해 보고 난 뒤 알아서 결정하마. 이제 문상객도 뜸해졌고 내일 발인이라 장지까지 가야 하니 너희들도 밤새울 생각하지 말고 짬짬이 눈 붙이거라."

"아빠, 설마 고집 피우시는 거 아니겠죠? 제가 지금 사무실에 가서 엄마 염습을 해 달라는 얘기를 전할까요?"

아들은 복도까지 따라 나오며 물었다. 승민은 걸음을 멈추고 재현을 향해 천천히 돌아섰다.

"니 볼일 보거라."

"네?"

승민은 당혹스런 얼굴인 아들에게 재차 말했다.

"지금 난 아내가 보고 싶구나."

"……?"

"난 아내를 만나러 가는 중인데 너도 니 엄마 만나고 싶으냐? 그렇다면 함께 내려가구."

아들은 그 말에 더 이상 대꾸하지 않았다. 그 자리에 우뚝 선 채 지하 시신 안치소로 내려가는 층계를 타박타박 밟아 가는 제 아버지의 가라앉는 등을 멀거니 쳐다보았다.

승민은 제 엄마 염습을 같이 하자는 제안을 거부한 아들과 딸이 괘씸한 것까진 아니지만 서운함은 지울 수가 없었다. 몸이 약했던 아내는 녀석들을 낳을 때마다 산통이 길게 이어져 무척이나 힘들어했다. 어느 엄마가 안 그러겠냐만은 아내는 자식을 불면 날아갈까 만지면 깨질까 애지중지 키웠다. 그 생각이 아픈 손가락인 막내 재민한테까지 연결되자 승민은 흐으으음 하는 낮고도 긴 신음 소리를 냈다.

부부에게 막내 재민은 늦둥이였다. 바로 위의 형 재현이 유치원에 다닐 무렵에서야 가졌으니 7년 터울이었다. 그렇게 늦게 셋째가 태어나자 부부의 관심과 애정이 온통 막내에게만 쏟아졌다. 하지만 막내는 건강하지 못했다. 마음이 아프게 태어난 것이다. 자폐아 말이다. 그래서 아내는 막내아들만 끼고 살았다. 그렇지 않으면 하루의 안전조차 녀석에게 보장되지 않았던 탓이다.

그때 초등학생이었던 누나와 형은 아직 너무 어려서였을까. 갑자기 나타난 녀석이 엄마의 사랑을 독차지하자 미웠을 것이다. 장애이고 아니고를 떠나 엄마의 관심과 손을 완전히 빼앗겼다는 그 불만감이 제 엄마에 대한 감정으로 가슴 깊이 내재해 버렸던 것은 아닌지. 물론 가족 모두가 머리로는 이해했다. 막내가 엄마를 독차지하고 싶어서가 아니라 그 아이 자체가 태생적으로 아픈 녀석이라 하는 수 없다는 것을. 하지만 머리가 기억하는 것과 가슴이 기억하는 감정은 다른 것이다.

지하 복도 끝에 위치한 시신 안치소 입구에는 따로 불이 환하게 켜져 있었다. 안치소 관리자는 1층 업체 사무실에서 티브이를 보고 있었다. 그는 밤 10시쯤에 유족이 안치소 안으로 들어가 직접 염습을 하겠다고 하니 그 직전에 문 자물쇠를 열어 놓고 실내에 불을 켜 두라는 지시를 받았다. 승민은 옷매무새를 가다듬으며 문 가까이까지 걸어가 걸음을 멈추었다. 한밤중의 깊은 고요 탓인가. 안치소 앞은 이승과 저승, 그 어딘가쯤의 묘한 분위기를 머금고 있었다. 하얀 빛깔의 나무문 위쪽에 문 자체에만 엘이디 불빛이 엎질러진 듯 쏟아져 내리도록 조명이 설치되어 있어 하얀 문이 주변을 압도하는 모양새로 두드러졌다. 나왕목 재질에 아크릴을 덮어씌운 듯 보였지만 흰 페인트를 겹겹이 칠하고서 광택 성분으로 마무리했다. 일반적인 쇠문이 아닌 나무문이었고 밀고 당기는 식이 아니라 미닫이라는 점 또한 특이했다.

밤 10시를 넘긴 시각 아무도 없는 지하 복도 끝, 닫혀 있는 하얀 문 앞에 승민은 잠시 우두커니 서 있었다. 흡, 흡 하면서 숨을 가다듬느라 몇 번이나 호흡을 끊어 쉬었다. 하얀 문이 발산하는 느낌은 그러했다. 죽음이 담긴 공간을 열기 전 마음 준비를 단정하고 굳게 하라는 경고나 주문 같은 게 얼비쳐 있었다. 그는 다시 한번 옷매무새를 갈무리한 뒤 이윽고 그 하얀 문의 손잡이를 두 손으로 쥐고 천천히 옆으로 밀어 열었다.

아내는 안치실 가장자리 침대에 누워 있었다. 장례식장 규모를 볼 때 시신이 대여섯 구 정도는 될 텐데 냉장 시설이 되어 있는 벽 안에 칸칸이 누워 있는지 보이지는 않았다. 그녀는 쇄골께서부터 발끝까지 흰 천을 덮은 채 깊이 잠들어 있는 듯했다. 그녀를 향해 한 줄기 조명 빛이 환하게 내려와 있었다. 그래서인지 근처의 연한 어둠이 둥글게 떠받쳐 그녀가 일정한 높이의 공중에 떠 있는 듯도 보였다. 시신을 감싼 환한 빛이 그 주변을 둘러싼 고요와 어둠에게 엄숙함을 요구하는 듯 느껴졌다.

시신이 누운 침대 가까이에 높낮이 조절이 가능한 둥근 의자와, 여러 물품이 올려진 철제 카트가 있었다. 고무장갑과 비닐장갑, 마른 수건 여덟 장, 손수건 크기의 두툼한 거즈가 10여 장 높이로 쌓여 있고 작은 세숫대야 크기의 유리그릇도 있었다. 그 안에는 적정 비율로 물에 알코올을 희석시킨 소독수가 담겨 있다. 카트 아래 칸에는 맑은 물이 3분의 2 정도 채워진 철제 양동이가 놓였다. 카트 옆에는 일반 사무실 구석에서 흔히 보는 커다란 쓰레기통이 청소된 상태로 서 있었다.

승민은 오늘 저녁 식사를 마친 뒤 업체 관계자로부터 카트 물품 사용법을 교육받았다. 처음에 사무실 직원은 유족이 직접 염습을 하겠다고 나서자 마뜩잖다는 내색을 숨기지 않았다. 그들에게는 염습이 적지 않은 수입원인데 그것을 직접 하겠다고 하니 까칠해진 것이다. 하지만 승민은 사무실에서 미리 알아본 염습 경비가 든 봉투를 업체장에게 건넸다. 장례비를 아끼고자 해서가 아니라 고인이 마지막 길 떠나기 전에 친밀한 가족 손으로 마지막 몸단장을 해 주고 싶다는 뜻을 표했다. 그러자 관계자는 '꼭 그렇게 하시겠다면야 굳이 말릴 이유는 없죠'라는 듯 부드러운 표정으로 바뀌었다. 자신들이 직접 수고를 하지 않아도 그 비용이 자기들 수중으로 들어올 것이기 때문이다.

관계자는 용품 사용법을 그에게 구체적으로 알려 주었다. 설명은 전반적으로 상식에 준했다. 단지 '소독수에 적셔 짠 거즈 상태가 물기가 흥건하지 않은 정도여야 한다' '그 거즈로 고인 몸을 닦을 때 너무 힘주어 닦아선 안 된다'는 것 정도를 유의해야 했다. 왜냐하면 시신 살갗에 무리한 힘을 가하면 피부에 곧장 푸른 멍 같은 게 배어 올라올 수 있다는 거였다. 한번 배어난 그 자국은 쉽게 지워지지 않는다고. 그래서 가볍고 부드럽게, 마치 아기 피부 닦듯이 밀고 당기며 해야 한다고.

그리고 앞면을 다 닦고 난 뒤 뒷면을 닦을 때 두 사람이면 어렵지 않게 한 사람은 가슴 쪽, 다른 한 사람은 허벅지와 무릎 쪽에 두 손을 넣어 천천히 뒤집어 놓을 수 있다. 하지만 혼자인 경우에는 이게 어렵다. 베테랑 지도사라면 몸 전체를 옆면으로 세웠다가 넘기고 당겨 시신을 뒤집는 게 쉽다. 하지만 일반인의 경우에는 상반신 쪽에 서서 양쪽 겨드랑이 아래로 손을 밀어 넣어 본인 가슴께까지 시신의 머리를 비스듬히 들어 올린 뒤 천천히 자신의 상반신 전체를 옆으로 기울어지게 회전시키는 힘을 사용해야 무리 없이 혼자서도 고인을 안전하게 돌려 눕힐 수 있다.

승민은 한동안 시신 머리맡에 서서 마음이 멎고 영혼이 떠나 버린 아내의 얼굴을 들여다보았다. 그러는 동안 그는 아내가 왜 자신에게만 오롯이 이 시간을 남겨 주었는지 그 이유를 알 것 같았다. 자기 스스로 혼자 하겠다고 나선 게 아니라 세상에 홀로 남게 된 그를 그녀가 불렀다는 걸 말이다.

"여보, 나 왔어."

침대 중간쯤으로 두어 걸음 옮겨서는 표정 없이 누워 있는 아내 얼굴을 새삼스럽게 건너다보았다.

"이 사람아, 뭔 잠을 그리 깊이도 자나? 웬만하면 눈을 뜨고 나 좀 바라봐 주시지."

그는 그렇게 중얼거렸다. 그 작은 넋두리에도 의도치 않게 눈에 물기가 배어 올라오자 그는 고개를 옆으로 돌리고 황급히 마른 헛기침을 했다.

아내 은신의 얼굴은 조그맣고 갸름했다. 차게 식은 이마며 희다 못해 연한 잿빛으로 가라앉은 듯한 감겨진 두 눈, 오뚝한 콧날, 보랏빛 입술이 얼굴 안에 담겨 있었다.

"헛흐음! 내가 말이지."

그는 뒷머리를 한 번 긁적거렸다.

"나 혼자서만 당신 만나게 해 달라고 혜영이, 재현이 두 녀석에게 부탁을 했소. 떼를 쓴 거지. 당신도 알다시피 내가 원래 욕심이 많잖소."

고요히 침잠되어 있는 아내 얼굴 속에서 미세한 슬픔이 느껴지자 울컥 목이 메어 와 머리를 깊이 떨구었다.

"알아요, 알아. 당신이 나를 뭐라 나무라는 거. 당신은 나보다도 자식 녀석들이 한 번이라도 더 보고 싶긴 하겠지. 하지만 말이오. 박은신! 당신은 원래부터 내 사람이잖소? 인정 안 하오? 헛허허, 그래요. 당신이 말이 없으니 동의하는 걸로 알겠소."

승민은 양복 상의를 벗어 둥근 의자 위에 놓고서 흰 와이셔츠 두 팔을 팔꿈치까지 천천히 걷어 올렸다. 그리고 두꺼운 거즈 하나를 집어 알코올 냄새를 풍기는 소독수에 담근 뒤 두 손으로 가볍게 비틀어 짰다. 젖은 거즈가 머금었던 물기가 유리 용기 속 수면 위로 떨어지는 소리가 공간에 울려 퍼질 정도로 또렷하고 명징했다.

"내가 잘할 거라 장담은 못 하오만 미진한 구석이 있으면 언제든지 말해 주시구려. 그러고 보니…… 흐음, 그렇구려."

그는 불현듯 떠오른 생각에 몇 번이나 크게 고개를 주억거렸다.

“언젠가 내가 당신 등에 비누칠해 주었던 게 기억나오. 큰딸 혜영이를 낳고 나서였지 아마. 욕탕에서 당신이 불러 들어갔더니만 욕조 안에서 이태리타월을 건네주지 않았었소? 등이 자꾸 가렵다며 박박 밀어 달라고.”

그의 입가에 연한 미소가 감돌았다.

“그렇게 해 주긴 했소만 이렇게 당신 전신을 닦아 주는 건 처음이군 그래. 다시 말하지만 서툴더라도 양해해 주었으면 하오. 당신도 예전 같았으면 ‘어머나 좋아라. 뭔 일이래요? 난 생처음 받아 보는 호강이네!’ 하며 참 좋아했을 텐데. 이리 뒤늦게 해 주게 되는구려. 진작 맘먹었다면 당신 칭찬도 들었을 텐데…….”

한탄 같은 쓸쓸함이 승민의 표정에 배어 올랐다.

“그래요. 당신 보기에도 원래부터 내가 좀 그렇지? 나란 사람이 늘 이렇게 늦으니까. 돌이키지 못할 정도로 말이오. 어리석기 짝이 없는 놈이지.”

거즈 든 손을 쳐들고 누워 있는 몸에 손을 대기 전 아내에게 부드럽게 말했다.

“나는 지금 시간이 좋소. 당신 몸 닦아 주는 게 참 좋소.”

‘치, 거짓말!’ 하는 아내 목소리가 들렸다는 듯 그는 아내 얼굴 쪽을 흘깃 쳐다보았다.

"이 사람아, 정말 좋다니깐. 당신 몸 닦아 주는 동안 서로 나누지 못한 대화를 할 수 있어서 참 좋단 거요. 어찌 보면 지금 이 시간이 우리가 함께하는 마지막이잖소. 당신도 좋지 않소?"

그는 그녀의 얼굴을 향해 짐짓 고개를 끄덕거려 보였다.

"어서 하기나 하라구? 헛허허, 어련히 내 알아서 하겠소? 보채지는 마시구려. 내가 닦아 낸 자리가 시원치 않다면 언제든 말해 주시구. 당신답지 않게 맘껏 성질 부려도 좋소."

거즈를 들지 않은 손으로 아내 손등을 가볍게 두드렸다.

"아무쪼록 내가 성심을 다할 터이니 좋게 봐 주시구려. 그래요, 은신이……. 당신은 이름도 세상에서 제일 예쁘지. 당신은 참 오랜 세월 이름 없는 듯 살아왔지만 난 당신 그 이름이 참 좋소. 지금 난 은신이, 박은신을 맘껏 부를 수 있어 좋은데 듣는 당신은 어떠하오?"

아내 맨몸을 가린 흰 천을 가슴 위까지 끌어내렸다. 그리고 천 밖으로 빠져나와 있는 왼손을 조금 들어 올렸다.

"아아……."

이내 그의 입에서 탄식이 흘러나왔다. 그녀의 손이 너무나 작았다. 그 무게가 너무나 가벼웠다.

죽음은 원래 안에서 바깥을 최대한 힘껏 잡아당기는 것인

가. 그래서 피돌기가 멎은 공간 안까지만큼 신체가 축소되는 것일까. 원래 이렇게까지 조그맣게 느껴지던 손이 아니었다. 처음 잡아 보는, 만져 보는 손 같았다. 그 감각이 틀린 건 아니었다. 살아 있는 그가 죽은 아내 손을 만져 보는 첫 느낌은 그렇게 한없이 작고 가벼웠다.

그렇다면 죽음의 본질은 이처럼 왜소해지고 가벼워지는 것이던가. 그래서 사라지고 없어질 만큼 덜어 내고 끝끝내 비우는 과정이던가. 승민은 자신의 손바닥 위에 올려진 아내의 손을 다시 한번 요모조모 애틋한 눈으로 살폈다. 다시는 못 보고 못 만질 손을 최대한 기억 속에 저장해 두겠다는 듯이. 살아오는 동안 그 손이 거머쥐고 있던 모든 것을 놓아 버려서 그런지 너무나 가벼웠다.

오른손에 쥔 거즈로 천천히 손등을 부드럽게 닦아 내리기 시작했다. 아내의 손등을 닦으면서 세월의 두꺼운 먼지도 함께 닦아 낸 것일까. 그 어떤 기억이 생생하게 떠올랐다.

"당신, 기억나오? 내가 당신을 은신아! 하고 처음 불렀던 때를? 50년 가까운 세월이 훌쩍 흘러갔잖소. 당신은 날 처음 만난 그 순간부터 오빠라고 불러 줬었지. 한 살 차이임에도 아무스스럼없이. 그래요. 그 당시 당신은 나보다 훨씬 조숙하고 더 똑똑했던 게 아닌가 싶소."

그는 회상 속에서 중얼거렸다. 어쩌면 그녀가 아니라 기억 속의 자신을 불러 대화하고 있는 듯도 보였다.

"후후후."

그의 웃음소리가 편안하고 넉넉했다.

"그때 난 당신이 불러 줬던 그 '오빠'라는 말이 얼마나 듣기 좋았던지. 마치 그 호칭 속에 종이비행기라도 든 양 공연히 붕붕 신나고 즐거웠더랬소. 그 무렵을 떠올리자니 우리 고향 생각이 절로 나오. 같이 고향 내려가 본 지가 5년도 훨씬 더 지난 것 같네그려. 세월 참 빠르지? 엊그제 다녀온 것만 같은데. 당신도 그렇잖소?"

승민은 그녀의 작은 손가락과 손가락 사이, 그리고 손바닥을 닦은 뒤 팔꿈치 아랫부분에 이어 어깨에서 내려오는 팔 상단부를 거즈로 세심하게 닦아 나갔다.

"마지막으로 고향에 내려갔던 때를 기억하오? 우리 집이나 이웃해 있던 당신 집이나 그 일대 집들이 모두 다 흔적도 없이 사라졌잖소. 거기가 무슨 공장 단지로 정해져서 커다란 공장 건물만 여기저기 들어차고 있지 않았더랬소."

그는 닦기를 멈추고 목을 길게 빼서는 아내의 고요한 얼굴을 슬몃 건너다보았다.

"근데 당신, 그때 대관절 왜 그렇게나 눈물을 흘렸던 게요?"

눈길을 다시 그녀 팔뚝 쪽으로 옮겨 거즈를 갖다 댄 뒤 찬찬히 문질렀다.

"그렇지 않소? 세월 따라 낡은 건물들도 사라지는 게 당연한 것일 텐데 당신은 돌아서서 손수건까지 꺼내 연신 눈꼬리를 찍어 대시더구만. 그래요, 그래. 그때 당신이 답하긴 했었지. 우리 집이며 당신 집 뒷마당 쪽으로 내려온 산 꼬리 부근 감나무며 아름드리 고욤나무까지 전부 다 없어졌다며 서운해하질 않았소. 그런데 정말 운 이유가 그 때문인 게요?"

그는 고개를 설레설레 흔들었다.

"물론 그 이유도 있긴 하겠소만 실은 당신 눈에 그 옛날 집과 가족들 모습이 오롯이 비쳐 들었기 때문일 테지. 아니오? 내 말이 맞지? 헛허허, 내가 당신한테 늘 나무토막 같다고 구박받았지만 이보구려, 그때 그런 당신 마음을 봤던 것이니만큼 내가 꼭 부지깽이 같은 사내만은 아니잖소? 안 그렇소?"

다 닦아 낸 한쪽 팔을 흰 천 속에 다시 가지런히 밀어 놓았다. 바퀴 달린 카트를 그녀 어깨 위 얼굴 가까운 곳에 바짝 대었다. 그러고는 새 거즈를 소독수에 담갔다가 부드럽게 비틀어 짜서 천천히 그녀의 이마로 가져갔다.

"어디 제대로 한번 들여다봅시다. 당신이 나한테 왜 그리도 유독 예쁜 사람이었는지."

승민은 한참 동안이나 아내 얼굴을 내려다보며 빙긋 미소를 머금었다.

"역시나 당신은 예쁘오. 지금도 변함없이 곱구려."

잠시 후 그는 고개를 갸웃했다.

"그런데 사람들이 말이오, 특히 남자들 말인데 내가 첫사랑인 당신과 결혼하고 지금까지 당신 한 여자만 보고 살았다고 할 때마다 내게 거짓말하지 말라는 말부터 일성으로 내뱉는다오."

그는 오종종한 이목구비가 담긴 갸름한 아내 얼굴을 들여다보며 눈을 끔벅거렸다.

"이렇게 예쁜 당신을 두고 당연한 거 아니오? 그런데 다들 왜 그러지? 그런 사람들 킬킬거리는 반응이 내겐 되게 이상했더랬소. 도대체 왜 안 믿어 줄까 답답하기도 해서 '진짜라니깐!' 하고 소릴 내지르면 직장 동료들은 손을 홰홰 내저으며 웃겨 죽겠다는 듯 박장대소를 터트렸소. 이상하지? 그렇잖소, 내가 지네들한테 그런 거짓말을 부러 해서 도대체 얻을 게 뭐가 있다고 사람 말을 이렇게도 못 믿어 주나 했소만."

한 손으로 그녀의 앞이마 위로 흘러내린 몇 가닥의 머리칼을 매만져 반듯하게 정리해 주었다.

"지금 당신을 보고 있으려니 이제야 그 작자들 처사가 이해가 가오. 본 적이 없기 때문이오. 이처럼 예쁘고 고운 당신을 그 사람들이 본 적이 없어서 그렇소. 물론 당신을 본 직장 동료들이 더러 있긴 했지. 그중에서 누군가 '제수씨가 곱긴 하지만 그 정도 절세미인은 아니잖나?' 하고 농을 걸어 오긴 했소만. 핫! 그놈들이 당신에 대해 뭘 알겠소? 뭘 제대로 볼 수 있겠소? 어여쁜 얼굴보다 훨씬 더 고운 당신 마음까지는 보아 낼 턱이 없으니 그 작자들이야말로 반봉사나 다름없는 게지."

그녀의 이마와 잿빛으로 가라앉은 뺨을 젖은 거즈로 닦았다. 방금 닦아 낸 이마로 그의 시선이 갔다.

"헛, 당신도 이마에 잔주름이 있긴 있었구려. 살면서 한 번도 본 적이 없었던 것 같은데……."

당연하지 않겠는가. 해와 달을 매일 머리 위에 이고 사는 사람 얼굴이 어떻게 시간의 흔적에서 벗어날 수가 있겠는가.

흐르는 세월에 띄워진 흐린 나룻배 같은 옅은 주름 자국이 드문드문 일렬로 나 있는 그녀의 이마를 그는 손가락으로 애틋하게 쓸어 보았다. 갑자기 목이 메어 왔다.

"당신도 차암…… 왜 그리도 길을 서두르신 게요……."

묵연히 내려앉은 아내의 보랏빛 눈꺼풀을 그는 망연자실 내려다보았다. 그 눈꺼풀이 단 한 번이라도 눈썹 쪽으로 올라가 눈을 뜨고서 자신을 바라봐 주면 얼마나 좋을까. 항상 머루처럼 까맣게 빛나던 그녀의 두 눈동자. 이젠 그녀의 그 명징한 눈동자를 다시는 볼 수 없다 생각하니 땅이 꺼질 듯한 깊은 한숨이 연신 새어 나왔다.

"그래요, 그래. 내, 그 맘 모르진 않지. 내가 알긴 하오만……. 그래도 이 사람아, 나도 좀 생각해 주시는 게 맞지 않소? 뭐가 그리 바쁘다고 이리 성급하게 가셨소? 지금도…… 이처럼 고운데, 당신은 늙어갈수록 더욱더 고와질 사람인데 어쩌자고 내게 이리도 박정하게만 구셨소. 나를, 유일하게 속속들이 내 속을 아는 사람은 당신뿐인데, 이런 날 두고 걸음이 쉽사리 떼어집디까? 이 광막한 세상에 날 혼자 남겨 두고 그렇게 속절없이 훌쩍 가 버리면 남겨진 나는 대관절 어쩌란 거요."

어루만진 그녀의 잔주름이 칼날인 듯 마음을 벤 것인가. 아니면 그녀가 남긴 마음의 편린이 살갗에 배어 있다가 그의 손가락에 묻어난 것일까. 그 느낌이 화살촉이 되어 그의 가슴속 깊이 오지게 박혀 버렸다. 이 일을 해내면서 아내 앞에서 눈물을 보이지 않으려 했었다. 절대 울음을 입 밖으로 토해 내지 않으려 했었는데 그 다짐과 반비례해 그의 마음은 순식간에 균형을 잃고 한쪽으로 허물어졌다. 그의 눈에서 비통함이, 입에서 애통함이 한꺼번에 터져 나왔다.

"으흑, 흐으윽, 흑흑, 흑흑흑!"

굵은 눈물이 비 오듯이 쏟아졌다. 그의 턱 끝에서 그녀의 이마 위로 뚝뚝 떨어져 내렸다. 가짓빛으로 변한 그녀의 움푹한 눈두덩이, 차디차게 식은 속눈썹과 눈꺼풀 둘레에 얼룩지고 방울방울 맺히듯이 고여 들었다.

"으, 은신아! 은신아! 은신아!"

승민은 흑흑거리면서 아내 얼굴을 두 손으로 보듬었다.

"정말 꼭 이렇게까지 해야만 했던 거니? 아무리 막내 녀석이 보고 싶기로서니 이렇게까지 내 가슴에 대못을 박아야 했던 거냐구. 이 사람아, 이 무정한 사람아, 이 야속하고 몹쓸 사람아! 그 녀석만큼이나 나도 당신이 있어야 하는데, 사랑하는데. 흑, 흑, 흐으윽……. 부모인 당신과 내 가슴을 그토록 지옥으로 만든 그 녀석이 뭐가 그리 좋다고. 뭐가 그리 애달프게 보고 싶다고 이렇게 눈 녹듯이 재 스러지듯이 허무하게 세상을 버린단 말이오?"

충혈된 눈으로 그는 아내의 감겨진 두 눈을 뚫어져라 들여다보았다.

"당신도 입이 달렸으니 어디 말 좀 해 보시구려. 내 정년 전에 회사 그만둘 거라고 당신한테 몇 번을 말했었소. 일 그만두면 당신하고만 함께 있고 싶다고. 당신과 같이 세계 구석구석을 함께 여행하겠다고 약속하지 않았소? 그때 당신도 세상 온갖 나라 음식을 맛볼 수 있겠다며 너무너무 좋다고 했지 않소. 그런데 왜 당신은 나와의 그 약속을 지키지 않는 게요? 재민이 녀석이야 좀 늦게 만난다 한들 어떻소. 그 녀석을 만나면 천년 만년 같이 있을 텐데. 이 땅에서 고작 10년, 20년 금방 지나가 버리고 말 그 시간도 당신은 참지 못한 거요? 내가 그토록 미웠던 거요?"

승민은 흐득흐득 울었고 기어이 꺼이꺼이 울었다.

"그렇게 잠든 체하지만 말고 말 좀 해 보시구려. 해도 해도 너무 하잖소? 함께 여행 계획을 짜야 할 이 시간에 이게 대체 뭐 하는 짓이오? 요즘 다들 100세 시대라고 떠들어 대는 걸 못 들었소? 당신 혼자만 귀 막고 못 들은 게요? 대체 뭐 한다고 이 지경이 될 때까지 당신 건강에 대해 그리도 무심했던 게요? 그동안 내가 건강 검진 제대로 받냐고 여러 번 물었잖소? 그때마다 당신은 받았다고 했잖소. 그런데 당신은 정작 지난 10년 가까운 세월 동안 한 번도 받은 적이 없었소. 왜요? 뭣 때문이오? 대체 그런 거짓말을 내게 왜 한 거요? 지금이라도 난 그 대답을 들어야겠소. 어디 말 좀 해보시오!"

두 손으로 그녀의 가는 어깨를 흔들었다.

"세상에 암 진단 받고 이렇게 두 달 남짓 만에 부랴부랴 가는 사람이 세상에 어딨소? 암 말기까지 아무 고통을 느끼지 못하는 체질이 있다는 것도 난 이번에 처음 들어 알았소만. 아무리 그렇다 해도 이건 말이 안 되오. 함께 산 사람에게 어떻게 이렇게나 모질 수가 있소? 내가 아무것도, 그 어떤 것도 해 보지 못하게 만들고, 아예 그럴 기회조차 주지 않았다는 건 너무나 심한 짓이 아니오! 그렇잖소?"

누적된 슬픔과 고통이었다. 마음속에서 한 번은 크게 불어올 바람이었고 덮쳐 올 감정의 파도였다. 이윽고 그는 아내 몸에서 천천히 손을 떼며 구부러진 허리를 세웠다. 양복바지 뒷주머니에 든 손수건을 꺼내 펼치고는 한동안 그 안에 얼굴을 묻었다. 그리고 손수건을 접어 쥐고는 두 눈의 물기를 천천히 닦아 지웠다. 일순간 폭풍 같던 감정이 거세게 휩쓸고 지나간 것이다. 가벼운 헛기침을 몇 번 한 그는 거즈로 그녀의 얼굴을 찬찬히 다시 닦아 내려가기 시작했다.

아내 은신의 얼굴은 조그맣고 갸름했다.
차게 식은 이마며 희다 못해 연한 잿빛으로
가라앉은 듯한 감겨진 두 눈, 오뚝한 콧날,
보랏빛 입술이 얼굴 안에 담겨 있었다.

¶

사람은 아무리 밝음을 가장한다 해도,

잎의 뒷면을 받친 잎맥처럼 슬픔과 아픔이 삶을 떠받치고 있는 존재다. 어느 날 문득 알게 되리라. 손가락 사이로 순식간에 세월이 빠져나가 버렸다는 것을. 그걸 깨닫는 순간 낯설게 변한 또 다른 자신을 발견하게 되리라.

그 어떤 남자인들 자신의 손으로 굳어 가는 아내 몸을 닦아 주게 되리라 예상했겠는가. 남은 생(生)이 거대한 사(死)를 눈물로 보듬어 씻기게 될 줄 그 누군들 꿈이라도 꾸었겠는가.

2. 박은신

김승민이 박은신을 처음 본 날은 1972년 4월 하순경이었다. 그맘때 그의 고향 경북 함창은(현재는 상주시 함창읍이다) 연분홍 참꽃과 진달래꽃이 산기슭마다 한창 흐드러져 있었다.

그의 집은 도질 냇가와 드넓은 벌판이 앞에 펼쳐진 신작로 가까이 위치해 있었다. 태봉리(胎峰里)에 속했다. 평야에 가까운 기름진 들판 가운데 떡하니 외봉(嵬峰)으로 높이 솟아 있는 태봉 때문에 붙여진 마을 이름이었다.

태봉리는 면 소재지인 함창 중심지에서 약 600여 미터쯤 떨어진 변두리였다. 그때도 지금과 마찬가지로 중심지에는 면사무소, 소방서, 파출소, 우체국, 시외버스 정류장, 시장 등이 있고 상점들 또한 많이 모여 있었다. 그래서 촌이지만 상대적으로 살림살이가 나은 사람들이 거주했다. 그에 반해 면 중심을 벗어난 외곽은 집들 모양새부터가 대체로 빈약하고 허름했다. 집 크기 자체가 작고 처마도 낮아 몸을 웅그리며 드나들어야 했고 달린 문짝도 낡아 빠졌다. 그런 집들 대부분 슬레이트 지붕을 얹었다. 돈사나 우사를 지을 때도 지붕으로 많이 해 덮는 석회 재질인 얇은 슬레이트는 바람과 추위를 견디기에 역부족이었다. 몇 년 안 가 그 지붕은 회백색으로 바랬고 이내 노인들 얼굴과 팔목, 손등에 피는 검버섯 같은 검은 이끼가 번졌다. 아무튼 한갓진 태봉리는 판자때기며 슬레이트도 함석도 아닌 루핑같이 근처에서 대강 구해지는 걸로 벽이며 지붕을 얼기설기 마감한 가건물 형태의 남루한 집들도 적지 않았다.

승민의 집만은 태봉리에서 사람 사는 집 같은 외형을 뚜렷이 갖추었다. 두꺼운 기와를 서까래 위에다가 제대로 앉혔고 집의 면과 면은 하얀 회벽이었다. 넓게 담장을 둘렀으며 그 안 마당과 뒤뜰에 조선 소나무, 수국, 매화나무 같은 것을 꽤나 부려 놓은 상태였으니까 말이다. 한마디로 면 소재지 집들 중에서도 꽤나 번듯한 집 한 채를 태봉리 한쪽에다 오롯이 옮겨 놓은 듯했다.

당시 그의 집은 도질 냇가 넘어 사별 가는 쪽으로 수십 마지기 논농사를 지었다. 그리고 옥황상제나 손오공이나 되어야

먹을 수 있다는 큼지막한 천도복숭아를 수확하는 커다란 과수원을 소유했다. 여하튼 조선 시대 말단 향리나 진사 정도가 살았을 법한 풍취를 가진 기와집이 그의 집이었다. 마을에서 집들이 자리 잡는 형태도 사람이 세(世)를 따라 모이고 흩어지는 것과 다를 바 없었다. 아름드리 기둥을 세우고 무거운 기와를 머리에 얹은 그의 집을 중심으로 10여 채의 작은 슬레이트 집들이 올망졸망 근처에 자리 잡았다. 대부분 남의 논을 빌려 경작하는 소작농들의 집이었다. 혹은 인근 문경 탄광으로 매일 버스를 타고 출근하거나 시멘트벽돌을 찍거나 기와 공장, 옹기 공장에서 일하는 사람들의 집이었다.

비포장인 신작로와 인접한 흙길 초입에 위치한 집들은 저마다 문어귀에 채송화며 봉선화를 잔뜩 길렀다. 유독 키 작은 꽃들이 수북한 집에는 시골 구석구석을 돌아다니며 골동품을 사서 되파는 연 씨 아주머니 혼자서 살았다. 그러한 고만고만한 집들 중에서 승민의 집 담장과 거의 맞붙어 있다시피 한 슬레이트 집만이 지난겨울 내내 비어 있었다. 그런데 그해 봄에 누군가가 그 집으로 이사를 온 것이었다.

그날은 승민이 학교를 가지 않는 일요일이었다. 그래서 이웃집이 들어오는 이사의 전 과정이 그의 눈에 비춰 들었다. 오전 10시가 지나 중키에다가 온몸이 태양에 바짝 그을린 듯 한 까무잡잡한 피부를 한 40대 후반의 남자가 먼저 허름한 농짝이며 찬장 같은 세간살이를 경운기에 싣고 도착했다. 20분 정도 뒤에는 짙은 고동색 몸뻬를 입고 머리에 수건을 둘러쓴 40대 중반 여자가 리어카에 홑청으로 둘러 묶은 이불이며 옷가지, 가방, 조그만 단지들을 싣고 도착했다. 그녀 역시 남편처럼 얼굴빛이 까맸는데 리어카 손잡이를 놓고 나오는 그 걸음걸이가 대단히 씩씩하고 날랬다. 솔직히 말하라면 이웃집 그 부부를 본 첫 느낌은 우리나라 사람이라기보다는 동남아시아 쪽 사람들 같았다.

리어카가 멈추고 짐을 풀어 젖힌 지 몇 분이 안 지나 올망졸망한 네 아이가 키 순서로 흙길을 걸어 들어왔다. 언뜻 열 살, 여덟 살, 여섯 살, 네 살 정도 되는 남녀 아이들이었다. 집이 가까워지자 열 살 정도 되어 보이는 제일 큰 여자아이가 제일 키 작은 막내 손을 잡아 서툴고 작은 걸음을 빠르게 이끌었다. 둘째, 셋째는 온몸이 석탄처럼 반들거리는 사내아이들이었다. 녀석들은 "아부지! 엄마! 이게 우리 집이야?" 하며 두 팔 벌려 새로 살게 된 단독 슬레이트 집을 반겼다.

"아하, 저 집도 우리 집처럼 자식이 넷이구나."

승민은 대문 앞 돌층계 위에 앉아 있다가 중얼거렸다(4단 돌층계 제일 상단은 그의 전용 의자였다). 다른 것은 자신의 집은 사내뿐인 네 형제고 저 집은 4남매라는 거였다. 형들은 공부 때문에 전부 다 대처로 나가고 막내인 그만 아버지, 엄마와 함께 그 집에 살았다(당시는 경상도 시골일지라도 좀 산다 싶으면 너도나도 자식들을 도청 소재지인 대구, 혹은 서울로 유학을 보내는 게 유행이었다). 국민학교 6학년인 승민 또한 내년이 되면 형들이 가 있는 대구나 서울 같은 대도시로 가야만 했다.

승민은 이웃집 마당에서 새까만 두 사내아이들이 까불며 들뛰는 것을 지켜보았다. 그러다가 그 집 흙길가 커다란 오동나무 아래에 서서 뭔가를 하는 두 여자아이에게 눈길이 날아가 꽂혔다. 큰애가 사탕을 까 주는지 주머니에서 뭔가를 꺼내 두 손으로 부스럭거리다가 제비 새끼처럼 입을 따악 벌린 어린 여동생 입안에 쏙 집어넣어 주었다. 빠닥비닐 양쪽을 배배 꼬아 놓은 젤리형 사탕인 모양이었다.

미간에 힘을 준 승민은 눈동자 초점을 더욱 또렷이 맞추었다. 입이 하아 하고 살짝 벌어졌다. 느낌이 묘하고 희한했다. 이웃집에서 제일 큰 여자아이 얼굴 때문이었다. 그 여자아이는 앞머리를 눈썹 위에 칼같이 맞춰 일자형으로 자른 바가지 머리를 했다. 그런데 그 얼굴이 눈에 확 띄었다. 게다가 얼굴빛이며 드러나 있는 목과 팔다리가 새하얬다. 제 엄마, 아버지나 여타 남매와 달리 투명하게 보일 정도로 피부가 희었던 것이다(요즘 시대에는 인종 차별적 발언이겠다. 하지만 당시 아이였던 승민이 그 여자애를 본 첫 느낌은 '도대체 잰 뭐지?'였다. '흑인처럼 까무잡잡한 피부를 가진 부부가 어떻게 저런 흰 살결을 가진 여자아이를 낳을 수가 있지?'였다).

더 가까이서 보면 보다 확실해지겠지만 그 애는 얼핏 보기에도 귀엽고 예뻤다. 물론 머리 스타일은 전혀 아니긴 하지만 그 얼굴만은 열심히 보던 흑백 티브이에서 톡 튀어나온 일본 만화 여주인공 같았다. 승민은 기묘한 호기심을 느꼈고 시선을 걔에게만 집중했다.

'어, 어라?'

어느 순간이었다. 그 여자애가 자신을 쳐다보는 승민을 돌아보고는 환하게 웃었다. 또래가 아니라 대문 돌계단 위에 꼼짝하지 않고 앉아 있는 순한 개를 본 듯이 한 치의 주저도 없는 함박웃음이었다. 그 여자아이가 곧장 그에게 걸어왔다. 승민은 엉덩이를 돌계단에 붙인 채였지만 숨이 잘 안 쉬어지는 것 같았다. 엉덩이만 따로 거북이가 되어 슬금슬금 뒷걸음질 치는 기분이 들었다. 자신도 이상하게 느껴질 만큼 가슴이 콩닥거렸던 것이다.

"너, 여기 살아?"

"……응."

여자아이는 돌층계 아래에 와 섰다. 선 채 자신을 빤히 올려다보는 그 여자아이를 그는 내려다보았다. 속으로 입이 따악 벌어졌다.

거리 때문에 잘못 본 게 아니었다. 이처럼 예쁜 여자아이를 그때껏 본 적이 없었다. 입은 옷이며 신발은 허름하고 낡았는데 두 눈은 산머루처럼 까맣고 초롱거렸다. 속눈썹이 유난히 길었다. 알맞게 오뚝한 코와 도톰한 예쁜 입술이었다. 확실히 피부가 하얬다(물론 뽀얗게 우러나는 기름지고 탄력 있는 흰 피부는 아니었다. 뭔가가 많이 결핍된 해사한 창백함이었지만 당시 승민은 그 정도까지는 구별해 낼 안목이 없었다).

"몇 살이야?"

"……열두 살."

"그럼 오빠구나. 난 열한 살인데. 내 이름은 박은신. 오빠 이름은 뭐야?"

'오, 오빠?'

"이름이 뭐냐니깐?"

"아, 나, 난 김승민."

"김승민. 멋진 이름이네. 앞으로 승민 오빠라 불러도 돼?"

'오, 오빠……. 승민 오빠!'

그 순간 승민은 머리가 어찔했다. 여자아이가 그렇게 자신의 눈을 바라보면서 오빠라고 불러 준 건 처음이었다. 고막을 때린 그 말이 달팽이관 속에서 나선형으로 뛰어 내려가는 듯했다. 이명처럼 메아리처럼 또렷하게 잦아드는 느낌이랄까.

"응. 부, 부르고 싶다면야 뭐."

승민은 쑥스러움과 부끄러움 같은 게 밟고 다니는 듯 금방 얼굴이 붉어졌다. 제대로 눈에 쏙 들어오는 여자아이를 처음 보게 되자 머릿속에서 뭔가 고리 하나가 뽑혀진 듯 어리벙벙해진 기분이었다.

이게 말이 되는지 모르겠다. 하지만 집안에 엄마 빼고 여자가 하나도 없다면, 그러니까 자식들 모두가 사내뿐인 형제라는 것도 어릴 때는 분명한 결핍이다. 그래서 승민은 자신도 폭신폭신한 누나가 있으면 좋겠다, 따라다니며 쉼 없이 쫑알거리는 노란 병아리 같은 여동생이 있으면 좋겠다는 생각을 한 적이 있었다.

또 그가 막내였기에 그게 여동생이든 남동생이든 상관없이 동생 하나만은 꼭 있어 봤으면 좋겠다는 생각도 했었다. 그런데 막상 상상했던 그런 엇비슷한 상황과 맞닥뜨리자 그는 뒷머리를 몇 번이나 긁적거릴 정도로 당황했다(어쩌면 당시 은신은 정신 연령이 승민보다 위였을 것이다. 엄마, 아빠의 고된 노동의 삶을 통해 일찍 생각이 깊어졌거나 아니면 자신이 두드러지게 예쁘다는 것을 온전히 안 자신감일 수도). 승민은 자신과 눈이 마주칠 때마다 배시시 웃는 그 아이 때문에 목에 간지럼까지 느꼈다. 괜스레 쑥스러워 자라목이 되었고 여기저기로 눈길을 돌리며 걔 시선을 피했다.

"그럼 승민 오빠는 6학년이겠네?"

"응. 그럼 넌 5학년?"

"응."

"이상하네. 그동안 난 학교에서 널 한 번도 본 적이 없는데?"

"그거야 내가 그동안 이안국민학교 다녔어서 그렇지. 오빠는 함창국민학교일 거 아냐?"

"그렇지."

"전학했으니 나도 낼부터는 오빠 학교에 다닐 거야."

'히이, 오빠 학교라…….'

승민은 자신도 모르게 입이 헤 하고 벌어졌다.

"그러면 지금 이안면에서 이사 오는 거야?"

"응."

이안면은 상주 방향에 있는 지역이다. 함창 태봉리에서 직선거리로 6, 7킬로는 족히 될 거다. 거기서부터 재 아버진 딸딸이를 몰고, 재 엄만 리어카를 끌고 왔다는 건데 그렇다면 고만고만한 어린아이들이 여기까지 걸어왔다는 얘긴가? 어린

꼬마들이 걷기에는 너무 먼 거린데?

“아냐. 도질 냇가 넘어서기까지 내 동생들은 아부지 딸딸이 타고 왔어. 엄마 리어카도 갈아타고. 도중에 막내가 응가하겠다고 해서 내려 걷게 된 거야.”

“응가? 똥?”

“응, 맞아. 우리 막내는 똥을 엄청 자주 싸거든.”

똥! 하아, 얘는 똥 얘기도 아무렇지 않게 막 하는구나. 승민은 어정쩡하게 웃었다. 그가 아는 여자아이들 대부분이 자기 입으로 절대 내뱉지 않을 말이 바로 ‘똥’이다. 여자아이들은 똥의 ‘ㄸ’ 소리만 나도 코를 잡아 쥐고 더럽다며 인상을 잔뜩 찌푸린다. 지들도 매일 똥을 누긴 눌 텐데 냄새난다며 저리 가라고 사내애들을 때리고 난리를 친다. 승민은 고개를 갸웃했다. 똥이 냄새나지 않게, 더럽지 않게, 재미나기까지 하게 귀에 들린다는 게 신기해서였다.

“동생들 이름은 뭐야?”

“응, 둘째가 박철영, 고 밑인 재! 막대기 들고 설치는 애가 수영이, 그리고 저어기, 사탕 빨아 먹는 막내가 승희, 박승희!”

“아하, 그 똥싸개?”

“아하하, 맞아. 근데 오빠, 승희 앞에선 절대 똥싸개라고 하지 마. 재 삐치고 울면 엄청 달래기 힘들어, 알겠지?”

그게 무슨 둘만의 첫 비밀이고 약속인 양 은신은 손으로 입을 가리고 킥킥거렸다. 승민은 여자아이 얼굴이 참 다를 수 있구나 싶었다. 그 얼굴이 담아내는 갖가지 표정이 너무나 깜찍했다. 목소리가 설탕물을 마셨는지 달달하게만 귀에 들렸다.

"은신아! 은신아! 니 거기서 뭣 하냐? 여기 일 많은 거 안 보이나? 니도 퍼뜩 와서 거들어야제!"

개 엄마가 이삿짐을 집 안으로 나르다가 말고 큰소리쳤다. 은신은 "알았어!" 하고 대답한 뒤 층계 위에 앉아 있는 승민을 향해 싱긋 웃어 보였다. 그 해맑은 웃음에는 '오빠, 만나서 기뻐! 나중에 봐!' 하는 느낌이 사르르 녹아 있었다. 은신은 종종걸음으로 이삿짐이 풀어져 있는 리어카 끄트머리 쪽으로 걸어가 작은 짐 뭉치를 집느라 허리를 구부렸다.

"닌 그거 말고 조그만 독들부터 저기 뺌뿌 옆에 갖다 놓거래이. 깨 먹지 말고 조심조심!"

개 엄마가 은신에게 소리쳤다. 엄마는 자기보다 훨씬 큰 이불 보따리를 번쩍 들어 머리에 이고서 집 문 안으로 쑥쑥 걸어 들어갔다. 몸집은 크지 않은데 힘은 장사였다. 그걸 지켜보던 승민은 또다시 고개를 천천히 갸웃거렸다. 희한했다. 왈패처럼 행동이 씩씩하고 힘이 센 저 시커먼 아줌마가 은신이 재를 낳았다구? 그게 어디 가능하기나 해?

승민은 그때까지 여자아이들에 대해서 별 관심이 없었다. 그의 반 부반장인 약국집 딸 예진이가 반짝거리는 빨간 에나멜 구두에 흰 스타킹, 레이스가 많이 달린 투피스 공주 옷 차림으로만 등교해서인지 걔가 우리 학교에서 제일 예쁘다고들 하는데, 글쎄다. 평소 그는 예진이가 한껏 턱을 쳐들고 다니는 것을 꼴값한다고 여겼다. 콧구멍으로 쉼 없이 '흥!' 하는 콧김을 연신 송아지처럼 뿜어 대며 빼기는 행동거지 자체가 마뜩잖았다. 도도함으로 무장한, 언제나 새 리본으로 갈래머리를 묶고 등교하는 예진이가 예쁘다는 생각을 한 번도 해 본 적이 없었다(자신이 반장이어서 그랬는지도 모른다. 승민은 일찍부터 공부하는 형들 흉내를 내다 보니 성적이 늘 1등이었다. 시골 학교 1등이 별거 아니라는 것은 나중에 충분히 알고도 남았지만).

진짜 예쁜 건 예진이가 아니고 은신이었다. 은신은 여느 여자아이들과는 뭔가가 달랐다. 말할 때는 귀엽고 말을 안 할 때는 그 어떤 애틋함이 느껴지는 눈빛을 순간순간 발했다. 마음의 조숙함이 빚어낸 그 아이만의 분위기였다. 뭔가 어둡고 습기 찬 곳에서 배어 오르다가 영롱한 이슬처럼 맺히는 맑음이랄까 슬픔이랄까, 그 분위기가 아주 특별했다.

그래서 승민은 은신의 정체가 동화에 나오는, 그 재투성이 신데렐라가 아닐까 싶었다. 지금은 저렇게 초라한 집에 살지만 재 진짜 엄마, 아빠는 서울 어딘가에서 성채 같은 큰 집에 살고 있을 것만 같았다. 어쩌면 쟤 엄마가 문경새재나 진남교로 커다란 승용차를 타고 놀러 온 너무나 어리고 예쁜 여자아이였던 은신을 몰래 훔쳐서 도망쳤을지도 모른다. 하지만 세상일은 결국 원래의 제자리를 찾아간다. 은신이 더 자라나면 호박 마차를 타고 궁전으로 가서 유리 구두를 신고 왕자와 춤을 추게 될 운명을 타고났을지도 모른다는 턱없는 생각까지 퍼뜩 들었다. 그런 운명의 여자아이가 저만치서 움직이고 있었다. 재가, 그런 은신이 바로 오늘부터 우리 이웃집에 살게 되었다? 승민은 이게 꿈인가 생시인가 싶어 허벅지를 세게 꼬집어 보고 싶은 충동이 일었다.

그들이 이삿짐을 바쁘게 옮기는 것을 잠시 쳐다보던 승민은 천천히 무릎과 등을 곧추세우며 일어섰다. 어라? 뭔가가 좀 달라진 기분이었다. 다친 것도 아닌데 마치 몸에 풀이 발라져 있는 듯 움직임이 좀 꾸덕꾸덕해진 느낌이랄까. 승민은 솟을대문 형태인 집 대문 안 마당으로 몇 발자국을 걸어 들어갔다. 신기했다. 오후 햇빛이 지천인데 비가 내리기라도 한 듯 땅을 밟는 느낌이 폭신폭신했다. 머리카락을 흔드는 연한 바람 속에, 공기 속에 모래알보다 작은 숱한 반짝거림이 날아다니는 것 같았다. 마음 한구석이 푸른 색채를 머금은 듯 아릿하게 아픈 느낌이었다. 가슴 깊은 곳에서 찌르레기 같은 것이 소리를 내고 마음 벽 위로 연두색 자벌레 한 마리가 곰실곰실 기어오르는 듯했다.

저녁 밥상머리에 앉은 승민은 아버지, 엄마가 이웃집 이사 온 이야기를 하는 것을 들었다. 은신의 아버지가 기술자라고 했다. 태봉리 산 쪽에 기와 굽는 공장이 있다. 그 공장에 기술자 겸 인부로 왔다고 했다. 사람을 못 구해 공장이 쉴 판이 되자 기와 공장장이 집까지 구해 준다는 조건으로 이안까지 가서 사람을 찾았다는데 그 사람이 은신의 아버지라는 거다. 여기 사람이 아니고 충북 괴산 쪽 사람이라고. 그 사람 마누라가 이 근방 은척 사람이라 했다. 문경 산속 원목을 켜는 산판 함바 집에서 은신의 엄마가 일했다고 한다. 그때 은신의 아버지와 눈이 맞아 함께 살게 되었다고.

그런 얘기들을 들으면서 승민은 역시 어른들은 대단하다고 느꼈다. 금방 이사 왔는데도 불구하고 그 사람들에 대해 모르는 게 없었다. 식사 말미에 큰딸 은신의 얘기도 엄마 입을 통해 잠깐 흘러나왔다.

"큰 여식 애가 참하긴 하지만 좀 영악해 보이더구만요."

승민은 영악하다는 말의 의미를 몰라서 숟가락을 입에 문

채 아버지, 엄마 표정을 바쁘게 살폈다. 하지만 물어볼 기회를 놓쳤다. 얘기가 올해 천도복숭아 농사 쪽으로 넘어가 버렸기 때문이다. 엄마 말은 은신에 대한 칭찬이겠거니 했다. 동생들 잘 돌보고, 엄마 일 잘 돕고, 무지무지 예쁘고, 게다가 싹싹하기까지 하니 누가 무슨 말을 한다 한들 그 말은 칭찬이 아니겠는가.

그날은 승민에게 '처음'이 유독 많이 찾아온 하루였다. 그 밤에 그는 이불을 다리로 싸안고 이리 뒹굴고 저리 뒹굴면서 누군가를 떠올렸다. 밤의 설렘을 첫 경험했다. 자정을 훌쩍 넘기면서까지 눈알을 또록또록 굴리고 있던 것도 처음이었다. 도무지 눈이 감겨지지 않았다. 이젠 자야지, 눈꺼풀로 눈동자를 덮으면 은신이 눈꺼풀 안에서 폴짝거렸다. '승민 오빠 뭐 해?' 하고 배시시 웃었다. 신기했다. 그 여자아이 얼굴만 떠오르면 입가 실밥이 풀리면서 헤 하고 웃음이 새어 나왔다. 여자아이의 눈, 코, 입술이 담긴 얼굴이 세상에서 가장 작은 꽃밭일 수 있다는 것도 처음 알았다(당시는 몰랐지만 경험의 '처음'이란 평생 갈 '기억'이었다).

어린 승민은 요를 목 끝까지 바짝 끌어당겨 덮으면서 눈을 질끈 내려 감았다. '나 자야 돼. 이젠 그만 찾아와!' 해도 은신의 그 해사한 얼굴이 비눗방울처럼 눈꺼풀 속 눈동자 위로 가득 날아다녔다. 도무지 눈을 감고 있을 수가 없었다. 또 누군가 자신도 모르는 사이 가슴속에다가 아주 작은 북을 매달아 놓은 것 같았다. 몸을 뒤척일 때마다 북소리가 안에서 동, 동, 동 울려 나오는 듯했다.

"야핫!"

아무튼 내일 아침 은신을 다시 볼 수 있어서 좋았다. 신이 났다. 이웃집이라 매일매일 볼 수 있다는 것이 너무 좋았다. 학교에 나란히 등교를 하고 하교도 함께 할 수 있다는 것이 꿈같았다. 빨랑빨랑 아침이 와야 하는데 원래 밤이 이처럼 길었나? 더디게 오는 아침에게, 성큼성큼 걸어오지 않는 아침에게 화가 날 정도였다. 잠을 전혀 안 자도 괜찮다 싶었다. 마음 같아서는 마당에 고이고 쌓인 짙은 어둠과 밤을 커다란 눈삽으로 퍼내고 대문 밖으로 쭉쭉 밀어내 버리고 싶었다. 검정을 청소한 뒤 대문을 열고 세상에서 제일 먼저 자신의 집에 아침이 오게 하고 싶었다.

한마디로 열두 살 사내아이 승민은 홀딱 반했다. 하늘의 선물처럼 이웃집에 뚝 떨어진 너무나 예쁜 은신을 만난 게 너무나도 좋았다.

¶

아내는 이 작은 손으로 무엇을 했을까.
사는 동안 이 연약한 손으로 무엇을 만지고, 잡고, 놓아 주고, 거머쥐었을까. 돌이켜보면 아내 손만큼 남편에게 많은 것을 해 준 손이 없다. 밥을 짓고, 옷을 빨고, 다림질을 하던 그 손이 아니던가. 내 손을 잡아 주고, 옷깃을 여며 주고,
어깨와 등을 두드리며 '걱정 말아요. 다 잘될 거예요!' 그렇게 쉼 없이 토닥이며 격려해 주었던. 그런 점에서 아내 손은 남편에게만은 신의 손이다.

3.
벽돌 공장과 기와 공장

승민은 은신의 아버지, 엄마가 우리나라 사람임에도 그 모습이 왜 동남아시아 사람처럼 변하게 되었는지 며칠도 안 가 저절로 이해가 되었다. 정말이지 그 부부는 우와앗! 하고 탄성을 내지를 만큼 무지막지하게 일했다. 해가 뜨자마자 작열하는 태양 밑으로 달려가 일했고 해가 꺼진 뒤에도 일했다. 그 부부가 하는 일의 양으로 치자면 이미 돈을 벌어 산처럼 쌓았어야만 했다. 진작 재벌이 되었어야 할 억척스런 일꾼들이었다.

일단 은신의 엄마부터 얘기하자면 156센티 정도 키에 바짝 마른 몸매였다. 새벽녘에 일어나 아침밥을 지어 식구를 먹였다. 부엌이 대강 정리되면 몸뻬에 수건 하나를 머리에 휘감아 썼다. 그러고는 곧장 집에서 나와 흙길을 걸어 만난 신작로를 가로질러 벽돌 공장으로 갔다. 긴 담을 쌓거나 돈사를 지을 때, 사람 사는 집 지을 때도 쓰는 커다란 시멘트벽돌을 만들어 내는 공장이다(요즘은 컨베이어시스템이 부착된 기계가 벽돌을 척척 손쉽게 찍어 내겠지만).

당시의 시멘트벽돌 공장 풍경은 이러하다. 한 1천여 평 되는 야외 노지 가장자리에 쇠 구조물 두어 개가 서 있다. 그 옆에는 모래 산이 솟아 있고 시멘트 부대를 쌓아 두는 지붕 달린 적재소가 있다. 일 과정은 커다란 평삽을 든 사내 서너 명이 두 개의 커다란 철제 통에 모래를 퍼 넣는다. 그 통에 시멘트 부대를 뜯어 부어 모래와 적정 비율로 섞고 나면 땅에서 펌프로 길어 올린 물이 들어오는 호스를 갖다 대고 물 배합을 조절한다.

그러고는 삽으로 골고루 잘 섞어 개다가 원하는 묽기가 되면 먼저 편편한 사각진 나무 판 위에 밑판인 쇠판을 얹는다. 그 위에 한 묶음으로 네 개의 면이 연결된 쇠판으로 직사각형 틀을 만들어 세운다. 그 끝에 달린 고리를 철컥 채운다. 그 직사각형 쇠틀 안에다가 큰 삽으로 시멘트 배합물을 한 삽 크게 떠서 붓는다. 붓자마자 넓적한 삽 바닥면으로 쇠틀 위를 탁탁 두드리고 한 번 쓰윽 그 윗면을 닦아주듯이 문대 준다. 그리고 그것을 드넓은 노지로 옮겨다가 놓는다. 밑 쇠판을 빼낸 뒤 나무 판 위의 쇠틀을 제거한다. 나무 판 위에 방금 직사면체로 뜬 시멘트벽돌만 남는다. 이렇게 하루에 수천 장씩 만들어 노지에 오와 열을 맞추어 놓고 햇빛에 잘 말리면 단단한 시멘트벽돌이 완성되는 것이다.

어른 남자 서넛이서 시멘트벽돌을 떠 내면 그것을 노지로 옮기는 두어 명의 일꾼들 중 한 명이 은신의 엄마였다. 나무 판과 철제 본, 그리고 그 안에 든 모래와 시멘트 배합물 무게를 다 합하면 족히 20킬로는 된다. 그 무거운 것을 드넓은 노지로 하루에 수천 장을 옮긴다. 남자 어른에게도 노역이다. 그런데도 은신의 엄마는 아랑곳하지 않고 왜소한 여자 몸으로 그 일을 해냈다. 낑낑거리며 그것을 들고 가서 땅에 내려놓고는 나무 판 위에서 쇠 밑판을 단번에 빼내고 끝에 달린 고리를 풀어 직사각형 쇠틀을 꺼내 들고 일어서는 일 말이다. 또 말라서 단단해진 시멘트벽돌을(보통 2, 3일을 말린다) 한곳에다가 차곡차곡 옮겨 쌓는 일도 인부 몫이고 은신 엄마 일이다.

승민은 그렇게 땡볕 아래서 진종일 시멘트벽돌을 나르는 은신의 엄마를 보고 입을 따악 벌렸다. 사람이, 그것도 여자가 저렇게 힘든 일을 어떻게 하나 해서였다. 만약 자신의 엄마한테 하라고 하면 하루는커녕 단 몇 번을 날라 보고는 '죽으면 죽었지 이 일만은 못 해!' 하고 땅바닥에 다리를 뻗고 앉아 손을 홰홰 내저을 일이다. 그 고된 일을 은신의 엄마는 이른 아침부터

해 떨어질 때까지 하는 것이다. 그러다 보니 햇볕에 드러난 얼굴과 목, 손과 팔이 그을리는 정도가 아니라 아예 숯처럼 새까맣게 탈 수밖에 없다.

은신의 아버지가 일하는 기와 공장에도 가 본 적이 있다. 그 기와 공장은 태봉 숲으로 가는 길인 굴참나무 산기슭에 위치해 있었는데 그곳 일의 강도와 양도 시멘트벽돌 공장에 뒤지지 않는다. 기와 공장은 일단 질 좋은 흙이 나는 곳 근처에 세워진다. 산비탈 전체가 질 좋은 마사토와 진흙이 될 붉은 흙이 적절한 비율로 섞여 있는 곳 말이다.

은신의 아버지도 노동에 맞는 체격 조건은 아니다. 165센티 정도 키에 그 또한 아내처럼 바짝 마른 체구다. 그가 하는 일은 오전에 산비탈 흙부터 곡괭이로 파 삽으로 리어카에 퍼 담는 것으로 시작한다. 보통 오전에 열 리어카 이상의 흙을 매일 퍼 나른다. 슬레이트 지붕만 있고 사면이 뺑 뚫린 작업장 한쪽에다가 그 흙을 쌓아 놓은 뒤 주전자째 들어서 그 주둥이를 입에 물고 물을 벌컥벌컥 들이켠다. 몸에서 땀으로 빠져나간 만큼의 물을 그 몸에 다시 넣어 보충하는 것이다.

그다음부터는 기술이 들어가는 작업들이다. 구운 기와가 강도를 가지려면 흙을 찰진 진흙으로 만드는 게 제일 중요하다.

그것이 기와장이들의 주 기술이다. 둥글게 흙 봉분을 쌓아 그 중간을 파내서는 물을 붓는다. 처음에는 삽으로 그 묽기를 조절하지만 어느 순간부터는 물 호스와 삽을 치워 버리고 사람의 맨발로만 작업을 한다. 그러니까 안에서 바깥으로, 다시 바깥에서 안으로 착착착 맨발로 진흙을 밟아 지름 1미터 50센티 정도의 찰흙 원형을 만들어 나간다. 흙 속에 든 기포를 남김없이 밟아 꺼뜨려 죽이는 작업인데 사람 맨발의 힘으로 평범한 흙의 성질을 변화시켜 찰흙으로 만드는 것이다.

찰흙 원형을 한 번 만들어 내기 위해 기술자나 인부는 서까래에 묶어 내린 동아줄을 한 손에 쥐고 최소 수천 번은 발로 물기 있는 흙을 점성이 살아나게 다져 밟는다. 보통 한 시간 넘게 걸린다. 원했던 점성이 확인되면 그때부터 본격적으로 지붕을 이는 기와를 만드는 작업에 들어간다.

기와 뜨는 틀은 쇠가 아니고 나무 재질이다. 기와 형태의 나무틀에 찰진 진흙을 사각지게 잘라 넣고는 기와 형태로 굽은 나무 판으로 덮고서 두 손으로 강하게 압착해 누른다. 그리고 그 결과 기와 틀 사면에서 삐져나온 진흙은 회전판을 빙글 돌려 가며 조그만 쇠칼로 단번에 잘라 낸다. 위에 덮고 눌렀던 나무틀은 들어낸다. 그리고 아래 나무틀에 찍힌 기와 모양의 진흙을 들어 옮기는데 양지가 아닌 길다란 슬레이트 지붕이 만들어 낸 음지에다가 나란히 도열시킨다. 그러니까 시멘트벽돌 찍기와 다른 것은 기와는 그 둥긂을 유지하는 나무틀까지는 제거하지 않는다는 거다. 진흙 재질은 시멘트 가루가 들어가는 벽돌보다는 점성이며 응고력이 약하다. 그런 까닭에 기와 밑판인 나무틀은 하루가 지나 완전히 들러붙기 전 빼 주는 작업을 따로 해야 한다.

시멘트벽돌은 이틀이 지나면 나무 판 위 벽돌을 한 장씩 옮겨 노천에 쌓는데 비해 기와는 그늘에서 일주일, 양지에서 이틀 정도 더 말린다. 그러고도 구워 내는 주 과정이 남는다. 기와를 굽는 흙 가마는 공장 한쪽에 서 있는데 어림잡아 최고 높이 3미터 정도의 반원형 흙벽돌 구조물이라고 생각하면 된다. 흙 가마 근처에 가마 안으로 불길을 집어넣는 데 쓰이는 서까래 형태의 참나무나 아카시아나무들이 엇비슷한 길이로 잘려 잔뜩 쌓여 있다. 그 말린 원목들을 가지고서 밤새 불을 지펴 넣게 되는데 우선 잘 말린 기와를 집어넣는 흙 가마는 앞면 반원의 중간 부위가 문 형태로 뻥 뚫려 있다. 그 공간을 통해 말린 기와를 수천 장 좌우로 차곡차곡 쌓아 올린다.

내부에 기와가 다 채워지면 반입구가 된 그 통로를 흙벽돌을 쌓고 그 사이사이를 진흙으로 메꿔 가며 완전히 봉한다. 그런 다음 이틀 정도 불을 때 불길을 살려 놓으면 가마 뒤쪽 갈라진 틈 사이로 김과 연기가 모락모락 나면서 흙빛이던 기와들이 꺼멓게, 혹은 짙은 오이빛 흑색으로 구워지는 것이다.

왜 이렇게까지 은신의 아버지, 엄마가 하는 일을 상세히 설명하느냐 하면 그 부모가 매일같이 하는 일이 그만큼 고되다는 것이다. 그러다 보니 자연스레 집안일은 모두 은신이 독차지하게 되었다. 열한 살짜리는 학교에 다녀오자마자 부리나케 빨래며 집 안 청소를 해 놓고서 세 동생 먹거리를 챙겼다. 저녁밥을 안치고 파와 애호박을 따다가 반찬도 만들었다. 이사 온 초창기에는 승민은 뭣도 모르고 은신이 보고 싶어서 대놓고 그 집 앞을 얼쩡댔었다. 은신이 집안일 하느라 바쁘단 걸 몰랐던 거다. 그래서 집 밖으로 나오길 아무리 목 빼고 기다려도 은신의 코빼기도 보기 힘든 날이 적지 않았다.

승민은 저절로 고개가 끄덕거려졌다. 아아, 은신이는 하얀 피부를 타고난 것도 있지만 들어앉아 집안일을 하느라 그런 거구나. 제 부모와는 정반대로 해를 전혀 못 봐서 살갗이 저렇게 창백할 정도로 하얗구나. 저절로 이해가 되었다.

그리고 바짝 이웃해 살다 보니 은신네 집이 어찌 사는지 파악하는 데도 며칠이 채 걸리지 않았다. 은신의 부모는 이틀이 멀다 하고 초저녁이든 오밤중이든 상관없이 싸웠다. 그 집에서 문짝을 부수거나 양푼 내던지는 소리가 자주 났다. 부부는 하루의 고됨을 싸움으로 푸는지도 몰랐다. 은신의 엄마가 남편을 향해 고함을 지르고 삿대질하는 건 예사였다. 그럴 때마다 분을 이기지 못한 아버지가 문짝을 걷어차고 벽에 걸린 것을 죄다 못에서 벗겨 내 마당에다 내동댕이쳤다. 그러다 보니 집 안에 성한 게 없고 조용한 날이 드물었다. 차암 사람이란 역시나 겪어 보지 않고는 모를 일이었다.

은신의 아버지는 술만 안 들이켜면 더없이 순하고 점잖은 이웃집 아저씨였다. 행동이 차분했고 애들에게 하는 말소리도 조곤조곤했다. 그런데 일이 너무 고되어서인지 늘 술에 취해 귀가했다. 기와 공장은 일 끝나면 으레 작업장에 삼삼오오 둘러앉아 막걸리 파티를 하는 모양이었다. 석쇠 대신 슬레이트 쪼가리 밑에다가 불을 지펴 삼겹살을 지글지글 구워 먹으면서 말이다. 물론 그 경비는 각자의 주머니를 터는 추렴일 테고.

그러니까 허구한 날 당신 버는 것 절반을 아가리에 털어 넣느냐, 혼자서 술로 조지느냐, 은신 엄마가 악다구니를 써 대는 주된 이유인 거다. 그러면 "니는 내가 먹는 기 그리 아깝나? 원래 니는 남편 알기를 개똥으로 알제? 엉!" 하고 은신의 아버지가 지 마누라에게 버럭 소리를 내질렀다. 그게 싸움의 서막을 여는 순서고 레퍼토리였다.

그들 부부가 싸울 때 흔히 나오는 말이 "여그가 니네 고향 땅이라고 남편을 무시하는가 본데 사람이 그러는 거 아녀! 벌 받아 이 여자야!"였다. 은신 아버지의 그 말은 하필 경상도에서도 오지게 억센 은척 여자를 아내로 만나 남자 인생을 조져 버렸다는 푸념이었다. 은신 엄마는 그 말이 또 그리 억울하고 서운한 모양이었다. 자신의 손발을 남편 눈앞에다가 불쑥 내보이며 "지금 내 손발이 짐승 꼬라진데 사내가 돼 놔서 여편네가 이런 생고생을 하면 위로는 못 해 줄망정 그놈의 근거도 없는 지역 타령은 왜 해싸코 지랄이야!" 하며 악을 써 댔다.

달리 생각하면 참 대단한 에너지를 가진 부부였다. 남편이나 아내나 그처럼 힘든 낮을 보냈으면 저녁밥 먹자마자 '불 끄고 퍼뜩 자자. 내 팔다리가 천근만근이네' 하며 방바닥에 등을 붙이고 드르렁드르렁 곯아떨어지는 게 정상일 텐데 '무신 소리? 내 몸엔 아직도 힘 많이 남았어. 이거 왜 이래?' 하듯이 상대방에게 삿대질을 연신 해 대고 고래고래 고함을 내지르니까 말이다.

그런 날 중 어느 깊은 밤이었다. 승민은 대문 돌층계 위에 앉아 있다가 자신을 향해 걸어오는 은신을 보았다(돌층계 위에 앉으면 바깥 풍경이 가장 편안하게 보였다). 은신은 미간을 살짝 찌푸린 채 돌층계를 밟고 올라서는 말없이 그 옆에 털썩 주저앉았다. 그러고는 한동안 자기 집에서 터져 나오는 엄마, 아버지의 악다구니를 들으며 문 입구에 매달린 30촉 알전구가 밝히는 불빛을 멀거니 보았다.

"괜찮아?"

"뭐 괜찮지 그럼."

"……?"

"별일 아냐. 매양 저렇게 싸워 대도 울 아버진 절대 엄마를 때리진 않거든. 차라리 엄마가 아버지 가슴을 떼밀고 마구 발로 걷어차긴 하지만."

"어, 엄마가 아버질 발로 찬다구?"

"응. 그래야 엄마 분이 풀리나 봐. 근데 오빠 엄마는 안 그러시나?"

"그, 글쎄……."

승민은 너무나 말이 안 되는 질문이라 어이가 없었다.

"진짜?"

"응."

"훗후후, 그런데 몰래 그럴지도 몰라. 오빠 안 보는 데서."

"서, 설마?"

은신이 황당해하는 승민의 얼굴을 돌아보며 배시시 웃었다.

골려 주려는 말이었는지는 몰라도 그게 어떻게 말이 되나? 승민은 엄마가 아버지 가슴팍을 팍팍 밀어젖히고 발로 아버지 다리를 신나게 걷어찬다는 건 한 번도 상상해 본 적이 없었다. 부부 싸움도 뭔가 서로 비등비등해야 일어나는 거다. 두 손으로 뒷짐을 자주 쥐는 근엄한 아버지에게 엄마는 싸움 대상이 아니다. 엄마가 여자이기 때문에 한참 아래로 보는 건지 모르겠지만 아니, 엄마 스스로 아버지를 떠받쳐 주는 위치로 일찌감치 내려간 건지 모르겠지만 승민은 엄마, 아버지가 서로 몸으로 싸우는 것은 한 번도 본 적이 없었다.

물론 아버지가 벽력같이 소리를 치는 경우가 가뭄에 콩 나듯이 있긴 했다. 그러면 엄마는 목이 금방 자라처럼 쾍 움츠러들고 입술이 꼬옥 오므려졌다. 그 앙다문 입술을 부엌처럼 혼자 있는 공간에서 구시렁거리며 푸는 것을 몇 번 보긴 했지만 그게 다다. 만약 엄마가 아버지 다리를 걷어찼다면 아버지는 엄마를 번쩍 들어 대문 밖으로 던져 놓고는 대문을 걸어 잠가 버리고 다시는 안 열어 주었을 위인이다.

"니 동생들은?"

"다들 건넛방에서 자."

"자, 잔다구? 지금? 쿨쿨?"

승민이 손가락을 들고 부부 싸움 소리가 들려 나오는 은신네 집을 가리키며 눈을 크게 끔벅거렸다.

“엄마, 아버지가 저렇게 큰 소리로 싸우는데?”

“자지 그럼. 엄마, 아버지가 싸운다고 벌벌 떨고 울어야만 해? 늘 저러는데?”

“그, 그건 아니지만 저렇게 시끄러운데 잔다는 게 신기해서 그렇지.”

“흣후후, 다 수가 있지.”

“수?”

“응. 내가 마법을 걸었거든. 시끄러운 곳에서 잠을 자면 키가 더 쑥쑥 자라고 얼굴도 훨씬 예뻐지고 잘생겨진다고.”

“헛, 그, 그런가? 그런 마법도 있나?”

“응. 내 얼굴 봐.”

“……?”

“예쁘지? 봐, 내 얼굴로 증명되잖아. 난 엄마, 아버지 싸우는 소리를 자장가로 들으면서 엄청 잘 잤거든.”

“……!”

“그래서 내가 동생들을 나란히 눕혀 놓고 이불을 덮어 준 뒤 손바닥으로 몇 번씩 번갈아 가슴팍을 두드려 주면 전부 다들 금방 잠들어. 신기하지? 오빠도 내가 두드려 줄까? 더 잘생겨지게?”

"아, 아냐 아냐. 그럴 필요까진 없어."

"훗후후후."

은신이 예쁜 만큼 엄마, 아버지가 싸울수록 잠을 잘 자서 자신이 이렇게 예뻐졌다는 얘기는 묘한 설득력이 있었다. 승민은 은신의 옆얼굴을 돌아보았다. 입으로는 웃음소리를 냈지만 그 애 눈에 고인 어찌하지 못하는 슬픈 물기가 반짝거리는 것이 언뜻 보였다. 가볍게 한숨을 내쉰 은신은 두 팔로 다리를 오므려서는 그 무릎 위에 턱을 얹었다.

"오래가진 않아."

"응? 뭐가?"

승민은 제 무릎 위에 뺨을 얹어 자신 쪽으로 얼굴을 눕힌 은신의 얼굴을 내려다보았다. 은신은 눈을 감고 있었다. 말이 없었다. 움직임도 없었다. 그것이 천지에 알리는 무슨 암호이고 신호인 양 주변의 고요와 어둠이 삽시간에 몰려와 우묵하니 깊어지는 느낌이었다.

그때 어린 승민은 문득 그런 생각이 들었다. 세상이 참 이상했다. 은신의 부모는 세상에서 가장 일을 많이 하는데 왜 은신네 집은 저렇게도 가난할까? 어른들은 일 열심히 하면 부자 된다고 하지 않던가. 왠지 은신의 부모도 덜 가난하다면 덜 싸울 것 같았다. 사는 게 덜 힘들면 덜 싸울 것 같았다. 그런데 왜 그 부부에게는 가난이 거머리처럼 착 달라붙어 있을까.

그리고 은신이 얘는 세상에 하고많은 집들 중에서 왜 저렇게 이틀이 멀다하고 지지고 볶는 집에서 태어났을까. 가진 게 없다고 해서 모두 다 싸우진 않는다. 가난해서 싸워야 한다면 이 근방은 매일 밤 북 치고 장구 치고 징 소리가 징징 울리는 떠들썩한 싸움 잔치판이 벌어져야 한다. 싸움이 놀이고 잔치인 양 태봉 전체가 시끄러워야만 한다.

"내일……."

은신이 꿈을 꾸듯이 입술을 벌려 나지막하게 중얼거렸다.

"응?"

"내일 또 일 나가야 하니까 오래 걸리진 않는다구."

¶

잠든 아내 얼굴을 들여다본 적이 있다. 평화로웠다.
푸른 숲속 어귀에 있는 옹달샘 같았다. 햇살과 나뭇잎이
떠다니는 듯 고요했고 눈부셨다. 가슴 오르내리는 나지막한
숨결에도 얼굴에서는 엷은 물결이 일었다.
하지만 지금 생명이 떠나간 아내 얼굴은 깊은 우물 같다.
바닥이 보이지 않을 만큼 어둡고 캄캄하다. 더 이상 일상이란
두레박을 던져 아내 얼굴에서 미소를 길어 올리고 그 맑은
웃음소리를 퍼 올릴 수 없다. 우물은 한없이 깊고 그 바닥은
영원히 메말라 있을 테니까.

¶

아내의 가는 목 아래 쇄골을 거즈로 닦는다.
이 가늘고 연약한 어깨에 무거운 몸을 걸쳐 지탱했다는 것이
마음 아프다. 직립의 슬픔이다. 내 목젖이 젖는다.
사랑하는 아내여, 이제는 길고도 깊게 누워서 편안해지셨는가?
가는 쇄골에 무거운 삶을 걸치고 걸어 다니던 그 고단함에서
비로소 깃털처럼 자유로워지셨는가?
그동안 수고하셨고 참으로 애 많이 쓰셨소.
이제는 생로병사가 스며드는 눅진하고 무거운 몸 말고
가볍디가벼운 푸른 마음으로만 사시게나. 구름처럼, 바람처럼
하늘을 떠다니고 훨훨 날아다니면서 그렇게 자유로이 사시게나.

4. 태봉

은신이 이웃집으로 이사한 그해 있었던 일 중에서 가장 기억에 남는 단 한 가지를 꼽으라면 둘이서 태봉에 올랐던 것이다.

태봉은 외봉이다. 그의 고향 함창을 대표하는 자연으로 집 앞 돌층계에서 바라보면 저만치 거리에 산봉우리 태봉이 상서로움으로 우뚝 서 있었다. 태봉은 누가 봐도 그 첫 느낌이 범상치가 않다. 오봉산을 비롯해서 산맥이나 다름없는 장중한 산들이 냇가 너머로 병풍처럼 군락을 이루고 있는 가운데 둘레 300여 미터, 높이 50여 미터짜리 거대한 산봉우리 하나가 날카로운 삼각형 형태로 벌판 위에 홀로 뚝 떨어져 있다. 그의 집과는 직선거리로 300여 미터 정도 떨어졌는데 승민이 자라면서 어른들이나 형들로부터 들은 태봉 이야기가 무려 네댓

가지나 된다.

첫 번째가 지구 홍수설이다. 이 얘기는 성서에 나오는 노아의 방주 시대와 연결된다. 신이 지상의 모든 것을 멸하기 위해 주야장천 큰 비를 쏟아부어 땅 전체를 거대한 물로 뒤덮었다. 그때 이 외봉이 산맥 끝에 위치해 있다가 뚝 떨어져 여기까지 둥둥 떠내려오게 되었는데 그 이후 물이 빠지자 오도 가도 못하고 그 자리에 주저앉았다는 것이다.

두 번째가 설악산 울산바위와 연관된 설화다. 울산바위 전설은 수억 년 전 조물주가 금강산을 만들 때 울산바위가 경상도 울산에서 출발해 금강산으로 가던 중 신의 금강산 조성이 마감되자 어쩔 수 없이 지금의 설악산 위치에 자리 잡았다는 내용이다. 그런데 그때 뾰족한 봉우리 하나인 저 태봉도 천지분간을 못 하고 울산바위를 따라나섰다고 한다. 그랬더니 '야! 신이 원하는 건 기기묘묘한 거대한 바위산이지 너 같은 조그만 외봉우리는 턱도 없어!' 하고 울산바위가 태봉을 밀쳐 냈다는 것. 산맥이나 거대한 산에 비하면 그저 어린아이 크기인 태봉은 그래서 길을 잃고 헤매다가 지금의 위치에서 쓰러져 죽었다고 한다.

세 번째가 마의태자의 태(胎)가 봉우리 정상에 묻혀 있다는 설이다. 마의태자는 신라 마지막 왕인 경순왕 김부와 죽방부인 사이에서 태어난 첫째 아들이다. 태자 이름은 사서에 전해지지 않는다. 후대 사람들이 그가 마(麻)로 된 흰 옷을 평생 입고 살았다 해서 마의태자라 불렀다. 그는 나라가 망하자 개골산에 들어가 평생 초근목피로 연명하다 생을 마쳤다고 하니 비운의 왕자다. 승민의 집이 있는 바로 그 지역이 옛 신라 영토였으니 누가 봐도 넓은 들판에 외로이 우뚝 솟은 상서로운 봉우리 정상에다가 태자의 태를 담은 항아리를 묻었음직하다.

네 번째가 태봉을 에워싼 논을 경작하는 농부들을 통해 널리 퍼진 얘기다. 태봉이 온갖 뱀이 득시글거리는 뱀 나라, 즉 뱀 소굴이란 거다. 일리 있는 얘기다. 주변을 에워싼 그 넓은 벌판에 큰 비가 내려 벌판 전체가 잠기면 어떻게 되겠는가. 논두렁 흙벽에 구멍을 내고 살던 뱀이란 뱀 모두가 피난처를 찾게 되어 있다. 들판이 잠기는 큰 장마가 들 때마다 뱀들이 가까운 태봉으로 기어올라 몸을 피하기 때문이라고들 했다. 드넓은 벌판에 홀로 우뚝 솟았기에 뱀들의 나라가 된 태봉!

승민은 더 어렸을 때부터 '과연 저 태봉 꼭대기에 마의태자의 태가 묻혔을까?' '신라 태자의 태를 묻었다는 증표가 되는 묘석 같은 게 서 있을까?' 참 많이도 궁금했었다. 묘를 지키는 돌로 만든 입상들은 차치하고서라도 커다란 바위나 이끼 낀

돌비석에라도 '麻衣太子 胎地(마의태자 태지)' 같은 한자가 과연 쓰여 있나 안 있나 확인하고 싶어 안달이 날 정도였다. 하지만 승민이 세상에서 제일 싫어하고 무서워하는 게 뱀이다. 그를 비명 지르다가 죽게 만들려면 굳이 힘들게 동물원 사자나 호랑이를 차에 싣고 올 필요가 없다. 방 안에 커다란 뱀 한 마리를 풀어 놓으면 파들파들 떨다가 심장마비로 쓰러져 죽을 게 분명하니까.

승민은 저만큼 서 있는 태봉을 손가락으로 가리키며 은신에게 태봉에 얽힌 그 전설들을 자랑스럽게 얘기해 줬었다. 그런데 그다음 날 오후 장화를 신고 막대기를 손에 쥔 은신이 그의 집 대문 안으로 들어가려는 승민을 불러 세웠다.

"오빠도 얼른 장화 신고 나와!"

"응? 자, 장화는 왜?"

은신이 막대기를 들어 멀고도 가까운 거리에 솟아 있는 태봉을 가리켰다.

"태봉? 지금 설마 태, 태봉에 오, 올라가자는 거야?"

"응. 오빠가 어제 말했잖아. 진짜 태봉 정상에 마의태자의 태무덤이 있는지 무지무지 궁금하다며?"

"으응, 그, 그렇긴 한데……."

은신은 승민이 꽁무니를 뺄 기세를 내보이자 막대기로 땅바닥을 몇 번이나 세게 두드려 대며 으름장을 놓았다.

"뱀 때문에 그러냐? 어휴, 남자가! 빨리 장화 신고 나와라. 안 그러면 앞으로 오빠라고 부르지도 않을 테니까!"

"……!"

그 말에 그는 풀이 죽어 장화를 신으러 마당 안으로 걸어 들어갔다. 사실 뭐 이웃집이고 두 계절 내내 오빠 소리를 꽤 많이 들어 놔서 오빠라 부르지 않아도 크게 상관은 없었다. 하지만 제일 좋아하는 여자아이한테 남자 취급을 못 받는 건 싫었다. 그러느니 차라리 살모사 같은 대가리 뾰족한 독사한테 물려서 죽는 게 더 낫다 싶었던 거다. 핑계를 대며 안 가면 겁쟁이가 된다. 여자아이가 먼저 나서서 저러는데 다리 사이에 달린 불알을 떼면 모를까, 피할 도리가 없었다.

승민은 대청마루 밑 장화를 꺼내 신자마자 뒤뜰로 갔다. 광문을 열어젖힌 뒤 안 쓰던 기다란 지겟작대기부터 찾아 들었다. 그걸 들고 집 밖으로 보란 듯이 걸어 나갔다. 어차피 뱀과 맞닥뜨려야 한다면 은신의 나무 막대기보다는 길이가 훨씬 길고 굵다란 게 좋겠다 싶어서다.

"가자!"

태봉은 저만큼의 시야에 늘 서 있어서 그렇지 막상 가려고 하면 아이들 걸음으로는 꽤나 떨어진 거리다. 넓은 들판이 황금빛으로 변해 가고 있었다. 길을 질러가기 위해서는 신작로보다 논두렁길을 타고 가는 게 빨랐다. 작대기를 든 은신이 앞에 서고 지겟작대기를 든 그가 뒤따랐다. 승민은 태봉이 눈앞에서 점점 커지고 높아질수록 누군가 뒤에서 발목을 붙잡는 것처럼 걸음이 더뎌졌다.

진짜로 저, 저기를 올라간다? 그러다가 저 위에 태를 묻었다는 비운의 왕세자처럼 태봉에서 내려오지도 못하고 죽는 자신의 모습이 상상되었다. 지금 뱀들은 한창 활동기다. 오는 겨울에 대비해 들판과 논의 개구리며 들쥐며 미꾸라지를 닥치는 대로 잡아먹어 영양분을 몸 가득 비축하는 시기다. 그런 까닭에 태봉을 오르기 위해서는 적으면 1백 마리, 많으면 1천 마리도 넘는 우글거리는 뱀들과 맞닥뜨려야 한다. 그런데 거, 거길 올라간다고?

뱀 떼거리들은 자신의 제국 안으로 들어온 빵 덩어리 식량이나 다름없는 자신과 은신을 집중적으로 공격할 것이다. 승민 자신은 지겟작대기를 칼처럼 이리저리 휘둘러 대다가 결국은 발을 헛디뎌 쓰러지겠지. 그렇게 되면 허리띠 길이의 알록달록한 꽃 빛깔이나 거무튀튀한 뱀들이 아가리를 한껏 벌리고 날카로운 독니를 자신의 목과 팔다리에 화살처럼 꽂을 것이다. 아…… 그러면 그는 죽어 가면서도 은신을 향해 달려드는 뱀들을 온몸으로 막아 내며 소리칠 것이다. '가, 어서 내려가라구! 난 괜찮으니까 은신이 너만은 살아 돌아가야 돼!' 만화 책장 넘어가듯 상상의 나래가 펼쳐지는 동안 은신은 앞서 태봉 앞에 바짝 도착했다.

흐음, 여기가 뱀 나라고 소굴이라면 보초 서는 뱀들이 이 근방에 있어야 한다. 승민은 뱀의 수를 가늠이라도 해 보기 위해 근처 풀숲 여기저기를 지겟작대기로 뒤집고 헤쳐 보았다. 잡초뿐 별다른 게 없었다.

"햐아, 역시 왕자 태가 묻힌 봉우리라더니. 다르긴 확실히 다르네!"

은신이 감탄했다. 태봉 둘레에는 봉우리 안쪽으로 사람 발이 올라간 흔적이 전혀 없었다. 조붓한 오솔길 자체도 없었다. 봉우리의 둥근 테두리 전체가 깎아지른 경사도여서 웬만한 곳은 1미터도 올라가기가 쉽지 않았다. 요새나 다름없었다. 그들은 올라갈 만한 곳을 찾아 천천히 테두리를 빙 돌며 걸었다. 대부분 경사도가 60도 이상으로 가팔랐다. 자일을 가지고 암벽등반 하는 사람들한테는 아무것도 아니겠지만 그런 경사도는 두 국민학생한테는 역부족이었다.

태봉은 승민과 은신에게 '어허! 여긴 꼬맹이들이 올라오는 곳이 아녀! 썩 꺼지지 못할까?' 하고 호통치는 것 같았다. 승민은 속으로 잘되었다 싶었다. 짐짓 실망한 체하면서 '은신아, 막상 와 보긴 했는데 여긴 사람 올라갈 만한 데가 아니네. 그냥 집에 돌아가자!' 하고 막 말하려는데 앞서 걷던 은신이 발걸음을 멈추고는 막대기로 굽은 소나무 줄기를 톡톡 두들겼다.

"여기가 좀 낫다. 여기로 올라가면 되겠다, 그치?"

"……?"

그곳이 이상하게 경사도가 상대적으로 낮았다. 얼추 30에서 40도 정도였다. 승민은 이맛살을 찌푸리며 한숨을 포옥 내쉬었다. 저 위에 마의태자 태가 묻힌 묘가 있든 말든 뭔 상관인가 싶었다. 그걸 확인한다고 해서 누가 왕관을 머리에 씌워 주는 것도 아니고. 저 위에 임금님 밥상인 수라상이 차려져 있다면 모를까, 뭣 한다고 뱀들이 득시글거리는 뱀 소굴로 악착같이 올라갈까 싶었던 것이다. 마의태자란 사람한테 화가 날 정도였다. 죽은 곳은 금강산인데 뭣 한다고 여기에 태를 묻어 가는 두 다리를 후들거리게 만드는가.

이미 은신은 뒤도 안 돌아보고 으쌰으쌰 하면서 태봉 위로 벌써 4, 5미터나 올라갔다. 나 원 참, 부대 자루와 집게를 거머쥔 땅꾼이라면 모를까 저렇게 겁 없는 여자애는 또 처음이었다. 어찌 되었건 간에 은신이 오른 곳만큼은 뱀이 없다는 거다.

뱀이 눈에 띄었다면 막대기로 때려잡지는 않더라도 풀이며 근처 나무 둥치를 마구 때려 멀찌감치 쫓아냈을 테니까.

승민도 기어오르다시피 해서 은신을 뒤쫓았다. 살아온 내내 멀리서 보기만 하다가 처음 올라 보는 태봉이지만 그나마 올라가는 길을 은신이 정확히 찾았다는 것을 10여 미터 정도 올라가 보니 알 수 있었다. 그곳에 사람이 오르내린 길 자국이 뚜렷이 있었다. 주변은 조그마한 바위가 군데군데 땅에 박혀 있었고 침엽수종인 소나무류가 태반이었다.

은신과 승민은 숨을 헉헉거리며 장화 신은 발을 위로 한 걸음씩 옮겨 내어 드디어 정상에 이르렀다. 걸린 시간은 20여 분 정도였다. 태봉 정상은 주변부가 나무로 빙 둘러져 있어 근처 들판이나 저 아랫마을 집들이 거의 보이지 않았다. 그리고 약간의 기울기는 있었지만 10여 평 정도 되는 평지로 이루어졌다. 그 한가운데 어린아이가 묻혔을 것 같은 아주 작은 묘 하나가 있었다.

그 무덤은 공동묘지에 널려 있는 모양새였다. 사모관대를 한 대신이나 칼을 찬 입상은커녕 팔 길이만 한 비석 하나도 없었다. 태자의 태를 묻었다면 이럴 순 없었다. 애 무덤 앞에는 정으로 다듬은 상석도 없고 그저 넓적한 바위 하나가 덩그러니 놓여 있었다. 마의태자란 글씨는 물론 한자 하나 새겨진 게 없었고 근처에 놓인 바위나 돌도 못생기고 지극히 평범했다.

"에이, 뭐가 이래?"

승민은 실망했다. 여기까지 올라온 게 억울하다는 듯 지겟작대기로 주변을 퍽, 퍽 두드려 댔다. 어른들은 왜 이렇게도 뻥을 치는가? 여기가 뱀 소굴이라더니 지금까지 뱀 한 마리 보지 못했다. 은신 또한 실망한 기색이 역력했다. 그저 한동안 지극히 작고 평범해 보이는 무덤을 내려다봤는데 승민이 봐도 그 초라한 무덤 안에 태자의 태가 묻혀 있다고 우겨볼 만한 느낌은 전혀 우러나지 않았다.

"됐고. 여기까지 올라왔으니 잠시 쉬었다가 내려가자!"

승민은 그제야 제대로 된 이웃집 오빠 목소리를 낸 뒤 넓적한 바위에 엉덩이를 붙이고 앉았다.

"근데 되게 이상하네. 어떻게 뱀이 한 마리도 안 보이지? 내가 지겟작대기 들고 온 게 겁이 나서 미리 다들 도망쳤나?"

"그게 아니고 뱀들이 전부 다 일 나갔겠지."

"일?"

"먹이를 구하러."

"그럼 지금 태봉이 그래서 빈 건가? 빈집?"

"그렇지. 해 떨어지면 들판과 논두렁 사이를 기어다니던 뱀들이 전부 여기로 굼실굼실 떼 지어 돌아올지도 몰라."

"허걱!"

"지금 서산에 해가 걸렸으니까 저 밑에 잔뜩 도착해 있을걸. 개중엔 이미 기어오르고 있는 놈들도 있을 거고."

은신은 그가 안 보는 쪽으로 고개를 돌려서는 혀를 날름 내밀었다. 겁 많은 승민을 골려 주고 있었다.

"설마 그렇겠냐만 어째 기분이 좀 으스스해진다. 아무튼 확인은 했으니까 그만 내려가자!"

승민이 벌떡 일어나 엉덩이를 털어 대자 은신이 손을 뻗어 그의 옆구리를 낚아채 다시 평평한 바위에 끌어 앉혔다.

"힛히히히, 오빤 왜 그렇게 겁이 많아, 남자가?"

"야! 내가 무슨 겁이 많다고 그러냐? 단지 난 뱀이 싫어. 징그러워서 싫다구! 싫은 것과 무서운 것은 전혀 다르지."

"훗후후후, 그래?"

"그래. 웃기는. 진짜 그렇다니까! 날 뭐로 보구……."

승민은 은신의 웃음을 달고 있는 입을 쳐다보다가 황급히 얼굴을 반대쪽으로 돌렸다. 입술이 너무나 예쁘게 느껴졌고 그 붉은 기운이 불씨라도 담았는지 자신의 빰에 옮겨 붙어 금방 두 볼이 새빨갛게 물들었기 때문이다. 그는 "근데 어떻게 여긴 새 한 마리도 없지? 새 알을 뱀들이 다 먹어 버려서 그런 건가?" 하면서 턱을 쳐들고 뚜렷거렸지만 실은 솔바람에 얼굴을 식히기 위한 딴청이었다.

그리고 아까부터 자꾸만 목이 말라 왔다. 태봉도 산인데 산에 오르면서 물통 하나는 차고 왔어야 하는 게 아닌가 뒤늦은 생각이 들었다. 에워싼 소나무 잎들 사이로 미세한 바람이 불었다.

둘 다 말이 없어서 잠시 고립된 공간감이 형성되었다. 승민은 주변 이곳저곳을 바라보는 은신에게 뭔가 말하고 싶은 충동이 일었지만 입속의 혀가 마른 갈잎처럼 버석했다. 왠지 입안에 물기가 하나도 남지 않고 말라 버린 느낌이었다. 그 갈증은 기실 목이 마른 게 아니고 가슴속에서 어떤 감정 하나가 날다람쥐처럼 아주 분주하게 움직여서 마음의 먼지 같은 걸 일으킨 거였다.

여긴…… 아무도 없다. 오직 은신만 있다. 은신의 손을 만져 보고 싶고, 얼굴도 만져 보고 싶다. 눈만 쳐다보면서 '은신아!' 하고 나지막하게 불러 보고 싶다. 까만 은신의 머리칼을 쓰다듬으면서 '은신아, 난 네가 세상에서 제일 좋은데 넌 어때?' 하고 물어보고 싶다. '나도 오빠가 제일 좋아!' 하고 은신이 답한다면 '그래? 그 말 정말이지? 그렇다면 앞으론 넌 나만 좋아해야 돼! 나도 죽을 때까지 너만 좋아할 테니까' 말하고 싶다. 그리고 새끼손가락 걸어 맹세하고 싶었다. '그렇다면 난 니 거고 넌 내 거니까 입 맞춰도 되지?' 하고 승민은 속으로 말하면서 은신을 돌아보다가 눈길이 정면으로 맞닥뜨렸다. 은신이 고개를 갸웃하며 배시시 웃었다.

"뭐? 왜?"

"뭔 생각을 그렇게 해?"

"새, 생각은 무신! 허탕 쳤잖아. 괜히 올라왔구만도!"

승민은 잠시 이어지던 상상의 꼬리를 도르르 말면서 머리를 가로저었다. 천방지축인 면도 가진 은신이었다. '난 니 거니까 넌 내 거여야만 해!'라는 말을 하면 정색을 하면서 발딱 일어나 따져 들 것만 같았다. '오빠! 미친 거 아이가? 오빠랑 내가 아직 어른도 아닌데 무슨 니 거 내 거가 다 있나?' 하고 말해 온다면 딱히 대답할 말이 궁색했다. 그럼…… 어떻게 하지? 분명히 못 박고 싶은 말이긴 한데 도대체 언제쯤이나 되어야 할 수가 있지? 중학생, 고등학생이 되면 할 수 있을까? 그런데 그사이에 다른 녀석이 먼저 말해서 은신의 남자 친구가 내가 아니게 되면 어떻게 되는 거지? 닭 쫓던 개 지붕 쳐다보는 꼴이 되는 건 아닌가……? 휴우, 어렵다 어려워!

승민은 그런 생각만으로도 제 풀에 지친 표정이 되어 한숨을 포옥 내쉬었다. 자신의 방에서 '나 너 좋아해, 나 너 진짜로 되게 좋아해!'라는 말을 몇 번이나 연습해 본 적이 있었다. 처음에는 좀 어색했지만 연습한 만큼 자연스럽게 그 말이 되었다. 그런데 막상 해 볼 수 있는 타이밍이 되자 입속의 혀가 입천장에 딱 달라붙은 것처럼 도무지 입술이 떼어지지 않았다.

"어머, 저, 저것 뭐야?"

"뭐, 뭔데?"

승민이 은신 쪽으로 황급히 얼굴을 돌리자 은신이 재빨리 고개를 반대편으로 돌려 그의 볼에 입을 쪽 맞추었다.

"이, 이게 뭐 하는 짓이냐?"

화들짝 놀란 승민이 은신의 입술이 닿았던 뺨을 손바닥으로 마구 문질러 대며 벌떡 일어섰다.

"헷헤헤, 골똘하게 생각에 잠긴 오빠가 넘 귀여워 보여서!"

"야! 무슨 소릴 그렇게 해? 귀엽고 예쁜 건 너지. 내, 내가 아니잖아! 얘가 참 천지 분간을 못 하네!"

승민은 주체 못 할 정도로 빨갛게 달아오른 얼굴을 감추기 위해 부러 발칵 화를 냈다. 뭐랄까 마치 자신의 속을 다 들여다보고 있었다는 듯한 은신의 행동에 마음이 들켜 버린 당혹감이랄까. 부끄러움이랄까.

"하여튼 모든 게 지멋대로야!"

승민은 씩씩거리며 등을 돌려서는 앞장서 태봉 아래로 내려

가는 길을 밟았다. 급경사지만 씩씩하게 발걸음을 재촉했다.

"가시나가 발랑 까져서!"

그는 내려가면서 지겟작대기로 여기저기를 휘둘러 내려쳤다. 은신은 따라 내려오며 헷헤헤 하고 연신 웃어 댔다. 제대로 골려 먹었다는 밝고 가벼운 웃음소리였다.

승민은 머쓱한 기분이었고 뭔가 제대로 역습당한 느낌이었다. 자신은 국민학교에서 제일 상급인 6학년이다. 게다가 6학년 4반 반장이다. 사내아이이기도 하다. 은신은 5학년이고 여자아이이다. 뽀뽀를 해도 본인이 해야 하는 게 아닌가 여겨졌다.

아니, 승민은 은신의 볼에, 입술에 자신의 입을 가져다 대는 것을 여러 번 상상해 봤었다. 그럴 때 은신은 살포시 달개비 꽃잎 같은 미소를 지은 채 가만히 눈 감고 있었지 이렇게 제멋대로 굴지 않았다. 승민은 뭔가 도리어 빼앗긴 기분이기도 하면서 누군가 마음에 헬륨 가스를 집어넣은 듯 자꾸만 들떴다. 그는 그런 기분에 취해 씩씩거리며 콧김을 세게 내뿜었고 그렇게 내려오다가 태봉 급경사도에 미끄러졌다 다시 일어서기를 두어 번이나 반복했다.

"오빠, 제발 조심해!"

"조심은 니가 해라!"

"왜 그래? 킥킥킥. 뽀뽀 때문에 정말 화났어?"

"누가 그거 땜에 화났다고 그래. 웃지 좀 마! 하여튼 가시나가 하는 짓이 꼭 선머슴 같아!"

승민은 태봉을 다 내려와서 주변 풀숲을 지겟작대기로 여기저기 쑤셔 보았다. 귀가한 뱀 한 마리라도 찾고 싶었다. 기분 같아서는 무슨 뱀이든 걸리기만 하면 지겟작대기로 늘씬 두들겨 패 쭉 뻗게 만들고 싶었다. 그러다가 찾는 게 없자 논두렁길을 앞장서 빠른 걸음으로 걸어갔다.

"오빠! 같이 가!"

"헹, 길이나 잃어 버려라!"

"어떻게 집이 저기 빤히 보이는데 길을 잃어?"

"힝! 그러든지 말든지!"

논두렁길을 타며 승민은 지겟작대기를 장검처럼 휘둘러 허공을 갈랐다. 바짝 뒤쫓으려다가 어느 순간 포기를 하고 멀찌감치 뒤에서 걸어오는 은신이 보란 듯이.

아니, 그래. 좋아. 나도 입 맞추는 거 좋아. 좋아해. 그렇지만 안 하려면 아예 안 하고 하려면 제대로 해야지. 국민학교 6학년생에게 볼 뽀뽀가 뭐야? 그런 건 유치원생이나 하는 짓 아닌가? 유치하잖아. 하려면 이 입술에 해야지. 입술에다가 쪽 하고 했어야지! 태봉 저 위에서 은신이 니가 그냥 가만히만 앉아 있었다면 내가 그렇게 했을 거야. 물론 많이도 머뭇거렸겠지만 내가 은신이 니 입술에다가 내 입을 가져다 댔을 텐데.

그렇다. 은신이 선수를 쳐 버려서 입맞춤이 무산되었다. 은신보다 먼저 용기를 냈어야 했다. 그게 무안해서고 부끄러움도 한몫 거들었다. 그래서 승민은 태봉에서 돌아오는 길 내내 본인이 먼저 해 주었어야 할 아주 소중한 것을 은신한테 빼앗겼다는 분노감에 씩씩거렸다. 그렇지만 아무리 화를 내려 해도 기분이 나쁘지 않다는 게 이상했다. 은신의 입술이 닿았던 자신의 뺨이 밤늦게까지 달아 있었던 것은 더 신기하고 이상했다. 그렇게 태봉은 마의태자의 태가 아니라 은신이 승민의 볼에 첫 입맞춤한 기억이 묻혀 있는 곳이 되었다.

은신의 손을 만져 보고 싶고,
얼굴도 만져 보고 싶다.
눈만 쳐다보면서 '은신아!' 하고
나지막하게 불러 보고 싶다.
까만 은신의 머리칼을 쓰다 듬으면서
'은신아, 난 네가 세상에서 제일 좋은데
넌 어때?' 하고 물어보고 싶다.

¶

당신 눈꺼풀을 닦는다. 살아 한 번이라도 거즈가 아니라 내 손이 당신의 눈물을 닦아 주었는지 생각해 본다. 없다. 단 한 번도. 왜 그렇게 하지 못했을까? 않았을까. 내 손으로 진작 눈물을 닦아 주었다면 당신 세상은 보다 평화로워지지 않았을까? 눈이 더 맑아져 세상의 기쁨을 더 많이 보았을 텐데. 어리석고 부끄럽다. 한 치 앞도 내다보지 못한 눈물이 나의 죄구나. 이렇게 당신이 죽어서야 몸을 닦아 준다는 것이 결국은 내 죄책감을 문질러 닦는 게 아닌지. 더께더께 쌓인 내 허물과 잘못을 닦아 내는 속죄의 행위가 아닐는지.

¶

당신 입술을 닦는다. 목소리와 말, 노래가 흘러나오던 그 입술은 완전히 봉합되고 닫혔다. 나는 당신이 내게 한 입맞춤과 말들을 거즈로 하나하나 닦는다. 나를 사랑한다고 했던 말을 닦고 내가 밉다고 말한 당신의 그 토라짐을 닦는다. 덧없구나. 그토록 부드럽고 달콤했던 당신 입술은 잎맥을 드러낸 마른 잎처럼 변했다. 파삭 바스러지는 이런 날이 이처럼 빨리 올 줄 몰랐다. 미안하다. 그리고 고맙고 사랑한다. 나는 당신 입술을 닦지만 뒤늦어 부질없어진 내 말들만 묻어난다.

5. 전쟁

은신과 승민은 처음 만난 그 이듬해 1월 말경 헤어졌다. 아버지와 엄마가 형들을 보낸 대구 삼덕동에 위치한 큰외삼촌 댁으로 막내아들 승민을 보낸 것이다. 물고기도 성장도에 따라 어항에서 보다 큰 수조로 옮기듯이 그의 형제들은 시골에서 대구로, 대구에서 서울로 차례대로 적을 옮겨갔다.

대구 삼덕동 삼촌 집에는 서울 이모 댁까지 올라가지 못한 승민의 바로 위의 형이 문간방에 기거하고 있었다. 수세식 변소가 붙었고 부엌 입구에 연탄이 가득 쌓였던 그 집에서 중학생 교복을 입고 모자를 쓴 승민의 유학 생활이 시작되었다.

학업으로 인해 승민 오빠가 고향을 떠난다는 것을 은신이 알게 된 것은 연말 즈음이었다. 자기 엄마가 승민의 엄마와 대화하던 중에 그 얘기를 자투리로 들었고 큰딸 은신에게 얘기해 준 모양이었다. 하지만 해가 바뀔 때까지 은신은 내색을 하지 않았다. 엄마가 반닫이를 열어 막내아들 옷가지를 주섬주섬 옷 가방에 챙겨 넣고 삼촌 댁에 가져다줄 몇 가지 반찬을 만들 즈음에서야 승민은 잘 안 떼지는 입술을 열어 "나 곧 대구로 가!" 하고 은신에게 말했다. 의외로 은신은 덤덤했다. "방학땐 집에 올 거지?" 하고 물었고 승민이 "당연하지!" 했을 때 "그럼 됐어!" 하고는 막내 동생 승희 울음소리가 급하게 터져 나오는 제 집으로 뛰어 들어가 버렸다. 은신의 사내 동생인 철영과 수영이 제 아버지를 발로 걷어찬다는 제 엄마를 쏙 빼닮아 막내 승희를 축구공처럼 차서 곧잘 울렸기 때문이다.

승민이 대구로 떠나오던 날 눈이 내렸다. 오후 1시 20분경 그는 엄마가 배웅해 주는 함창 기차역 플랫폼에서 영주발 동대구행 통일호가 멈춰 서자 올라탔다. 종착지인 동대구역 직전에 대구역에도 정차하는 곱배 긴 기차였다. 그가 할 일은 종착역이 아닌 대구역에서 내려 플랫폼에 옷 가방과 책가방, 반찬 꾸러미를 무사히 내려놓는 거였다. 엄마는 플랫폼까지 숙모가 들어와 계실 거니까 아무 걱정 말라고 막내아들에게 말했다. 단, 손이 두 개뿐인데 들어야 할 짐은 세 개이니 기차가

김천 지나 구미까지 지나게 되면 그때 미리 짐들을 기차 통로 가까이 옮겨다 놓으라고 했다. 엄마로서는 신신당부였지만 자신이 제법 똘똘하다고 믿는 승민에게는 어렵지 않은 주문이었다.

엄마가 짐을 기차 안까지 부려 주는 와중에도 승민은 단층짜리 역사가 비치는 차창을 분주히 내다보았다. 자신이 떠나는 것을 알고 있는 은신이 뒤늦게라도 와 주지 않을까 하는 기대감 때문이었다. 기차에서 내린 엄마가 플랫폼에 서서 손을 흔들었다. 기차가 덜컹 하고 커다란 쇠바퀴 구르는 소리를 내며 출발했다. 그때까지 은신의 모습은 끝끝내 보이지 않았다.

기차가 속도를 붙이기 전이었다. 그는 서행 중인 기차 안에서 함창 능곡 마을 건널목에 혼자 우두커니 서 있는 은신을 발견했다. 분명 은신이었다. 그 여자아이는 지나가는 기차를 보지 않고 턱을 한껏 올려 젖힌 채 눈을 지르감고 있었다. 기차가 코앞에서 지나가면서 일으키는 바람으로 인해 은신의 머리카락이 날렸다. 아니, 눈을 감은 게 아니라 눈을 찡그리고 기차 차창을 올려다보고 있었다. 창가 자리에 앉아 있던 승민은 황급히 한 손과 뺨을 유리창에 붙이며 은신에게 손짓을 했다. 은신의 자세는 전혀 흐트러지지 않았다. 승민은 은신을 보았지만 은신은 그를 보지 못했다. 하지만 은신은 기차가 커브를 돌아 태강 굴 안으로 들어가 사라져 버리기 직전까지 그 자리에 서 움직이지 않았다.

기차가 조그만 간이역인 백원역을 지나 상주에 닿을 때까지 승민은 흐르는 눈물을 손등으로 닦았다. 마음이 많이 아팠다. 엄마, 아버지 곁을 떠나는 것보다, 고향을 떠나는 것보다, 자신이 좋아하는 그 여자아이를 떠난다는 게 슬펐다. 은신을 볼 수 없다는 것이 자꾸만 눈물이 나게 했다. 그때 정장 차림의 아주머니가 그의 옆 좌석에 앉아 있었다. 당연히 그녀는 아이가 고향을 떠나 유학길에 오른 것을 한눈에 알아봤을 것이다. "괜찮아. 울지 마. 엄마, 아버지는 잘 계실 거니까 넌 앞으로 공부만 잘하면 돼!" 하면서 그의 밤톨 머리를 쓰다듬어 주었다. 전혀 위로가 되지 않는 접촉이었다.

중학교 1학년 여름방학이 되자마자 승민은 교복을 입고 고향 함창으로 내려갔다. 은신은 여전히 그의 본가 옆집에 살고 있었다. 조금 더 새침해지고 조금 더 가슴이 볼록해진 듯한 은신은 까닭 모르게 입술을 삐죽거리면서도 이웃집 승민 오빠와의 재회를 반겼다. 이내 예전의 선머슴 같은 성격으로 돌아와 즐거워했다.

승민이 또렷이 기억하는 날은 중2 여름방학 때였다. 고향집에 내려온 지 사흘째 되는 날이었다. 그때 은신은 함창면 안에 있는 가톨릭 재단에서 운영하는 상지여중 1학년생이 되어 있었다.

그날 오후에 승민과 은신은 자전거를 타고 앞서거니 뒤서거니 페달을 밟아 드넓은 도질 냇가 둑길을 한 바퀴 돌았다. 여름이 잔뜩 달궈 놓은 지구가 내뿜는 열기로 인해 혀를 빼물고 싶을 만큼 날이 무더웠다. 그래서 둘은 각자의 마당에다가 자전거를 부려 놓자마자 몸에 붙은 불길을 끄기 위해 집 안으로 뛰어들었다. 승민은 욕실로, 은신은 부엌과 연결된 뒤곁으로 가 땀에 전 옷을 벗고 바가지로 물을 몸에다가 끼얹었다. 저녁이 되고 밤이 이슥해져서도 그 후끈한 열기가 가시질 않았다. 몸에 손을 갖다 대면 살에서 배어난 땀기로 인해 척 달라붙는, 한마디로 짜증 내고 성질부리기 딱 좋은 밤이었다.

밤에도 바람 한 점 없어 찜통 같았는데 갑작스럽게, 아니 또 시작이구나 싶은 소리가 은신네 집에서 터져 나왔다. 초장부터 부부 싸움 소리가 요란했다. "아따, 가만히 있어도 등에 땀이 줄줄 흐르는구만도 차아암 힘들도 좋아!" 그런 말들을 하며 주변 이웃들이 집 밖으로 나와 손부채를 할랑할랑 흔들며 그 집 쪽을 쳐다보았다. 그때 승민은 두 손에 수박 두 쪽을 들고 돌계단 위에 앉아 있었다. 은신이 눈에 띄면 그 수박 한 쪽을 건네줄 심산이었다. 그래서 은신의 엄마, 아버지가 싸우는 현장을 처음부터 고스란히 다 지켜보게 되었다.

집 문 앞에 서 있는 걔 아버지는 술에 잔뜩 취해 비틀거렸고 걔 엄마는 집에 들어오지 말라고 고래고래 소릴 내질렀다. 그 고함 소리 속에는 "내가 동네 창피해서 도저히 살 수가 없어! 그러니까 나가! 따로 살자니깐!" 하는 은신 엄마의 말이 섞여 있었다. 부부는 집 문을 사이에 둔 채 마주 서서 누구 말이 옳은지 재 보는 듯 서로 옥신각신했다. 부부간에 오가는 그 소리만으로도 싸움의 사단이 충분히 헤아려졌다.

은신의 아버지가 오늘 대낮에 무슨 일로 벽돌 공장까지 쳐들어가 그쪽 남자들과 대판 싸웠다. 근처에 나뒹굴던 삽까지 들어서는 휘둘렀던 모양인데 시멘트벽돌 공장 사내들은 "핫! 이제는 하다 하다 기와 공장까지 우리 벽돌 공장을 무시하네!" 하면서 자기 남편을 가로막고 말리던 은신의 엄마에게 "아줌씨 낼부터는 나오지 마슈! 우리도 이런 소란은 엉기나니께로!" 하고 그 자리에서 해고를 했다. 그래서 밤에 만취해 돌아온 남편에게 "무슨 맘먹고 남의 직장에까지 와서 행패를 부려 대서는 사람 밥줄을 끊어 놓냐? 니 미쳤지? 분명 미친 거지? 술주정도 웬만해야 술주정이지 이게 무슨 개지랄이야!" 하고 두 팔을 맹렬하게 걷어붙인 것이다.

"그러니깐 일하러 갔으문 일만 하문 되지. 왜 그놈들과 시시덕거려? 왜 니 엉덩일 흔들며 꼬리를 치냐구?"

"내가 언제? 언제! 내가 언제 꼬리 쳤다고 지랄이야? 안 그래도 더워 죽겠꾸만도 사람 염장 지르네. 당신이 봤어? 봤냐구?"

"야야! 안 봤어도 뻔하지. 오죽했으면 내가 '집사람 단속 좀 잘 하소' 하는 말을 들었겠어? 오죽하면 내 귀에까지 그런 말이 들릴까 그 말이다, 내 말은!"

"하 참. 내, 기도 안 차네. 대관절 어느 미친놈이 그딴 소리를 하고 댕기나? 어디 그 새끼 이름이나 대 보소. 내가 당장 가서 멱살 잡고 따질랑께."

"됐고. 그런 히딴 소릴 하덜 말고 앞으로 행동거지나 똑바로 해! 행실이 올바루면 니랑 그 윤 씨 놈을 놓고 사람들이 입방아를 찧겠어? 찧어 대겠냐고? 엉!"

"유, 윤 씨? 아이구머니나! 진짜로 생사람 잡네."

"아까 낮에도 그 윤 씨 놈한테 살살거리더구만서두! 남편인 내가 앞에서 눈알 씻뻘개서 보는데도 말여."

"그래, 그게 그래 보였소? 그렇다문 내 솔직히 말하리다. 윤 씨가 돈 주는 오야지라서 내가 좀 살살 웃기는 했소. 주전자 찬물 한 잔 갖다주기도 했소. 그런데 그게 당신한티 이렇게나 욕

먹을 짓이고 죄요?"

"야! 그 정도문 내가 낮에 지랄도 안 했고 말도 안 꺼냈다."

"뭐어? 뭐어? 그거 말고 또 뭐가 있는데?"

"하이구 나 원 참!"

"말해 보라니깐. 왜 말을 못 해? 말해!"

"할까?"

"해. 얼마든지! 내가 잘못한 게 없는데 뭐가 겁나겠어?"

"하여튼 사람이 참 뻔뻔해. 야! 사람들이 니하고 그 윤가 새끼가 시멘트 창고에서 몰래 나오는 거 본 사람이 있다 안 하나! 그 안에서 너거들 뭐 했어? 창고에서 물 마시나? 뭣 땀시 그딴 데 기어들어 갔다가 쥐새끼처럼 연놈들이 기어나오냐 그 말이여, 내 말은!"

"하이구나!"

은신의 엄마가 두 주먹으로 제 가슴팍을 두드렸다.

"진짜로 환장하겄네. 어이가 없어 마, 말이 제대로 안 나오네. 대체 누가, 누가? 언놈이 그라요? 이름 말해 보소. 내가 당장 뛰가서 그놈 아가리를 찢어발겨 놓을 테니께로. 그 어떤 미친놈이 들어가지도 않은 시멘트 창고에 내가 들어갔다 혀쌓소? 생사람을 잡아도 유분수지 내가 여태껏 한 번도 들어가 본 적이 없는 데를 들어가는 걸 봤다고 하는 그놈의 눈깔은 썩은

명태 눈깔이요. 내가 그 눈깔 당장 뽑아 버릴 팅께. 그 사람 이름이나 퍼뜩 대 보소. 안 그러면 오늘 진짜로 당신 죽고 내 죽는 날이니께로!"

부부 싸움이 잦은 집이긴 했다. 하지만 이날 밤은 그 강도가 유례없이 셌다. 은신의 엄마는 당장 그렇게 말한 놈 집에 같이 가자며 남편 손을 두 손으로 잡아끌었고 남편은 강하게 뿌리쳤다. 은신 엄마 몸이 우당탕탕 소리를 내며 집 입구 바깥에 세워 둔 커다란 양푼과 함께 나동그러졌다.

"아무래도 이건 좀 심한데. 가서 뜯어말려야 하는 거 아녀?" 하면서 이웃집 사람들이 자신의 집 문 바깥에 서 있다가 하나 둘 은신네 마당 쪽으로 걸음을 천천히 뗐다. 승민의 아버지야 텔레비전에서 축구나 권투만 하면 방문 바깥 세상이 전부 다 부서진다고 해도 몸을 일으키지 않는 사람이고 그의 엄마는 "아이구 엔간히 좀 하시지. 하루 이틀도 아니고 밤마다 이게 무슨 소란들이신가" 하고 그간에 몇 번 말렸지만 전혀 효과가 없다는 것을 알게 되자 아예 단념을 해 버렸다.

탄광 다니는 구 씨 아저씨가 가까이 가서 "은신이 아버지 진정 좀 하시고, 은신이 엄마 이제 그만 하슈. 뭔가 오해가 생겼으문 바깥양반이 술 깨고 난 뒤 내일 아침에 차근차근 따져 볼 것이지!" 했을 때 잠시 하소연과 푸념으로 부부 싸움이 한풀 꺾여 수그러들었다. 하지만 구 씨의 아내가 남 부부 싸움에 왜 당신이 끼어들어 하듯이 불러 젖히자 그는 안사람을 따라 자기 집으로 들어가 버렸다. 그러자 그것으로 2라운드 종이 울렸다는 듯 부부의 싸움은 다시 맹렬히 타올랐다. 그쯤 해서는 말로는 씨가 안 먹히는데 내가 어쩌랴, 라는 식으로 이웃집 사람들은 멀찌감치 떨어져 팔짱이나 끼고 있었다.

은신은 방에서 세 동생들에게 잠 잘 자는 마법을 부리고 있는지 안 보였다. 그 부부 싸움을 돌계단에 앉아 바라보던 승민은 이미 건네주기가 글러 버린 양손의 수박을 번갈아 베어 먹으면서 고개를 갸웃거렸다.

그러니까 은신의 아버지는 그간 아내가 자기 몰래 바람을 피웠다는 건데 은신의 엄마는 바람은 무슨 바람이냐며 불같이 화를 내고 있고 또 그 말 같잖은 이유가 네 새끼나 키우는 주요 수입원이던 벽돌 공장에서 자신을 해고까지 되게 만들었냐며 완전 이판사판이 되어 버린 것이다.

승민은 손을 들어 준다면 은신의 엄마 쪽이었다. 은신의 엄마가 억울한 일을 겹으로 당하고 있다고 여겨졌다. 글쎄, 어른들 세계는 아직 어른이 되어 보지 않아서 잘 모르긴 하지만 상식적으로 생각해도 은신의 엄마는 '바람'과는 너무나 멀리 떨어져 있었다. 바람난 여자는 보통 분을 발라 하얗지 저렇게 얼굴이 땡볕에 그을리다 못해 새까맣지가 않다. 그리고 엉덩이 살랑거림에 좋은 꽃 치마를 입지 길바닥에 벗어 놓아도 거지도 안 주워 갈 저런 흙먼지에 전 주황색 몸뻬를 입지 않는다. 물론 아주 까무잡잡한 얼굴이라 해도 그 안에 담긴 이목구비가 오종종하니 예쁜 구석이 있긴 했다.

그렇다고 해도 좁은 시골 동네에서 금방 사단이 나고 누구 하나 뼈가 작살날 바람을 피운다? 사장에게서 일당이든 주당이든 인건비를 넣은 봉투를 받아 일꾼들에게 나눠 준다는 윤씨 아저씨 나이는 할아버지 연세에 가깝다. 게다가 그 아저씨는 일요일마다 자전거 핸들에 성경과 찬송가 책이 든 검은 가죽 가방을 끼워 달아서는 칼같이 출석을 지키는 조그만 교회 장로이기까지 하다.

한 번도 기독교인이 안 되어 봐서 잘 모르겠지만 자신이 알기로는 그들이 믿는 하느님은 하늘에서 1백만 개 천체망원경을 설치하고 지구 속에서 움직이는 인간들을 빠짐없이 내려다본다고 한다. 빛보다 빠른 그 시력이 얼마나 좋으면 사람 마음 속까지 꿰뚫어 본다고 하지 않는가. 그 막강한 하느님이 인간에게 내려 준 계율 중에 '네 이웃의 아내를 탐하지 말라!'는 게 분명히 있다고 들었다. 그런데도 교회 장로가 흙먼지와 땀에 전 몸뻬를 벗기고 그런 짓을 한다? 그렇다면 몸뻬를 벗긴 일과 죽어서 가게 될 영원한 천국을 통으로 맞바꾸는 건데? 아니, 바꾸다 못해 펄펄 끓는 지옥 불구덩이에서 죽지도 않고 영원히 통닭구이가 되겠다는 것인데 이게 어디 가당키나 한 셈이고 맞바꿈인가?

구경하던 주변 이웃들은 조금 심드렁해졌다. 어쨌든 다행인 것은 악다구니를 써 대며 달려드는 은신 엄마 손을 뿌리치기만 할 뿐이지 은신의 아버지가 아내 빰따귀를 갈기거나 주먹으로 내려치지는 않는다는 거다. 분에 못 이겨 주먹으로 자신의 마른 가슴을 텅텅 옆으로 칠 뿐 아내를 때리지는 않았다. 그것이 이웃 사람들 몇이나마 안심하며 부부간의 싸움을 지켜보기만 하는 이유였다.

"그래, 넌 내가 죽었으면 좋겠지?"

"응. 죽어! 다른 미친놈 말은 믿어도 지 여편네 말은 이렇게 까증 안 믿으니 차라리 죽어 버려!"

"그래. 맞아. 나 같은 놈은 뒤져야 돼."

"흥, 잘 아네. 지금껏 당신이 나한테 해 준 게 뭐 있어? 지지리 고생만 시키고. 허구한 날 땡볕 아래 코에서 단내가 나도록 생고생만 시키구."

"그래그래. 맞아. 내가 진짜로 못난 놈이다. 그쟈?"

"그걸 이제 알았어? 당신은 지 여편네 마음 한구석도 챙겨 줄 줄 모르는 정말 못난 사내야. 아주 나쁜 놈이라구!"

"그래. 내가 아주 나쁜 놈이지. 그럼, 그럼. 그러니까 난 죽어야 돼. 뒤지는 게 맞아!"

은신의 아버지가 갑자기 부엌 안으로 뛰어들었다. 그러고는 구석 쌀 단지 뒤쪽에 놓아둔 허연 봉지를 집어 들었다. 그리고 찬장에 엎어져 있던 흰 사발에다가 봉지 안에 든 흰 가루를 몽땅 털어 넣더니 근처 주전자를 들어 그 안에 물을 콸콸콸 쏟아부었다. 거리가 떨어져서 이웃집 사람들이나 승민이나 은신의 아버지가 지금 무슨 행동을 하고 있는지 정확히 이해를 하지 못했다. 그는 눈이 벌게진 불쾌한 얼굴로 흰 사발을 오른손에 들고 마당으로 비틀비틀 걸어 나오면서 은신의 엄마를 무섭게 노려보았다.

"그렇게 할 거야. 죽을 거야. 앞으로도 당신 생고생만 시킬 무능하고 못난 놈이 바로 나야. 그런 나쁜 놈이니까 난 죽어도 되지? 싸지?"

"그래. 흥! 그러든지 말든지. 왜 그딴 걸 자꾸 나한테 물어 싸?"

"진짜로 나 죽는다?"

"……!"

"엉?"

"……!"

그때라도 은신의 엄마는 말렸어야 했다. '아이구 애아부지 그 짓만은 제발 하지 마소. 애들을 봐서라도'라고 애들 핑계를 대서라도 뜯어말렸어야만 했다. 손으로 치거나 가슴팍을 밀쳐서라도 남편이 한 손으로 들고 있던 그 사발을 땅에 떨어뜨려야 했다. 왜냐하면 멀찌감치서 지켜본 이웃 사람들은 몰랐어도 은신의 아버지가 사발에 푼 것은 허연 쥐약 가루였기 때문이다(당시에는 쥐가 흔해 집집마다 쥐약 봉지가 있었다). 은신의 아버지는 재차 물어도 아내가 대답이 없자 그 사발에 든 물을 막걸리 마시듯 벌컥벌컥 들이마셨다.

아내가 그토록 미웠을까? 도저히 용서할 수 없었을까? 그건 정확히 모르겠지만 아내를 죽이기보다는 자신을 죽이는 게 더 쉬워서 그런 무모한 일을 벌였던 것만은 분명하다. 은신의 아버지는 세상에 미련 한 방울 남기지 않겠다는 듯 단번에 그 사발을 다 비워 냈다.

그때까지 은신의 엄마는 눈만 끔벅거리며 서 있었다. 설마, 했다. 남편의 죽겠다는 말에 이미 이골이 날 대로 나 있었는지 모르겠지만 설마 쥐약 한 봉지를 다 탄 물을 본인 손으로 벌컥벌컥 들이켜리라고는 전혀 예상치 못했던 것이다. 그런데 눈앞에서 이내 남편이 사발을 바닥에 떨어뜨리고는 두 손으로 자기 목을 졸라 대면서 캑캑거리고 비틀거렸다. 그제야 정신이 번쩍 든 은신 엄마가 "아이구, 은신이 아부지요!" 하고 두 손을 갈퀴처럼 뻗아 들고 남편에게 달려들었다. 은신의 아버지는 곧바로 두 손으로 목을 싸쥔 채 쓰러져 이리저리 나뒹굴었다. 땅바닥에 퍼질러 앉아 남편 머리를 두 손으로 거머쥔 채 혼비백산한 은신의 엄마가 사방을 향해 마구 비명을 질러 댔다.

"사람 죽어요! 여기 사람 죽어요! 빠, 빨리 와서 도와 줘요. 우리 은신이 아부지 죽어요!" 하고 고래고래 소리를 질렀고 "이걸 우짠다냐! 이 일을 대체 우짠다냐!" 하면서 통곡을 하기 시작했다. 그제야 이웃집 구 씨 아저씨가 다시 집 밖으로 나왔고 근처에 미나리꽝을 가지고 있는 사내가 우연히 그 앞길을 지나다가 놀라 흙길을 뛰어왔다. 오죽 다급했으면 밤시간에는 문밖출입을 아예 안 하는 골동품 장수 연 씨 아주머니까지 집 밖으로 뛰쳐나와 허겁지겁 은신네 마당으로 뛰어들었을까.

"뭐라구요? 쥐, 쥐약을 드셨다구? 한 봉지를 다? 어허구나 이걸 어째! 빨리 병원에 가야 합니다. 당장!"

구 씨 아저씨가 부랴부랴 리어카를 가져왔고 "토해요! 은신이 아버지! 빨리 속엣것을 토해 내요!" 하고 미나리꽝 아저씨가 은신 아버지 상반신을 세워 뒤에서 싸안고 앉아서는 한 손으로 등을 마구 두들겼다. 은신 엄마는 두 손으로 땅을 짚고 네 발로 기어다녔다. "은신이 아부지요! 지발 정신 차리시소! 내가 죽일 년이오! 내가 잘못했소!" 하면서 새파랗게 질린 얼굴로 곡소리를 꺼이꺼이 국숫발처럼 뽑아냈다. 하지만 땅바닥에 길게 드러누운 은신의 아버지는 이미 두 눈을 허옇게 까뒤집고 있었다. 경기를 일으키는 듯 전신을 푸들푸들 떨었다. 의식을 완전히 잃은 채였지만 입가에서만은 푸른 거품 같은 것을 울컥울컥 게워 내고 있었다.

두 사내는 완전히 몸이 처져 있다가도 순간적으로 버둥거려대는 은신 아버지 어깨와 발을 양쪽에서 들어 올려 리어카에다가 실었다(1970년대 당시 시골에는 승용차가 당연히 없었다. 다급한 운송수단은 리어카뿐이었다).

언제 집 안에서 나왔을까. 어른들이 들뛰는 그 경황없는 광경을 은신이 문가에 혼자 서서 지켜보고 있었다. 울거나 비명을 지르지도 않았다. 승민이 그때 본 은신의 모습은 허깨비 같았다. 흰 치마 때문인지 어둠과 불빛 사이의 간격 때문인지 모르겠지만 그저 실루엣 같았다. 문설주를 한 손으로 잡고 있는 은신은 미세하게 부는 밤바람에 금방이라도 연기처럼 날아갈 듯 위태로워 보였다.

구 씨 아저씨와 미나리꽝 아저씨는 푸른 거품을 연신 게워 내고 있는 은신 아버지를 리어카에 싣고 앞에서 당기고 뒤에서 밀며 빠르게 신작로를 달렸다. 면내 병원은 단 한 곳이었다. 함창 장터 초입에 있는 서울병원. 은신의 엄마는 리어카를 따라가려고 일어섰고 몇 번은 빠르게 걸음을 걸었다. 하지만 그 걸음은 땅 위를 밟아 내는 걸음이 아니었다. 허공 위를 걷는 듯, 허방을 걸어 내는 듯 좌우로 심하게 비틀거렸다. 쓰러지면 다시 일어나 몇 발자국 가다가 신작로 오른쪽으로 쓰러지고 몇 발자국 가다가 왼쪽 풀숲으로 나둥그러졌다. 이웃집 아낙 두엇이 풀숲에 나뒹굴고 있는 그녀에게로 달려가 상반신을 일으켜 세웠다.

"정신 차려요, 은신 엄마!"

"이걸 어째, 이걸 어째요! 무식한 년이 남편을 잡았네요. 내가 무식하고 무식혀서 남편꺼증 잡아먹었네요. 우째요? 우리 은신이 아부지 불쌍혀서 어떡혀요, 예? 누가, 누가 우리 애들 아부지 좀 살려 줘요!"

길가에 퍼질러 앉은 은신 엄마는 손바닥으로 신작로를 치며 곡을 했다.

"아이구 내 팔자야! 팔자가 기구한 내가 죽어야 허는데! 내가 죽어야 허는디!"

"아이구, 무슨 말을 그렇게 해요? 절대 희망 놓지 마시소. 병원으로 달려갔으니 틀림없이 살릴 수 있을 게요!"

"맞아요. 은신이 아부지 틀림없이 살아날 테니께로 그런 나쁜 생각은 절대 하덜 마소!"

은신 엄마를 위로하는 아주머니들의 얼굴 표정은 정작은 회의적이었다. 그네들 또한 마른 밤하늘 날벼락을 맞은 양 얼굴빛이 새파랗게, 허옇게 질려 있었다.

은신의 아버지는 병원에 닿기도 전에 절명했다. 이웃집 두 아저씨는 어떻게든 살려 보겠다고 온몸이 땀범벅이 되어 서울병원에 도착했지만 한쪽 다리를 저는 아내를 가진 60대 초반 의사는 손을 목 가까이 대 보고 눈을 까뒤집어 본 뒤 일어서서는 고개를 설레설레 가로저었다. 한 숟가락 쥐약도 치명적인데 한 봉지를 거의 다 입안에 털어 넣었다면 애초에 살아나는 건 불가능했다는 게 의사 말이었다.

¶

젊은 시절 난 사람은 왜 태어나고, 왜 사는가 하는 근원적인 의문에 빠진 적이 있다. 붓다도 그 질문에는 답하지 못했다. 남자와 여자가 만났고 그 결과로 태어났으니 그런 줄 알고 이유를 묻지 말고 그냥 살라고 했다. 그 질문에 빠져들수록 회의감과 우울감이 배가되어 삶을 그르치게 될 우려가 많다고 해서였다. 그러나 아내가 죽고 난 후, 나는 사람이 사는 이유를 알 것 같다. 그것은 자기에게 맞는 죽음이라는 모자를 쓰기 위해서다. 그러니까 태어나는 순간과 죽음의 그 순간이 만나 어디 이 하나 빠지지 않은 찬합처럼 삶이 완전히 닫히고 밀봉되는 것이다. 사람이 살아온 전 생애가 아무리 의미가 있다고 한들 태어남이 죽음으로 완전히 끼워 맞춰지는 순간 그 찬합을 들고 흔들어 봐도 아무 소리도 들리지 않는다. 그 모든 것이 텅 비고 사라져 버리기 때문이다. 그런 까닭에 사람이 태어나고 사는 이유는 자신과 꼭 맞는 제 죽음을 만나기 위해서다. 그게 내 답이다.

6. 변화

돌이켜보면 은신에 대한 승민의 생각이 다른 의미로 변했던 게 바로 그때 그 순간이었다. 그녀 아버지가 목을 부여잡은 채 땅바닥에서 나뒹굴 때 말이다. 그날 깊은 밤 승민은 일기장에 '은신이를 지키겠다!'고 또박또박 썼다. '은신이를 지킬 수 있다면 난 무엇이든 한다!'라고도 썼다. 중학교 2학년짜리 사내애라면 '우리 반에서 꼭 1등 하겠다' '난 판사가 되겠다' 따위의 목표나 희망 정도를 적는 게 보통이다. 그러나 승민은 자신보다 타인인 은신을 보호하는 것을 분명한 삶의 목표로 삼은 것이다.

왜 그렇게 했을까? 불안해서였다. 그렇게 하지 않으면 은신이 어느 한순간에 촛불처럼 훅 하고 꺼져 버릴 것 같았다. 세상에서 연기처럼 스르르 사라져 버릴 것 같았다.

승민은 그때 적잖이 충격을 받았다. 사람이 죽어 가는 고통의 몸부림을 처음 눈앞에서 목격했다. 이웃집 아저씨의 돌연한 죽음은 그 후 그의 가슴속에 오래도록 침잠되었다. 뇌 속에 선연히 각인되었다. 그 죽음이 자아낸 것은 두려움과 공포였다. 사람이 너무 쉽게 죽을 수 있다는 것을 본 것이다. 죽음이 아주 멀리 떨어져 있는 게 아니라 일상에서도 쉽게 그 정체를 드러낼 수 있다는 것을 깨달은 것이다.

그 경험이 승민에게 자기 보호 본능으로 뿌리내린 게 아니라 죽은 그 아저씨 딸인 은신만은 기필코 자기 손으로 지켜 내겠다는 의지로 변형되었다. 신념으로 치환된 것이다(어쩌면 승민의 이런 내적 변화가 잘 이해되지 않을 수도 있겠다. 일반적이지는 않기 때문이다. 하지만 그때 그 순간, 그 공간이 한 소년에게 특별한 영향을 미친 것만은 분명하다. 이를테면 가슴 밑바닥에 좋아함이라든지 풋사랑이라든지 하는 아릿하고도 애틋한 질료가 고여 있을 때 공간과 사건과 상대방이라는 이 세 가지 요소가 충돌해 일으켜 내는 유니크함 말이다. 자신도 모르는 새에 그것을 계기로 마음이 한 방향으로 뚜렷하게 고정되었단 뜻이다. 오직 한 사람만을 바라보게 된 거다. 자신의 삶보다는 나 아닌 다른 누군가의 삶이 보다 더 소중하게 느껴지게 되었다는 것. 이것이 삶이 아주 드물게 일으키는 '이기'에서 '이타'로의 존재론적 변환이다. 어린 승민의 마음속에서 바로 그 변화가 일어난 것이다).

'은신아! 앞으로는 나만 믿어. 내가 널 지킬게. 내가 더 자라

힘이 생기면 네 손 꼭 쥐고 절대 안 놓을 거야. 은신아! 그러니까 그때까지만 참아! 아무리 슬프고 힘들어도 절대 나쁜 마음 먹지 마. 오직 나만 생각하면서 참아 내. 난 언제나 네 곁에 있을 테니까!'라고 승민은 죽음의 기운이 만연했던 그 밤의 끝 새벽녘에 그 문장들을 종이에 꾹꾹 눌러썼다. 그 종이를 조그맣게 쪽지로 접었다. 그다음 날 오전, 승민은 곡소리가 흐르는 집에서 걸어 나온 은신의 동생 철영을 손짓으로 불렀다. 아이 손에 그 쪽지를 쥐여 주고는 누나에게 꼭 전해 달라고 했다.

제 아버지가 그리도 간단히 세상을 버리자 큰 충격을 받은 은신은 상을 치르고 나서도 열흘 가까이 아예 문밖출입을 하지 않았다. 집 안에만 틀어박혀 있었다.

철영이 녀석이 제 누나한테 전하긴 했을까? 은신은 그 쪽지를 봤는지 안 봤는지 중2 여름방학이 마무리될 무렵까지 승민을 외면했다. 봐도 못 본 척했고 불러도 돌아보질 않았다. 마치 상처 입은 동물이 동굴 속 깊이 들어가 꿈쩍하지 않듯이 그녀는 몸이 자기 마음속 안으로 들어가 웅크리고 있는 듯했다.

결국 승민은 은신과 말 한마디 제대로 나누지 못하고 다시 영주발 동대구행 통일호 기차에 올라타야만 했다. 승민은 대구에서 여러 통의 편지를 은신에게 보냈다. 하지만 그녀에게

서 한 번도 답장이 날아오지 않아 그의 속을 태웠다.

중2 겨울방학 때는 고향으로 내려가지 못했다. 대구에서 서울로 곧장 올라가 방학을 보냈다. 대학 다니는 큰형의 우격다짐으로 그는 40일간 서울의 유명 학원 종합반을 다녀야 했다. 비리비리한 대구 학원보다 서울에 있는 학원이 훨씬 실력이 좋다며 고등학교를 어차피 서울로 옮길 예정이니 실력을 미리 제대로 쌓으라는 것이었다. 승민은 큰형과 아버지 뜻에 순종했다. 열다섯, 열여섯 나이는 모든 면에서 무력했다. 마음대로 할 수 있는 게 없었다. 힘을 가진 어른이 되려면 현 단계에서는 공부를 열심히 잘 해내야 한다고 생각했다. 그렇기에 은신을 보고 싶은 마음이 굴뚝같았지만 그걸 참아내야 했다.

승민은 은신에게 '보고 싶다. 그렇지만 지금은 함께 잘 참아내자!'라는 글씨를 박아 넣은 편지를 보냈다. 역시나 답장은 없었다. 그래도 그녀가 편지를 분명 받았을 것이고 잘 참아 내주리라 믿었기에 그 역시 꿋꿋이 인내했다. 중3 때도 그런 기간의 연장이었다. 기초 실력을 확실히 다져 놓아야 서울에 와도 경쟁이 가능하다는 큰형 성화에 못 이겨 중3 두 번의 방학을 고스란히 서울 학원 생활로 채웠다. 그는 서울과 대구의 실력 차를 극복해 내기 위해 열심히 공부했다. 은신이 떠오르긴 했지만 편지를 보내지 않았다. 오직 국영수에만 매달렸다.

고향은 은신이고 은신은 고향이다. 지금 못 본다 해도 개가 어디 가겠는가 여겨서다. 그리고 자신이 들여다보는 책 속에, 거머쥔 펜 속에 은신이 들어 있었다. 혼자만 잘되기 위한 공부가 아니었다. 자신의 손에 두 사람의 미래가 달려 있었다. 두드러지게 공부를 잘해야만 나중에 은신의 손을 잡아 위로 끌어당길 수 있다고 믿었기에 그는 더더욱 공부에 매진할 수밖에 없었다.

승민은 대구에서 중학교를 마치자마자 곧장 서울로 올라가 고등학교에 진학했다. 그는 위의 세 형들이 적당히 공부를 잘한 것에 비해 꽤 성적이 좋았다. 그런 점에서 승민은 가문을 빛낼 기대주였고 마지막 4번 타자였다.

그래서 그는 고1 여름방학 때 겨우 사흘 시간을 내어서 고향집으로 내려갔다. 드디어 은신을 볼 수 있게 된 것이다. 2년 만이었다. 그사이 은신은 중3이 되어 있었다. 확실히 키며 몸매가 소녀에서 여자 모습을 갖춰 가고 있었고 이목구비가 더욱 또렷해졌다. 아름다움으로 넘어가기 전 예쁨의 전성기였다. 하지만 은신은 승민보다 훨씬 더 바빠 보였다. 그가 단순히 공부만 하는 학생인데 반해 그녀는 학생인 데다가 생활인 몫까지 감당해 내고 있어서였다. 일을 했다 쉬었다 하는 엄마 외벌이로는 네 자식, 아니 본인 포함 다섯 식구 생활비며 자식들 학비가 감당이 안 되었다. 그렇기에 장녀인 은신이 또 한 축의 가장 역할을 하며 생활 전선에 일찌감치 뛰어들었던 것이다.

은신은 학교가 끝나면 남는 시간을 온통 돈 버는 일에 사용했다. 커다란 슈퍼마켓 밤 시간 계산대를 지킨다거나 숯불고기집 주방에서 둥글고 네모난 모양의 시커멓게 그을린 석쇠들을 철 수세미로 닦았다. 영업을 마친 한식집 주방에서 밤늦도록 산처럼 쌓인 그릇들 설거지를 도맡아 하기도 했다. 또래 소녀들이 꽃무늬 잠옷을 입고 이불 위에서 뒹굴거나 텔레비전 속 연예인에게 편지를 쓸 시간에 은신은 냉혹한 세상의 밤 한 귀퉁이에 서서 무작스레 일만 했던 것이다. 역시나 그 엄마에 그 딸이었다. 아버지가 없다, 오빠도 없다, 식구가 많다, 가난하다, 그래서 돈을 벌어야 한다…….

은신이 삶의 현장에 그렇게 고스란히 노출되다 보니 자연스레 주변에 사내들이 들끓었다. 하루하루 날이 더해갈수록 눈에 두드러지게 예뻐져 사내들이 게걸스럽게 침을 흘렸던 것이다. 정작 은신 본인은 얼굴과 몸매에 무관심해 방치해 두고 있었지만 사람들은 귀찮을 정도로 그녀를 가만두지 않았다. 은신이 밤에 음식점에서 쟁반을 나르거나 개수대에서 설거지를 하고 있으면 술 취한 어른들이 다가와 엉덩이를 톡 쳤다. 놀라 돌아보면 1만 원짜리 푸른 배춧잎을 그녀 눈앞에 흔들어 댔다.

"에구구 고생하네. 팁이야!" 하면서.

그들은 문경새재에 놀러 가자, 구미 금오산 케이블카 타 봤냐, 주말에 함께 포항 앞바다로 놀러 가 주면 네가 한 달에 벌 돈을 한꺼번에 주겠다며 그녀를 꼬드겼다. 밤에 제재소 앞으로 나와라, 드라이브시켜 주겠다, 나와 주기만 하면 네가 원하는 것 다 해 주겠다며 대놓고 수작질을 해 댔다.

밤이 그럴진대 그녀의 낮 또한 멀쩡할 리가 있겠는가. 밤이 어른들 판이면 낮은 조무래기 판이다. 은신은 등하교하는 길 자체가 시련이었다. 면내 학교인 함창중 상급반에서 좀 논다는 애들은 물론이고 그 위의 함창고 주먹 패거리들도 대놓고 길목 담장에 삼삼오오 붙어 서서 그녀에게 휘파람을 불어 젖혔다. 걔들은 은신의 하굣길을 키들거리며 막아섰다. 이웃 소도시인 점촌 중고등학교까지 '상지여중에 탤런트 임예진 닮은 애가 있다' '아니다. 청순 깜찍 대명사인 가수 장덕 완전 찜 쪄 먹었다!'라며 갑론을박을 불러일으켰다. 그녀의 두드러진 용모가 인근에 소문 바람을 일으킨 것이다.

상스러운 표현이긴 하나 침을 아무 데나 찍찍 뱉고 어깨를 빼기던 당시 중고등학생들이 흔히 내뱉던 말을 그대로 옮겨 적자면 '먼저 따먹는 게 임자다! 누가 먼저 먹는지 내기하자!' 식의 경쟁까지 붙었으니 그녀가 일상에서 겪는 봉변과 괴로움이 이만저만하지 않았다. 예쁜 것이 불편하고 예쁜 것이 장애일 정도였다.

아무튼 고등학생이 되어 고향에 내려간 승민은 학원 등록을 서울에 해 놓았기 때문에 시간이 빠듯했다. 은신과 이런저런 얘기를 하고 싶었다. 그런데 정말이지 이틀이 지나도록 "은신아! 잘 있었니?" "오랜만이네. 오빠도 잘 있었어?" 정도 인사만 나눈 게 다였다.

그는 자신이 생각하는 미래를 그녀에게 얘기해 주고 싶었고 그동안 훌쩍 자란 키나 알통 같은 것을 보여 주고 싶었으나 그녀는 '그런 건 잘 모르겠고. 나와 내 동생들은 지금 당장 먹고 사는 게 바빠!' 분위기를 풍겼다. '오빠와 나는 처지가 다르잖아. 나도 영어 단어나 수학 공식만 외운다면 오빠랑 앉아서 얼마든지 얘기할 수가 있지. 그런데 난 그런 한가한 얘기나 하면서 엉덩이를 붙이고 있을 형편이 못 돼! 오빠도 내 사정 잘 알 거 아냐?' 하듯이 그녀 뒷모습에서 쌀쌀맞음까지 느껴졌다.

제 손으로 돈을 벌어야만 하는 은신과 그때까지 책상물림인 승민 사이에 거리감이 생겨나 있었다. 현실이란 벽이 가로막고 있는 듯했다. 그래서 승민은 서울 올라오는 날도 은신의 얼굴을 보지 못하고 책가방만 들고 시외버스에 올라타야 했다.

그는 고1 겨울방학 때도 잠깐 고향에 내려갔다. 그 무렵 은신은 누군가의 오토바이 뒷좌석에 올라타 있었다. 우람한 체구에 사각진 희부윰한 얼굴을 가진 상주체고 2학년생이었다. 강우식! 승민도 그에 대해 잘 알았다. 자신처럼 함창국민학교 출신으로 그의 1년 선배다. 우식은 함창에서 가장 큰 제재소와 정미소, 제철소를 가진 가장 돈 많은 집 셋째 아들이었다. 그는 일찌감치 큰 체구에 걸맞은 유도에 맛을 들여 중학교 때 전국체전에 나가 중등부 헤비급 3위로 동메달을 땄다. 그래서 상주체고에 특기생으로 들어갔다.

고향 친구 말에 의하면 우식이 오토바이 뒷좌석에 은신을 태우고 다닌 뒤부터 면내 거리가 조용해졌다고 한다. 그녀를 무슨 버찌나 체리처럼 손쉽게 따먹겠다며 깝죽거리던 그 일대 중고등학생 패거리들이 일시에, 한꺼번에, 싸악 정리되었다는 거다. 그리고 우식은 시위하듯 은신을 야마하 오토바이에 태우고 함창 시가지며 시장통을 수시로 다녔는데 그것을 본 사내 어른들도 쩝쩝 빈 입맛을 다셔 댔다고.

왜냐하면 우식과 겨뤄 봐야 돈이나 힘 모두 딸린다는 걸 알았기 때문이다. 뭐 쌈질에 전문인 3, 40대 주먹들이 거기라고 왜 없었겠는가. 하지만 어른이든 건달이든 깡패든 우식과 싸운다는 건 한마디로 미친 짓이었다. 그건 함창 사업체 삼위일

체인 가장 큰 제재소와 정미소, 제철소를 가진 그 고래 등 같은 우식네 기와집과 맞선다는 것을 뜻하기 때문이다.

'차라리 잘됐지 뭐. 어여 냉수 먹고 속 차리자구. 개가 스무 살 넘은 여자도 아니고 아직 다 성숙지도 않은 미성년 여학생 애 하나 때문에 주야장천 앞날 먹구름 잔뜩 끼일 것까진 없으니께로.' 그렇게 사리 분별력 있는 어른들답게 일찌감치 정신을 차렸다. 그 정도로 학생 유도 선수 우식의 위세가 대단했다. 물론 '배추에 소금 치듯 쫄아 버리는 건 쪽팔리는 짓이제!' 하는 몇몇 치들도 있었다. '야구방망이로 그 녀석 뒤통수를 갈겨버려?' 하고 그 장면을 상상하기도 했지만 실행에 옮긴 사람은 아무도 없었다.

밤거리에서 우식을 급습해 땅바닥에 나뒹굴게 만든 뒤 튄다고 해도 어느 놈이 그렇게 했는지 드러나는 건 시간문제였다. 손바닥만 한 촌 동네 아닌가. 만약 어느 날건달이 그런 짓을 저질렀다면 그는 함창, 아니 점촌, 문경, 상주까지 자기네 식구며 일가친척이 앞으로 1백 리 안에서 평생 돈 벌어 먹지 않고 살겠다 선포한 거나 진배없었다. 일단 촌 동네에 상주서 형사까지 나설 것이고 수갑 차는 건 따 놓은 당상이었다. 돈도 돈이지만 그 방대한 사업 관계망으로 경찰이며 관공서까지 떡 주무르듯 주무르는 우식의 아버지가 아들 뒷배인데 누가 감히 그를 건드리겠는가.

반년 전쯤 은신은 우식의 오토바이 뒷좌석에 올라탔다. 그 뒤부터 은신은 우식의 여자 친구도 아닌 우식이의 여자로 통했다. 그 소리를 동창으로부터 전해 들은 승민은 핏대가 서고 입이 바짝 마를 수밖에 없었다. 이건 남자 대 남자로 해결할 일이다. 당장이라도 주먹을 불끈 쥐고 우식 선배를 찾아가고 싶었지만 찾아간들 자신이 뭘 어쩌겠는가. 덩치며 뭐며 아예 상대가 안 되는 것을.

승민은 열 손가락을 머리카락 속에 집어넣고 쥐어뜯었지만 별 뾰족한 방법이 없었다. 은신이 무슨 물건도 아닌데 내 거라고 할 수도 없고, 설령 그렇게 말한다고 한들 그는 콧방귀만 껴댈 게 뻔했다. '아그야, 다친다!' '그려? 함 덤벼 보든가? 날 쓰러뜨리문 그 즉시 돌려줄 틴께!' 하면 속수무책 아니겠는가. 가볍게 업어치기 한 방으로 자신의 몸은 허공에 붕 떠올랐다가 땅바닥을 엉금엉금 기어야 할 것이다.

근데, 대체 은신은 뭔 맘으로 그 인간 오토바이 뒤에 올라탄 거지? 예쁜 만큼 대우받고 싶어서인가? '봐라, 내가 함창 여학생들 중 제일 잘나간다' 하고 동네방네 삐라를 뿌려 대는 즐거움을 만끽하고 싶어서인가? 그런데 뭘 코빼기라도 봐야 얘기를 하고 서운함을 드러낼 텐데 은신을 보기조차 힘드니 승민은 분통만 터지고 속이 답답하기 짝이 없었다.

물론 우식이 깡패는 아니다. 학생이고 운동선수다. 하지만 부잣집 새끼들이 하는 짓이라곤 서울이나 촌구석이나 뻔할 뻔자 아니겠는가.

신분이나 나이랑 관계없이 일찌감치 먹고 놀고, 부어라 마시고, 양담배 뻑뻑 피워 대는 게 기본이다. 기분 내킬 때마다 주머니에서 빼든 한 움큼의 지폐를 허공에 흩뿌려 대면서. 여기선 내가 왕이야! 비위가 상하는 그 즉시 술병으로 머리빡을 까거나 주먹으로 아구창 날려 버리고 속 풀릴 때까지 발로 짓밟아 버린다. 그가 그렇게 해도 그 후에 아무런 일도 일어나지 않는다. 우식 정도면 여기서 그 어떤 짓을 해도 괜찮다. 경찰이 머리에 피 흘리는 피해자 주머니에 합의금을 강제로 찔러주면 찔러 넣어 주지 그의 손목에 수갑을 채우는 일 따위는 하늘이 두 쪽 나도 일어나지 않는다(그 당시 세태였다).

승민은 내일 아침 서울로 다시 되돌아가야만 했다. 그날 밤 그는 작정을 하고 대문 돌층계 상단에 앉아 밤늦도록 은신의 귀가를 기다렸다. 마음이 체한 듯 답답했다. 그녀와 얘기라도 해 보고 싶었다. 은신은 밤 11시 반이 넘어서야 우식이 모는 야마하 뒷좌석에 타고 집 어귀에 도착했다. 신작로에서 흙길로 접어드는 어귀였다. 흐릿한 어둠 속 저만치서 "우식 오빠,

고마워요!" 하고 그녀가 말했고 우식은 대답 대신 부릉부릉! 하는 요란한 기계음을 내며 오토바이를 단번에 돌려 부우우웅! 하고 신작로 끝으로 사라져 버렸다.

우식 오빠라……. 승민은 어둠 속에서 날아온 그 말에 가슴이 울컥했다. 은신이 자신에게만 오빠라 부르는 줄 알았는데 무작스레 덩치 큰 오토바이 오빠도 저렇게 있잖은가.

"어? 승민 오빠! 내일 간다며 왜 잠 안 자고 거기 앉아 있어?"

그를 발견한 그녀가 거침없이 걸어왔다.

'야! 너 같으면 잠이 오겠냐? 사람 내일 가는 것을 알면서, 그걸 뻔히 아는 니가 나랑은 시간을 보내 주지 않고 저 떡대 놈이랑 오토바이를 타고 이 늦은 시간까지 온 사방을 싸돌아댕기다가 오냐?' 승민은 이런 말이 튀어나올 것 같아 옆에 와 앉는 그녀에게서 고개를 반대편으로 휙 돌렸다.

"왜 그래? 오빠, 무슨 기분 나쁜 일 있어?"

'무슨 일이 있냐니? 그걸 몰라 묻는 거냐?' 그는 그렇게 말하는 눈빛으로 한껏 두 팔을 위로 치켜들어 기지개를 켜는 은신의 철면피한 아래위를 잽싸게 훑어보았다. '그런데 뭐냐? 니 꼬라지는? 어떻게 예전이나 지금이나 변한 게 하나도 없냐? 낡은 청바지에 흰 티셔츠, 흰 운동화. 완전 세트네 세트. 야마하 오토바이에 어울리는 옷 한 벌도 그놈은 안 사 주디? 그런 거 있잖아. 깜장 미니스커트 랑 화려한 반짝이가 박힌 실크 상의 말이야.' 이런 긴 얘기 대신 승민은 무뚝뚝하게 툭 말을 내뱉었다.

"좋냐?"

"응?"

"좋냐구? 우식이 오토바이 타니까?"

"아, 난 또 뭐라구. 뭐 좋다기보다는 편한 거지. 집 앞까지 이렇게 데려다주니까 위험하지도 않고."

"그래서?"

"그래서 뭐?"

"나 내일 간다는 걸 뻔히 알면서 너는 이 시간까지 놀고 오냐?"

"……!"

은신은 적의를 한껏 드러낸 그의 말에 목을 길게 빼서는 옆에 앉은 승민의 얼굴 정면을 들여다보며 고개를 갸웃했다.

"왜? 뭐?"

"아니, 대체 그게 뭔 소리냐구? 내가 놀다 오다니? 나 지금까지 일하다가 온 거야!"

'핫! 이, 이게 사람 대놓고 바보 천치 만드네. 야! 일은 무슨 일? 소주 따라 주는 일? 캔맥주 따 줬냐? 아니면 그 떡대랑 입

맞추는 일? 얼싸안고 뒹구는 일?' 하마터면 이런 말을 내뱉을 뻔했지만 승민은 "에이 내가 말을 말아야지!" 하면서 돌층계에서 벌떡 일어났다.

"늦었다. 들어가 자라!"

"잠깐만 오빠! 뭐 하는 짓이야? 오빠가 왜 나를 이렇게 대해? 무례하잖아."

"무, 무례?"

"그래. 근데 오빠, 지금 내 말 못 믿는 거야?"

은신은 돌아서 문 안으로 걸어 들어가는 승민의 상의 끝자락을 확 낚아채서는 자신 쪽으로 돌려세웠다.

"놔!"

"못 놔!"

"놓으라니깐!"

"오빠 왜 이래? 그냥은 못 들어가. 말을 해. 지금 뭔가 단단히 오해하고 있는 모양인데?"

"야! 그만해라. 나도 듣는 귀 두 개나 달렸다."

은신은 일순간 표정이 굳었고 다문 입술을 허물어 내듯이 말했다.

"무슨 귀? 누가 오빠한테 무슨 말을 했는데?"

"무슨 말을 했고 안 했고가 중요한 게 아니라……. 관두자,

내가 너한테 무슨 말을 하겠니?"

승민이 재차 들어가려고 하자 은신이 "정말 이럴 거야?" 하고 그에게 빽 소리를 내질렀다. 그녀는 분노했다. 갑자기 손가락을 하나 뽑아 자신의 집 쪽을 가리키면서 몸을 사시나무처럼 떨었다.

"예, 예전에 오빠도 봤었지? 저, 저기서 울 아버지가 울 엄마랑 말다툼하다가 죽은 거, 응?"

"……!"

"그때랑 지금이랑 비슷하다고 생각하지 않아?"

데자뷔를 말하는 건가.

"무슨 뚱딴지같은 소리야? 갑자기 그 얘긴 왜 꺼내냐? 그리고 어떻게 그때랑 지금 상황이 같다고 생각하냐? 말이 되는 소릴 해야지."

"왜? 왜 말이 안 돼? 나 지금 콱 죽어 버리고 싶은데? 나 죽는 거 보고 싶어?"

"……!"

"오빠 짐작으로, 오빠 추측으로만 사람 때려잡지 말라구. 설령 누가 나에 대해 뭐라 말했다 쳐도 본인 해명을 차근차근 들어 봐야지. 왜 오빠가 울 아버지 흉내를 내냐구? 그래, 나도 알아. 다들 내가 우식이 오빠 여자 친구라고 하지? 아니, 여자라고 말하지?"

"그, 그럼 아니란 거냐?"

"아냐. 우식 오빠는 그냥 날 도와주는 것뿐이야. 오빠가 생각하는 그런 사이가 전혀 아냐!"

"야, 그게 말이 되는 얘기냐? 그럼 시도 때도 없이 니가 그 떡대 오토바이는 왜 타고 다니는데? 하이구, 온 동네 모르는 사람이 없더구만."

그녀는 다짜고짜 대문에 달린 형광등 아래로 그를 끌고 가 허공에다가 자기 두 손을 쫙 펼쳐 보였다.

"이거 보여? 지금 내 열 손가락 끝들이 쭈글쭈글한 게 보여?"

"……?"

"잘 봐 봐. 방금까지 음식점 주방에서 수백 개도 넘는 그릇을 설거지하고 온 손이야. 엊그제도, 어제도, 오늘도 펑크 난 고무장갑을 끼고 해서 내 손이 이 모양이 됐어! 그런데 오빠는 단지 내가 오토바이 뒤에 탄 것밖엔 눈에 안 보이지? 그러면 이런 후줄근한 청바지며 목이 늘어진 티셔츠보다는 날라리 복장이 훨씬 더 잘 어울리지 않을까? 오빠가 지금처럼 날 날라리로 생각하고 있다면?"

"글쎄, 그러면 왜 그 떡대가 오토바이로 이 늦은 시간에 널

바래다주는 거냐구?"

"말했잖아. 위험해서라구! 그럼 오빤 내가 이 늦은 시간에 컴컴한 신작로를 혼자서 걸어와야 직성이 풀리겠어? 그럼, 오빠가 서울에 있지 말고 여기 있든지. 오토바이 아니라 자전거로 날 좀 데려와 주든지!"

그가 잠시 침묵을 지키다가 입을 뗐다.

"단지…… 그 이유 때문이냐?"

"그렇지. 그럼 다른 게 뭐 있어?"

그녀는 일하느라 종일 서 있던 두 다리가 아픈지 미간을 잔뜩 찌푸리며 먼저 돌층계 상단에 털썩 엉덩이를 내리고 앉았다.

"일단 오빠도 다시 앉아 봐."

"……!"

"앉으라니깐!"

승민은 30촉 알전구가 켜진 은신네 집 쪽을 힐끗 건너다보곤 천천히 그녀 옆에 앉았다.

"안 그래도 오빠가 이런 오해를 할까 싶어 내일 아침에 어떻게든 불러내서 얘기 다 하려고 했다니깐. 내 얘길 듣고도 오빠가 이해가 안 되면 그땐 오빠가 날 걷어차도 돼. 나도 기꺼이 받아들일 테니까."

은신의 얘기는 그가 고향 동창으로부터 들은 것과 유사했다. 날이 갈수록 남자들 집적거림이 심해졌단다. 학교는 차치하고서라도 일터에 못 나가면 당장 가족의 생계며 동생들 장래가 위태로웠다. 엄마도 자주 허리가 끊어질 듯 아프다며 파스 네댓 장씩 붙이고 드러눕기 일쑤고. 마음 같아서는 학교고 일이고 뭐고 다 때려치우고 집 안에만 틀어박혀 있고 싶다고 했다. 혼자 대처로 달아나고 싶은 마음이 굴뚝같은데 셋이나 되는 동생들이 발목을 잡았다. 눈에 밟혀 도망칠 수가 없었다. 뭐 어쩌겠는가. 운명이라고 받아들여야지.

그러다가 어느 날 은신이 야간에 일하는 고깃집에서 한 남자 손님이 노골적으로 추근댔다. 평소 그녀를 몇 번이나 희롱한 전력이 있는 그 남자가 빈 쟁반을 들고 가는 그녀 허리를 답삭 안아 자신의 무릎에 앉혔던 것이다. 기겁을 하며 버둥질을 쳤다. 그때 우식 일행이 가게 문을 열고 들어오다가 그 장면을 목격하게 되었다는 것. 같은 국민학교 출신이고 좁은 시골 동네여서 우식과 은신은 서로 누군지 정도는 알고 있었다. 우식은 그녀를 끌어안은 무뢰한인 30대 남자 멱살을 잡고 밖으로 질질 끌고 나갔다. 이어서 근처 함석 벽 한 면이 완전히 우그러지게 그 작자를 메다꽂은 모양이었다.

그 일을 계기로 은신은 우식의 집을 찾아갔다. 그들이 대면

해 얘기를 나눈 곳은 그의 집이 아니고 집 근처 다방이었다. 은신은 자리에서 일어나 테이블 반대편에 앉은 우식을 보며 당시 경황이 없어 감사 인사를 제대로 못 드렸다며 머리를 깊이 숙였다. 그리고 간청이 있다고 했다.

그녀가 머뭇거리자 우식이 하고 싶은 말이 뭐냐고 물었다. 그녀는 자신을 오빠 오토바이에 태우고 학교며 온 동네를 한동안 다녀 달라고 부탁했다. 오빠가 그렇게만 해 준다면 더 이상 나를 못살게 굴고 집적거리는 남자들이 없을 거라고 했다. 그녀의 말에 그는 재미나다는 듯 씨익 웃었다. 그녀에게 물었다. "그렇게 해 주면 넌 나한테 뭘 해 줄 거냐?" 그녀는 해 드릴 건 아무것도 없다고 잘라 말했다. 단지 죽을 때까지 우식 오빠를 참 좋은 사람으로 생각할 거라는 말을 공손하게 덧붙였다.

그러자 그는 손가락으로 각진 턱을 몇 번 쓰다듬었다. 한참이나 골똘한 표정으로 그녀를 지켜보던 그가 "좋아하는 사람 있냐?" 물었고 그녀는 고개를 끄덕거렸다. 그녀는 자신이 좋아하는 사람이 있다고 답했기에 그가 부탁을 거절할 거라고 생각했다. 하지만 아니었다. "그래, 뭐. 죽은 사람 소원도 들어 준다는데 내가 그 정돈 들어 줘야지. 걱정하지 마라. 니가 원하는 만큼 내가 오토바이 실컷 태워 줄 테니까!" 우식이 그녀에게 말한 최종 대답이 그러했다.

"헛! 우식이 형이 그, 그런 사람이었냐? 그러니까 너한테 한 번도 치근덕거리거나 이상한 짓 한 적이 없다 그 말이지?"

"그렇다니까. 그 오빠 체구며 인상, 걸음걸이가 오해받기 딱 좋긴 하지만 그 사람 신조가 '진정한 무도인'이야. 자기 입으로 말했어."

"그래?"

"그렇다니까. 한번 직접 찾아가 물어보든가."

"그럴 필요까진 없구."

그제야 승민은 안도의 한숨을 길게 내쉬었다. 숨이 제대로 쉬어지는 것 같았다. 승민이 자신에 대한 오해가 풀린 표정을 짓자 은신은 팔짱을 꼈고 이내 표정이 새침해졌다. 반쯤 돌아앉는 행동이 영락없이 토라졌다.

"뭐? 왜 또?"

"뭔 오빠가 그래? 날 지켜 준다며? 언제나 내 곁에 있겠다며? 그런 쪽지와 편지를 써 보낸 오빠가 이렇게 날 못 믿으면 어떡해?"

"야아, 그거야 니가 말을 해 줘야 알지. 말을 안 해 주면 내가 니 속을 어떻게 아냐? 그리고 너 나한테 지금까지 답장 한 번도 안 했다는 거 알긴 하냐?"

"답장은 무슨. 나 사는 거 보고도 모르겠어? 나한테 그걸 써

보낼 틈이 어디 있다구. 그리고 이번만 해도 그렇지 내가 말할 틈이 생기길 했었냐? 하루에 두 군데 이상씩 일해야 하는데? 오빠는 제멋대로야. 가뭄에 콩 나듯이 잠깐 내려왔다 이렇게 금방 올라가구. 나는 학교 다니면서도 돈을 벌어야 하는데. 정말 너무너무 속상해!"

"그래. 듣고 보니 내가 많이 잘못했네."

"몰라!"

"으, 은신아!"

"몰라, 오빠 정말 미워!"

그녀가 무릎 위에 올려놓고 있던 얼굴을 획 돌려 버렸다. 그리고 저기 어둠 속에 반쯤 잠겨 있는 듯한 자신의 집을 한참이나 건너다보았다. 움직임이 전혀 없었다. 그런데 왜 밤에 보는 사람의 집들은 한결같이 슬퍼 보일까.

"은신아, 서, 설마 우는 거 아니지?"

"울긴. 내가 이딴 걸로 우나? 사람 뭐로 보구. 하지만 말야……."

"응, 뭐?"

"나 있잖아, 정말, 저 집에 들어가는 거……."

"……?"

"싫다!"

그녀가 깊은 한숨을 내쉬고는 천천히 말을 이었다.

"매번 참아 내긴 하지만 어떤 날은 정말 너무너무 끔찍하게 싫어."

"그래? 왜? 니네 집이잖아?"

"……."

"말해 봐. 왜? 왜 그렇게나 싫어?"

"깊은 밤에 저 집 문을 향해 혼자 걸어가다 보면 자꾸만…… 자꾸만 울 아부지 생각이 나."

"그렇구나."

"근데 울 아부진 엄마랑 자식을 넷이나 낳고도 왜 엄마를 그렇게 못 믿었을까? 그렇게나 오랫동안 함께 살고서도 왜 엄마를 제대로 알지 못했을까?"

"……."

"내가 엄마 잘 알거든. 엄만 아부지를 좋아했었고 행패는 부려 댔어도 아부지한테 잘하기도 했거든. 그래서 지금도 잘 이해가 안 가. 정말 울 엄마는 손과 발이 곰 발바닥 되도록 평생 일만 했었는데."

은신이 승민의 어깨에 머리를 천천히 기대 왔다. 까무룩 잠이 들었는지 더 이상 말이 없었다. 그는 알전구만 달랑 하나 켜진 그녀의 집과 그 집을 눅진하게 에워싼 어둠을 지켜보다가 시선을 돌렸다. 어둠에 파묻혀 보이진 않지만 저만치 웅혼하게 서 있을 태봉을 건너다보았다.

세월이 빨리 갔으면 싶었다. 세월을 낫으로 댕강댕강 쳐 내서라도 빨리 어른이 될 수만 있다면 그렇게라도 한꺼번에 세월을 수확해 볏짚단처럼 묶어 뒤로 휙 던져 버리고 싶었다. 그래서 은신이 몸서리쳐지는 그날 밤 기억을 매일 떠올리지 않아도 되도록 저 집과 가장 먼 곳에서 살게 해 주고 싶었다.

늦은 밤 시간까지 일하고 돌아온 그녀가 잠시라도 어깨에 기대 편안히 눈 붙일 수 있도록 그는 상반신을 고정시켰다. 그의 젖은 눈 속으로 은신네 집 입구에 매달린 알전구 불빛이 찌르듯이 박혀 들었다.

대체 인생이 뭔가 싶었다. 산다는 게 뭔가 싶었다. 어떤 집에서 태어났느냐에 따라 누구는 아무 걱정 없이 공부만 하고, 또 누구는 공부는 뒷전으로 밀어 둔 채 밤늦도록 일을 해야만 하고. 그것이 결정되는 부모란 존재는 무엇이며 그 부모와 자식의 관계는 또 뭔가 싶었다. 삶이 억울하기 짝이 없는 모순같이 느껴졌다. 사람은 선택에 책임을 지는 존재다. 그러나 부모는 자신의 선택으로 자식을 낳았지만 그 자식은 정작 부모를 선택해 태어날 수 없지 않은가. 선택하지도 않았는데 삶이 고달

플 수밖에 없다는 건 부당하다. 누군가의 자식으로 태어나는 게 무슨 복권 당첨은 아니지 않은가.

내가 은신네 집 장남으로 태어나고 은신이 우리 집 막내로 태어났다면 어땠을까? 은신은 하나밖에 없는 막내딸로 온 가족의 사랑 속에서 금지옥엽 자랐을 것이다. 인형이나 피아노 정도가 아니라 한껏 편하고 우아한 삶이 제공되었을 것이다.

그렇다면 참 이상하지 않은가. 삶의 출발선부터 너무너무 불공평하지 않은가? 누구는 성공을 향해 그냥 달리기만 하면 되는데 다른 누군가는 어깨에 무거운 짐을 잔뜩 짊어져 간신히 걸어 내기도 버겁다. 그럼에도 불구하고 사람들은 자신에게 주어진 상황을 운명으로 받아들이고 꾸역꾸역 살아 낸다. 어떤 이는 밥 먹듯이 웃는데 왜 어떤 이는 물 한 잔 들이켠 만큼씩이나 울어야 하는가. 나에게는 꽃 시절 뱃놀이하는 강이 왜 너에게는 아픔과 슬픔만이 흘러오는 강이어야 하는가. 모르겠다. 정말 잘 모르겠다. 승민은 이런 의문들을 떠올리며 눈시울을 적셨다.

그런데 만약 지금 은신이 자신과 집을 바꾸자고 한다면 어떻게 할 것인가. 승민은 어떤 선택을 할까? 그녀는 공부만 하고 그가 대신 신문을 돌리고 창고에 짐 나르는 일을 한다면, 조금 더 커서는 은신의 엄마처럼 벽돌을 나르거나 아버지처럼 기와 만드는 일을 해야 한다면…… 그건 안 된다고, 그럴 수는 없다고 할 것인가. 그렇다면 지금 자신의 마음은 의지나 신념이 아니라 그저 감상에 불과할 뿐일까? 승민은 자신을 향한 그와 같은 질문이 떠오르자 내심 많이 당황했다.

하지만 그래도 답은 이내 택해졌다. 그녀가 원한다면 그렇게 할 수 있을 것이다. 위선이나 가식적인 헛소리가 아니다. 무엇보다 지금까지 그녀가 충분히 힘들었지 않은가. 앞으로도 그 힘듦이 지속되는 건 부당했다. 옳지가 않았다. 삶은 운명이 아니라 공평해야지만 정당했다. 자기 한 사람만이라도 그녀 손에 자신이 누릴 삶의 순탄함을 넘겨주는 게 맞았다. 그래서 그녀가 삶을 바꾸자고 하면 기꺼이 그렇게 할 수 있을 것만 같았다. 하지만 서로의 부모를 바꾸는 게, 서로의 집을 바꾸는 일이 어떻게 가능한가. 현실에서는 불가능했다.

승민은 자기 어깨에 기대 잠이 든 은신의 머리 무게가 삶의 고단함으로 전해졌다. 그런 그녀가 안쓰럽기 그지없었다. 철부지처럼 질투와 오해를 한 것이 부끄러웠다. 그래서 그는 '미안해. 미안해. 내가 정말 미안해' 하는 말만 소리 없이 그녀 머리 위에서 읊조리고 또 읊조렸다.

¶

눈물이 나를 껴안다

뒤에서 살며시 그대를 껴안는다
그대 등과 머리칼, 가슴 그리고 가을이
내 마른 품에 차례로 안겨 든다
가을이야, 또 당신 내음 나는 가을이 왔어
그렇게 중얼거리며 난 당신 어깨에 내 시야를 묻는다
눈부셔서, 마주 보면 그대 입술과 눈빛에 담긴 사랑이
너무나 눈부셔서, 기어이 무거워져서 언제나 난
뒤에서만 당신을 조심스레 껴안았다
나는 그다음을 알기 때문이나
나의 뒤에는 당신으로 인한 슬픔이 서 있고
그대가 떠난 후 짙은 외로움이 뒤에서
날 껴안으리란 것을

7. 옆구리 세월

¶

시간은 어디로부터 배어 올라 어디에 스몄다가 어디로 휘발되는지 아무도 본 적이 없다. 분명한 건 시간은 물방울처럼 고여 들다가 세월을 이뤄 흘러 나간다는 거다. 지하로, 지상으로, 허공으로 통과하듯이 흐르는 시간의 강은 인간 몸을 보이지 않게 휘감는다. 몸을 씻기듯 꼼꼼히 세월로 적시고 입힌다. 소녀에서 여자로, 소년에서 남자로. 그렇게 시간은 사람 몸에 세월의 흔적을 빠짐없이 남긴다. 머리카락을 희게 하고 뼈를 굳게 하고 피부에 벽화 같은 주름을 아로새긴다. 세월은 사람 몸을 빈 달팽이 집처럼 만들고 나서야 자취를 감춘다. 시간은 눈에 보이는 모든 몸을 지배한다. 하지만 눈에 보이지 않는 사람 마음에까지 미치지는 못한다. 몸은 손쉽게 시간에 항복하고 세월에 폐허로 허물어져 내리지만 마음만은 세월이 정복한 몸의 연대기를 인정하지 않고 강력하게 거부한다. 마음은 신처럼 홀로 영원한 실존을 꿈꾼다.

은신은 상지여중을 졸업한 그 이듬해 2월, 눈 내리는 중순에 서울로 입성했다. 서울 구로공단 직물 공장에 다니는 사촌 언니를 따라 J섬유 공장 공원이 된 것이다. 공장 한쪽에 기숙사가 있어 생활비가 거의 안 드는 게 좋았다. 월급을 몽땅 적금 붓거나 시골집에 부칠 수 있었다. 결정적인 건 공단 안에 야학교가 있다는 거였다. 정규 고등학교를 안 다니고도 고등학교 졸업 자격증을 따낼 수 있는 검정고시반이 있다는 얘기에 그녀는 귀가 번쩍 뜨였다.

고향에서는 상급 학교인 상지여상에 진학하기 힘든 처지였다. 줄줄이 자라나는 동생들 학비며 불어나는 생활비로 인해 본격적으로 돈을 벌어야만 했다. 게다가 언제까지나 우식 오빠 오토바이 뒷자리에 타고 다닐 수도 없었다. 우식은 머잖아

한국체대로 적을 옮겨야 하는 만큼 본격적으로 운동에 돌입해야 했다. 그건 우식이라는 보호막이 사라진다는 걸 뜻했다. 또다시 자신의 주변을 에워싸며 시시각각 몰려올 그 집요한 집적거림들을 은신은 견뎌 낼 자신이 없었다.

그녀는 자기 용모가 눈에 띄는 건 시골이고 사람 수가 많지 않기 때문이라 여겼다. 반면에 서울은 그렇지가 않다. 사람이 무지무지 많아서 예쁜 여자도 많을 것이다. 거대 도시에서는 자기 얼굴 따위는 쉽게 묻힐 것이라 여겼다. 물론 은신이 서울행을 결정한 가장 큰 이유는 승민 때문이었다. 그 오빠가 공부하고 있는 곳이 서울이다. 승민 오빠는 대학 입시를 의식해야 할 고2가 되었다. 자주 만날 순 없다 해도 서울 하늘 아래 같이 있고 싶었다. 그가 숨 쉬는 서울 공기를 같이 마시고 그가 세수하는 같은 서울 수돗물로 아침마다 얼굴을 씻고 싶었다.

처음에 은신의 엄마는 큰딸이 서울 구로공단에 취직하겠다고 하자 맹렬히 반대했다. 이것이 머리가 굵어지니 지 혼자 살겠다고 도망치나 싶었던 거다. 어디 하나 성한 구석이 없는 몸인 어미와 세 동생을 내치고 혼자만 살겠다고 내빼는 게 아닌가 의심했다. 은신은 사촌 경숙 언니가 받는 월급 액수와 석 달마다 받는 보너스 얘기를 했다. 자신도 월급 받으면 그날로 3분의 2는 꼬박꼬박 집으로 부치겠다는 약속을 했다. 야학이

나 검정고시 얘기 따위는 일절 꺼내지도 않았다. 엄마의 교육 가치관은 '여자애 교육 많이 시켜서 엇따 쓰냐?'였다. 상급 학교에 진학시킬 형편도 안 되지만 진학시켜 봤자 헛바람만 든다는 거였다(당시 은신은 아무리 그래도 고등학교 정도는 나와야 하지 않나 생각했지 대학은 아예 꿈도 꾸지 않았다).

그녀 엄마는 장녀가 시골에서 남의 집 일을 거들어 짬짬이 벌어들이는 총액보다 공장 직원이 되어 받는 수입이 갑절 이상이나 많다는 것을 알게 되자 그제야 입을 다물었다. 볼펜으로 꾹꾹 눌러쓴 자신의 통장 번호가 적힌 종이를 딸에게 내민 뒤에야 서울행을 허락했다.

은신은 가방 두 개를 들고 서울 영등포역에 내렸다. 마중 나온 사촌 언니를 따라 시내버스를 타고 구로공단 내에 위치한 직물 공장으로 갔다. J섬유 공장은 직물 공장과 염색 공장을 겸한 곳이다. 직물 공장 공원들의 주된 일은 기계로 돌아가는 수천 개 실패의 줄 끊김을 확인해 일일이 잇는 작업이다. 그리고 짜여진 여러 종류의 크고 작은 원통형 원단을 비닐로 밀봉 처리해 창고에 적재까지 한다. 염색 공장은 직물 공장에 비해 작업 환경이 상당히 열악한 곳이었다. 화학 염료를 많이 쓰기에 고무장갑을 반드시 착용해야 했고 코를 찌르는 강한 냄새 때문에 마스크를 쓰지 않을 수 없었다.

은신은 처음에 염색 공장 팀장을 따라다니며 공장 안내와 작업 지도를 받았다. 수십 종류의 화학성 직물과, 실크에서부터 삼베까지의 천연 원단이 커다란 쇠 봉에 걸려 길게 펴지면서 컨베이어 시스템에 의해 돌아갔다. 그 시스템 중간에 윤전기 같은 커다란 몸체의 기계가 설치되어 있는데 그 기계 속으로 원단이 통과되면서 화학 염료로 물들여지거나 갖가지 문양이 박혔다.

다행히 은신은 막판에 염색 공장이 아닌 직물 공장으로 배치되었다. 사촌 언니가 작업반장이라 영향력을 발휘했거나, 그게 아니라면 공장 사무실 인력 담당관이 은신의 외모며 야리야리한 몸매를 뒤에서 지켜보다가 '도저히 안 되겠군. 그냥 저곳에 두면 한 달 안에 공장 바닥에 쓰러지기 따악 십상이겠어!' 해서 보통의 신입과 달리 염색 공장 배정에서 운 좋게 제외된 것이었다.

승민은 은신이 서울에 올라왔다는 것을 한참이 지나서야 알았다. 6월 마지막 주 토요일, 4교시를 마친 그는 학교 정문을 막 나서다가 어디선가 "승민 오빠!" 하는 소리를 들었다. 이게 웬 일인가! 뒤돌아본 그는 흰 뾰족 구두에 분홍빛 원피스를 입은 은신이 두 손 모아 핸드백을 쥐고 서 있는 것을 보고 놀라

자빠질 뻔했다. 늘 고향 시골에 있다고 생각한 그녀가 서울 중심에 박힌 은행나무 아래 서서 자신을 보고 빙긋거리고 있으니 그럴 만도 했다. 잠시 헛것을 본 게 아닌가 주먹으로 두 눈을 문질러 댔을 정도였다. 그가 다니는 고등학교 명칭과 그 학교 소재지가 남산 근처란 정도만 알았던 그녀가 아무 기별도 없이 무작정 짠! 하고 그의 앞에 나타난 거였다.

"으, 은신아!"

'니가 어, 어떻게?' 승민은 그녀를 향해 걸어갔다. 빙긋한 선웃음을 입에 문 은신은 그가 가까이 오자 팔짱부터 답삭 꼈다. 그러자 하교를 하던 그와 같은 반 아이들이 와아! 하고 탄성을 내질렀다. "야아, 웬일이냐? 김승민 다시 봤어!" "되게 예쁘다!" "소개 좀 시켜 주라!" 연신 소리를 질러 댔다.

은신은 얼굴과 키, 몸매는 여지없이 예쁜 소녀긴 했지만 차림새는 뭔가 어색했다. 자신의 옷이 아닌 남에게서 빌려 입은 것같이 원피스 어깨 품새 자체가 컸다. 굽 높은 구두를 처음 신어서 발뒤꿈치가 까지기라도 한 것처럼 어정쩡하게 무릎을 살짝 구부리고 섰다. 뭐랄까 어설픈 신입 직장인? 패션 감각이 전혀 없는 차림새가 부자연스러워 보이게 했다. 하지만 고2 사내애들에게 그런 것 따위는 중요치 않다. 오직 얼굴과 몸매가 예쁜가 안 예쁜가만 중요하다. 승민은 반 친구들의 환호성에 어깨가 조금 우쭐해졌다.

“대체 어떻게 된 일이냐? 니가 왜 여깄어?”

“핏! 나는 뭐 서울에 있으면 안 되나? 나도 서울 살아!”

“니, 니가 서울 산다구? 무슨 말이야? 진짜로 니가 지금 서울에 있단 거야?”

“어히구 오빠! 그렇게 눈 너무 크게 뜨지 마. 눈 빠질 것처럼 보여. 아무튼 내가 천천히 얘기해 줄게. 일단 좀 걷자. 근데 오빠, 오늘 시간 좀 나나?”

“오늘? 시간은 왜?”

“데이트하려구 그러는 거지. 잠깐이라도.”

“응…… 괜찮아.”

“휴우, 다행이다. 이렇게 불쑥 나타나 놀래 주려다 보니 오빠 학교 마치자마자 또 어딜 급히 가야 하는 거 아닌가 되게 맘 졸였는데. 학원 말이야.”

“학생이 뭐 기계냐? 토요일은 좀 쉬어야지!”

승민은 그녀를 안심시켰다. 하지만 그건 거짓말이었다. 토요일이면 더욱더 국영수 단과 학원이 바삐 돌아간다. 하는 수 없다. 학원 빠지는 한이 있더라도 이렇게 하늘에서 툭 떨어진 듯한 은신을 길거리에 떼어 놓고 갈 순 없는 노릇이었다.

“명동이 이 근처라며?”

"응."

"그럼, 나 명동 구경시켜 줘."

"며, 명동? 명동에 뭐 볼 게 있다구!"

"우리나라에서 제일 비싼 땅이 명동이라잖아. 왜 볼 게 없겠어?"

'그런가……?' 그때까지 그는 길거리를 헤맬 필요 없이 가까운 장충단공원으로 가 벤치에 앉아서 그녀 얘기부터 들어 보고 싶었다. 그래서 공원 쪽 오르막길을 오르고 있었다. 명동과는 정반대 방향이다. 명동으로 가려면 다시 왔던 길을 내려가 왼쪽으로 꺾어 퇴계로로 접어들어야 한다. 이후 200미터 정도 죽 걷다가 길 건너 오른쪽 빌딩 숲으로 진입하면 거기부터가 명동 지역이다.

"그래 뭐, 니가 꼭 가 보고 싶다면야 가자. 그리 멀진 않으니까."

승민은 되돌아섰다. 팔짱을 낀 은신이 재재거리는 발놀림으로 또각거리는 구두 굽 소리를 냈는데 귀에 참 낯설게 들렸다. 저 아래쪽 학교 정문 바로 앞을 통과하는 게 부담스러워 교차로를 통해 맞은편 앰배서더호텔 쪽으로 건너갔다. 그리고 그녀와 함께 나란히 내리막길을 걸어 내려갔다. 교복에 교모를 쓴 고등학생 놈이 숙녀 차림새인 젊은 여자와 팔짱 끼고 걷는 것을 학교 학생주임이 보게 된다면 다음 주 월요일 아침 선도반 사무실로 꼼짝없이 호출될 것이다. 교칙 위반인지 아닌지까지는 잘 모르겠고 적어도 학생주임으로부터 '대학도 가기 전에 대그빡에 피도 안 마른 고2 자슥이 대낮에 젊은 여자랑 팔짱을 끼고 활보를 해? 엉! 그것도 학교 바로 앞에서? 대체 니가 생각이 있는 놈이야 없는 놈이야? 당장 엎드려뻗쳐!' 소리를 듣고 난 다음에 엉덩이를 야구방망이로 서너 대는 너끈히 맞을 것 같았다. 그런 위기감을 느낀 그는 교모 앞 챙을 이마 깊숙이 내리고 교문 맞은편 인도를 빠르게 지나쳐 길을 꺾어 냈다.

승민은 퇴계로 길을 걸으면서 "먼저 얘기부터 해 주지? 대체 니가 왜 지금 서울에 와 있는지?" 하고 보챘다. 하지만 은신은 그의 궁금증은 뒷전이고 퇴계로에 줄지어 도열한 애견숍 유리벽 속에만 눈길이 가 있었다. "어머! 어머어머! 재 좀 봐. 어쩜 저렇게 작아. 완전 주먹만 하네. 재는 진짜 흰 솜뭉치 같다. 햐아, 여기 서울 강아지들 진짜로 예쁘다!"며 감탄을 연발했다. 그녀가 귀여운 복슬강아지들을 들여다보는 사이 승민의 배에서 쪼르륵 하는 소리가 크게 울려 나왔다.

"아 참, 오빠 배고프겠다. 점심 못 먹었지?"

근처 중국집을 발견한 은신이 그의 손을 이끌었다. 물론 승민의 주머니 속에 짜장면 한 그릇 먹을 돈 정도는 있었다. 그리고 버스를 타는 회수권도 여러 장 있긴 하지만 그녀 짜장면까지 사 줄 돈은 안 된다는 것을 잘 아는 그로서는 중국집 앞에서 멈칫거릴 수밖에 없었다.

“은신아, 실은 내가 점심 살 돈이 부족해.”

“아이구, 잘 알고 있네요. 학생이 무슨 돈이 있겠어? 돈은 당연히 돈 버는 직장인이 내야지. 나 돈 충분하니까 걱정하지 말고 들어가자!”

“지, 직장인이라구? 니가?”

“그럼. 월급 받으면 다 직장인이지. 직장인이 뭐 별건가?”

중국집 2층 창가에 자리를 잡고 앉으면서 은신은 맞은편 의자에 앉는 승민을 빙그레 웃으며 건너다보았다.

“그래 오빤, 뭘 먹을 거야? 짜장? 짬뽕?”

“짜장면.”

“난 짬뽕 먹을 거야.”

그녀가 종업원을 불렀다.

“여기 짜장면하고 짬뽕 한 그릇씩 주시구요.”

그러고는 그를 향해 다시 조붓한 흰 턱을 내밀었다.

“뭐 하나 더 시켰으면 하는데…….”

잠시 벽에 붙은 메뉴판을 쳐다본 뒤 “오빤 군만두가 나아 탕수육이 더 좋아?" 하고 물었다.

"뭘 탕수육까지나. 난 짜장면으로 충분해."

"에이그, 왜 그러셔. 공부하는 학생이 먹을 때 많이 먹어 둬야지. 아저씨, 탕수육 중짜 하나 추가해 주세요!"

주문을 받은 종업원이 주방 쪽으로 건너가자 승민은 물컵을 들어 물부터 벌컥벌컥 마시고는 잔을 내려놓았다.

"자, 이제 어디 제대로 말 좀 해 봐라. 니가 왜 지금 서울 여기서 나한테 짜장면에 탕수육을 사 주고 있는 거냐구?"

"그럼 난 촌에서 태어났으니까 맨날 촌년으로만 살아야 한단 거야?"

"내 말은 그런 말이 아니잖아. 말장난 그만하고 어서 얘기해라. 궁금해서 미치기 직전이니까!"

그녀가 그간에 있었던 일을 말했다. 사촌 언니 소개로 직장을 잡아 지금 구로공단 J공장에서 일한 지 4개월이 지났다고. 기숙사 시설이 잘 되어 있고 급식도 국에 다양한 세 가지 반찬이 나와서 먹고 자는 데 아무 애로점이 없다고. 승민은 그녀의 설명을 들으면서 자꾸만 미간이 찌푸려졌다.

그는 고향에서 은신한테 말했었다. 가정 형편이 아무리 어려워도 공부는 계속해야 한다고. 대학은 몰라도 무조건 고등학교까지는 일단 마쳐 놓아야 한다고. 그런데 그녀가 고등학교는 진학하지 않고 서울 구로공단 공원(나쁜 말로 '공순이')이 된 것을 아주 자랑스레 얘기하고 있지 않은가.

"그럼 학업은?"

"응? 졸업했잖아."

"아니, 여중 말고. 더 이상은 공부 안 할 거냐구?"

그러자 그녀는 히든카드를 꺼내 이마에 딱 붙인 듯이 표정이 환해졌다. 공단 안에 야학교가 있어 그 검정고시반에 매일 저녁 꼬박꼬박 열심히 다니고 있다고 했다. 젊은 야학 선생님들이 가르쳐 주는 대로만 잘 따라가면 고등학교 졸업을 인정받는 검정고시 통과율이 80퍼센트가 넘는다는 그녀의 얘기를 듣고 나서야 그의 표정이 누그러졌다. 그녀가 공부를 포기하지 않았다는 것이 무엇보다 기뻤다. 그제서야 안심이 된 승민은 갈라 낸 나무젓가락으로 짜장면 가락을 휘휘 비비면서 말했다.

"그 검정고시 꼭 통과해 낼 거지?"

"물론이야. 내 머리가 잘 안 돌아가긴 하지만 2, 3년 안에는 어떻게든 해내겠지?"

"그래? 진짜로 그렇게만 되면 딱이네. 니가 고등학교 졸업할 나이에 통과하게 되는 거니까."

그는 젓가락으로 탕수육 하나를 집어 입안에 넣고 우적우적 씹어 삼킨 뒤 물을 조금 마시고서 말했다.

"꼭 통과해야 된다. 무조건! 꼬옥!"

"아이참, 걱정하지 말라니까."

"그리고 난 니가 반드시 대학생이 되면 좋겠어."

"대, 대학생……? 어휴 오빠, 그건 좀 무리다. 내 가정 형편 잘 알잖아. 난 내가 버는 돈으로 줄줄이 자라 오는 동생들 공부부터 시켜야 해. 내가 대학 가는 것보다 내 남동생들 대학 보내는 게 우선이지. 그나마 우리 집을 일으켜 세우려면!"

"알고 있어. 하지만 그럴수록 너도 대학을 꼭 가야 한다는 거야. 아무튼 넌 걱정하지 마. 그 문제는 내가 어떻게든 해 볼 테니까."

"뭐? 오빠가?"

그녀가 눈을 동그랗게 떴다.

"어떻게든 해 보겠다니? 그게 대체 뭔 말이야? 그럼 오빠가 나 대학이라도 보내 줄 거라 그 말이야?"

"그래."

"어떻게? 무슨 돈으로? 그때도 오빤 돈 전혀 못 버는 학생일 텐데?"

"야! 뜻이 있는 데 길이 있다잖아. 뜻이 있는데 돈 때문에 지레 대학을 포기한다는 게 어디 말이 되냐? 무슨 수라도 생기겠지."

"아무리 그렇대두 내가 대학 가는 건 무리지. 내 반년 치 월급을 전부 다 모아야 겨우 입학금이 될 텐데. 아니, 잠깐만. 오빠 설마?"

"설마, 뭐?"

짜장면을 먹다가 젓가락질을 멈춘 그의 얼굴을 은신은 새침한 표정으로 노려보았다.

"오빠 혹시 내가 검정고시 고졸인 게 창피해서 그러는 거 아냐? 대학생 못 되면 언제든 나 걷어차겠다고 미리 말해 두는 거 아니냐구?"

"별소릴 다 듣겠네. 그걸 어떻게 그렇게 받아들이냐?"

"아니 그렇잖아. 대학교에 다닐 오빠 여자 친구인 내가 정규 과정도 아니고 검정고시 고졸이라면 창피할 만도 하잖아. 안 그래?"

"나 원 참! 시비도 희한하게 거네!"

"말해 봐! 그런 거지?"

"그게 아니고. 내 말은 중학교에서 고등학교, 고등학교에서 대학교 가는 사다리가 놓였다면 어떻게 해서든 올라가야 한다는 거야. 니가 돈 때문에 올라갈 수 있는 사다리를 걷어찬다는 게 마음에 걸려서 그래. 아무튼 너는 일 잘하고 공부도 열심히 해. 그딴 건 나한테 맡기고."

"……!"

은신의 표정이 굳었다. 그는 그릇을 들고 짜장면 바닥을 딸딸 긁어 입안에 밀어 넣었다. 또 탕수육을 몇 개씩 한꺼번에 입안에 집어넣고는 볼이 미어터지게 씹어 삼켰다. 그러고는 큰 유리병에 든 물을 컵에 따라 채우며 말했다.

"뭐 자존심 상하네 마네 이딴 말을 할 양이면 아예 꺼내지도 마라. 그건 나와 너를 떼어 놓고 갈라놓는 발상에서 비롯된 거니까."

"이걸 어째?"

"뭐?"

"오늘따라…… 오랜만에 봐서 그런지……."

"그래서 뭐?"

"오빠, 되게 달라 보인다."

"어떻게?"

"변했어. 왠지 되게 어른스러워 보인다구!"

두 사람은 중국집을 나와 명동으로 갔다. 팔짱을 끼고 빌딩 숲 사이를 돌아다녔다. 교복을 착용한 한계가 있긴 했지만 군중 속 연인의 모습으로 명동성당 오르막길을 올라갔다.

"햐아, 이게 티브이에서 봤던 명동성당이구나! 우리도 성수를 이마에 찍고 들어갈까?"

"쓸데없는 짓거린 하지 말자구. 난 다리가 아파 쉴 겸 해서 들어온 거지, 하늘에 산다는 그분 만나러 온 게 아니거든."

은신과 승민은 서로의 귀에 속삭여 대면서 높다란 아치형 공간 안으로 들어가 서늘한 실내에 한동안 앉아 있었다. 군데군데 하얀 미사포를 쓰고 앉은 여자들이 머리를 숙이고 기도하는 모습이 눈에 띄었다. 하지만 은신은 나란히 앉은 채 자신의 무릎 위에 승민의 한 손을 올려놓고 두 손으로 만지작거렸고 제단이 있는 전면이 아니라 승민 옆얼굴만 요모조모 뜯어보았다.

성당에서 나와서는 성모병원 쪽으로 걸어 내려갔다. 신호등에 잠시 대기했다가 그다음 블록으로 넘어갔는데 실베스터 스탤론 주연의 영화 〈록키〉 간판이 전면에 부착된 커다란 극장이 나왔다. 길 건너 조금 내려가니 백병원, 그리고 대각선으로 맞은편 쪽에 거대한 돌들을 쌓은 듯한 석조 건물인 영락교회가 있었다. 우리나라에서 가장 비싼 땅 위에 성당과 교회, 병원이 대거 포진해 있다는 사실이 신기했다. 가장 낮은 곳에 위치해야 할 것들이 가장 높은 곳을 차지했다고나 할까?

아무튼 그들은 명동 일대를 정처 없이 걷다가 경찰병원 앞 정류장에서 헤어졌다. 그 정류장에 부착된 버스 노선도를 보니 영등포와 구로공단 쪽으로 가는 버스가 있었기 때문이다. 오후 4시가 넘어서던 무렵이었다. 은신은 야학 검정고시반 숙제를 미처 다 하지 못했다며 시내버스에 서둘러 올랐다. 승민은 그런 모습이 보기 좋았고 흐뭇했다. 자신은 비록 토요일 학원 단과반 수업 세 개를 전부 다 놓쳤지만 그녀가 자신의 미래를 야무지게 챙기는 게 만족스러웠던 것이다. 승민은 창가 자리에 앉은 은신을 향해 한 손을 열심히 흔들어 댔다.

승민은 고등학교 기간 내내 새벽 2시 전 잠자리에 든 적이 한 번도 없었다. 정말이지 공부를 독하게 꾸준히 했다. 그가 하는 공부의 의미가 남달랐기 때문이다. 공부가 자신만을 위한 거였다면 꾀를 부리고 적당히 농땡이도 쳤겠지만 그 공부 속에 은신과 자신의 미래가 함께 있다고 여겼다. 그런 까닭에 그는 잠시도 공부를 게을리할 수가 없었다.

그는 그 이듬해 3학년이 되었다. 그해 말인 겨울 초입에 학력고사를 치렀다. 시험장을 나와 찬바람이 부는 운동장을 걸어 나올 때 기분이 나쁘지 않았다. 노력한 만큼의 성적은 나왔다 싶었다. 한 달 뒤 시험 결과가 나왔다. 그가 받아 든 점수는 SKY대학 그 어느 곳도 들어갈 수 있는 좋은 성적이었다. 하지만 그는 대학을 한 단계 낮춰 원서를 넣었다. 왕십리에 소재한 H대 공대 건축학과를 지원한 것이다.

그가 건물의 설계 도면을 그리는 건축학과에 관심을 가지게 된 건 중학교 때였다. 도서관에서 우연히 안토니 가우디의 건축물 사진집을 보고나서부터다. 사그라다대성당과 구엘저택, 바다를 모티브로 한 카사바트요 같은 그의 건축물들은 한결같이 겉모습이 낯설고 기이했다. 하지만 내부는 온화하고 쾌적한 분위기를 자아냈다. 승민은 그의 아르누보 건축물들을 보고 완전히 매료되었다. 그때부터 건축학과에 가기로 일찌감치 마음먹었다.

아무튼 승민은 입시 성적표가 첨부된 원서를 H대 교무처에 제출하면서 교무처 관계자와 잠시 면담까지 했다. 자신의 성적으로 장학금을 얼마나 받아 낼 수 있는지 확인하기 위해서였다. 교무처 직원은 4년 전액 장학금은 장담 못 하겠지만 2년 장학금 받기에는 충분한 점수라는 확답을 주었다.

은신은 제 나이로 정규 고등학교를 졸업할 시점에 대학 입시를 치룰 수 있는 검정고시에 통과했다. 전체 평균 60점 이상이면 합격인데 63점을 받아 간신히 턱걸이했다. 승민이 대학 1학년을 마칠 무렵 은신은 그의 재촉에 못 이겨 영등포와 가까운 경기도권 야간 간호전문대학에 원서를 넣었다. 그녀는 우선적으로 안정된 직장이 보장되는 학과를 원했다. 그리고 또 하나의 이유는 남 살갗에 주삿바늘을 찔러 넣을 때 사람들 아파하는 얼굴이 되게 재밌을 것 같아서였다.

사실 승민은 은신과 관련해 가슴속에 묻어 버린 얘기 하나가 있다. 대학 신입생 가을 무렵이었다. 그는 자신이 다니던 왕십리 H대학 정문께에서 우연히(?) 우식을 만났다. 당시 그는 용인대 유도학과 2학년생으로 근처에 사는 친구를 만나고 돌아가다가 '아 여기가 바로 H대구나. 캠퍼스 구경이나 좀 하고 갈까?' 하던 중이었다고 했다.

어쨌든 "엇! 너 승민이 아니냐?"라며 우식이 그를 먼저 발견했고 눈에 띄는 그의 커다란 몸집과 다부진 어깨로 인해 "아, 우식 선배! 안녕하세요!" 하면서 둘은 만났다. 승민은 은신이 그 선배에게 도움을 받았다는 것을 잊지 않고 있었기에 아주 반갑게 인사했다. 서로 간에 이런저런 안부와 고향 소식이 가볍게 오간 뒤 우식이 "아, 참!" 하면서 승민을 향해 그 부리부리한 눈을 음침하게 떴다.

"니네 고향집 말야. 그 옆집이 은신이네 집이지? 박은신!"

"……네."

"승민이 너 혹시 은신이 소식 아냐? 걔 여기 서울 와 있는지 한참 되었다고들 하던데?"

"아뇨. 근데 왜요?"

그는 직감적으로 느낌이 좋지 않아 딱 잡아뗐다. 우식이 왠지 능글거리는 표정이었던 탓이라고 할까.

"그래? 흐음, 정말 모른단 말이지?"

그가 사각진 턱 밑을 큼지막한 손바닥으로 쓱쓱 비볐다. 그 와중에 앞에 서 있는 승민의 표정을 날카롭게 살폈다. 그 순간 승민은 이 사람이 친구가 아니라 날 찾아 일부러 H대에 왔을지도 모른다는 생각이 들었다. 드넓은 서울 바닥이긴 하지만 은신과 자신이 만나는 것을 거리에서 얼핏이라도 본 그의 친구들이 있을지도 모른다. 그렇다면 그 얘기는 뒤늦게라도 우식의 귀로 흘러 들어갔을 것이다.

"네."

"진짜지?"

"그렇다니까요!"

그는 우식이 재차 확인하자 불쾌감을 숨기지 않았다.

"그래, 그렇다면야 뭐. 근데 거참, 고게 어떻게 이렇게나 두더지처럼 콕 숨어 버릴 수가 있지?"

그 말에 그나마 승민의 얼굴에 남아 있던 반가움이 완전히 휘발되어 버렸다. 은신을 두더지에 비유한 것은 자신에 대한 모독이었기 때문이다.

“아니, 은신이 걜 왜 나한테 와서 찾아요? 나보다 선배가 훨씬 개랑 친했잖아요. 한때 선배가 오토바이 뒤에 은신이 태우고 다닌 걸 온 동네 사람들이 다 알고 있더구만!”

“그래, 뭐 그땐 그랬었지.”

우식은 선웃음을 흘리며 그때를 회상하는 표정으로 고개를 몇 번이나 크게 주억거렸다.

“지금 생각하니 그 시절 나도 꽤나 재밌었구나 싶다. 은신이 걘 진짜 뒤에 태울 맛이 났었거든. 그런데…… 얘가 중학교 졸업식 직전에 나한테 말도 없이 잠수를 타 버렸네. 여기 서울로 완전히 날아 버린 거야.”

담배를 빼어 문 우식은 필터를 앞니로 질겅질겅 씹었다.

“……!”

“개가 서울의 무슨 공장 기숙사로 들어갔다는 것까진 들었는데 그 공장 이름이며 위치는 아무도 몰라. 개가 제 엄마 입단속을 단단히 해 버린 모양이더라구. 나한테까지도. 허 참!”

승민은 속으로 고개를 크게 갸웃했다.

“은신이가 선배한테 왜 그랬을까요? 3년 전쯤 고향에 갔을 때 듣기로는 선배가 은신이 주변에 집적거리는 애들 한꺼번에 다 정리해 주어서 개가 아주 많이 고마워했다던데?”

"누가? 은신이 걔가 그래? 너한테 직접?"

"아뇨. 은신이 엄마가 우리 엄마에게 말했고 그 얘길 내가 엄마한테서 들은 거죠."

"그래? 흐음, 그렇단 말이지. 하지만 뭐 굳이 그렇게 고마워할 것까진 아닌데?"

우식은 승민을 약간 비꼬듯이 비시시 웃었다.

"뭐, 뭐가요?"

"서로 주고받는 게 있으니까 내가 걜 태워 줬을 거 아냐. 세상이 어디 동화책이냐? 고마움은 무슨. 낯간지럽게시리. 근데 승민이 너 진짜로 걔 지금 어딨는지 모른다는 거지? 응? 확실한 거지?"

"네!"

우식은 언뜻 어이없다는 표정이었다. '어라? 이 자식 봐라. 둘이 있는 걸 본 사람이 있는데 딱 잡아떼네!'란 말을 입안에 넣고 질겅질겅 씹듯이 자신의 얼굴을 승민의 얼굴에 바짝 들이 댔다. 그의 눈알 속을 까뒤집어 살피는 듯 잠시 노려보더니 이윽고 한 발 뒤로 물러서면서 "뭐 니가 모른다니 나로서도 어쩔 수 없는 노릇이긴 하지" 하며 빈 입맛을 쩝쩝쩝! 크게 소리 나게 다셨다.

그때 승민은 주먹으로 그의 턱을 세게 갈겨 버리고 싶은 충동이 일었다. 뭐랄까, 심장 속에서 분노의 심지에 불이 붙어 타들어 가는 것 같았다. 기분이 그렇게 나쁠 수가 없었다. 언제적이던가. 그 당시 은신이 승민의 집 대문 돌층계에 앉아 했던 이야기와 지금 놈의 얘기가 전혀 다르지 않은가. 우식은 규칙과 예의를 습관화하는 체대 학생답지 않게 길거리에 카악, 가래침을 걸지게 내뱉은 다음 바지 뒷주머니에서 악어 가죽 장지갑을 꺼냈다. 자기 이름과 전화번호가 박힌 명함을 그의 코밑에다가 불쑥 내밀었다.

"갖고 있어라."

"……!"

"갖고 있다가 은신이 걔 우연히라도 보게 되면 전해 줘라. 내가 만나서 꼭 할 얘기가 있다고. 무엇보다 사람이면 계산 똑바로 해야 된다는 이 말도 반드시 전해 주고."

"……!"

"그래. 넌 진짜 모른단 거네. 그치? 믿는 수밖에. 여하튼간 너도 고기 먹고 싶으면 나한테 언제든 연락해라. 자식, 수돗물 쓰더니 얼굴 허여멀건해진 게 완전 서울 사람 다 됐네! 또 보자!"

우식이 두툼한 손바닥으로 그의 어깨를 툭툭 친 뒤 스치는 걸음을 뗐다. 그 육중한 몸을 어기적거리는 팔자걸음에 실어느릿느릿 걸어 내려갔다. 캠퍼스 구경 왔다는 사람이 정문 안으로 들어가 올라가지 않고 큰길 쪽으로 내려갔다.

승민은 어디 커다란 돌멩이나 벽돌 같은 게 떨어진 게 없나 바삐 고개를 돌리며 찾았다. 정문 주변이 온통 아스팔트와 시멘트로 뒤덮여 있어 그런 게 없었다. 그게 다행인지 불행인지 모르겠지만 승민은 당장이라도 그 인간을 뒤쫓아 가 운동으로 두툼해진 뒷머리를 돌로 찍어 버리고 싶은 충동에 온몸을 부르르 떨었다.

기분이 아주 더러웠다. 은신이 저 돼지 같은 놈과 어떤 거래를 했단 말인가. 놈이 말한 치러야 할 계산이 아직도 남았다는 건 또 뭔 뜻인가? 그 집 벽장마다 돈다발이 가득 채워져 있다는 소문이 들릴 만큼 돈 많은 집 놈이 은신한테 무슨 빌려 간 돈 갚아라 해서 저럴 리는 절대 없을 테고.

승민은 한동안 그 선배 놈보다 은신에 대한 분노와 배신감에 잠을 못 이룰 정도로 괴로웠다. 그러나 그는 자신이 우식을 우연히 만났다는 얘기를 은신에게 끝까지 숨겼다. 그 얘기를 꺼내면 결국 누구 말이 진실이냐를 그녀에게 추궁할 수밖에 없게 된다. 시시비비를 가리는 그 자체로 자신과 은신의 관계가 파국을 맞을 거라는 위기감에 상황을 냉철히 바라보았다. 달리 말하면 자신의 안중에도 없던 그 비곗덩어리 선배와의 만남 때문에 은신을 다시 못 만나게 되는 것이 두려웠던 것이다.

그리고 말이 서로 다르다면 자신이 좋아하는 사람과 전혀 관심도 없는 사람 중 누구를 믿어야 하는가? 승민은 스스로에게 물었고 그 답은 쉽고 명백했다. 당연히 내가 좋아하는 사람 말을 믿어야 한다. 승민은 그 비대한 놈이 시골 갑부 아들답게 허세를 떨어 댔을 뿐이라고 생각했다. 야마하 오토바이 뒷자리를 넘겨주는 대신 그놈이 은신에게 뭔가를 받아 냈다는 그 거래 내용에 대해 더 이상 손톱만큼도 상상하고 싶지 않았다. 그 돼먹잖은 놈이 그녀를 이렇게나 찾아 나설 정도면 아직 뭔가 셈이 다 치러지지 않은 모양이긴 한데……. 빌어먹을!

승민은 잠자리에서 자신을 벌떡벌떡 일어나 앉게 만든 그런 그림들이 그들 간에 이뤄진 거래 내용이었다고 하더라도 상관없다는 결론을 내렸다. 당시 궁지에 몰린 은신의 피치 못할 선택이었을 거라 여겼다. 아니 어쩌면 그런 일은 아예 없었을 수도 있다. 그런 일이 없었으니 놈이 씩씩거리며 분해 찾아다니는 것 아니겠는가. 승민은 후자 쪽으로 마음을 깔끔하게 정리했다(하지만 한동안 그렇게 하기로 한 결정과, 자꾸만 엇나가려는 마음의 괴리감이 깊었다. 그가 괴로워했던 만큼 그녀가 밉기도 했다. 하지만 그 어떤 이유로든 그녀를 자신의 삶 안에서 완전히 잃어버리는 것만은 피하고 싶었다).

그런 혼란스러움을 거쳐 마음 정리를 대충 끝냈을 무렵인 1월 둘째 주 주말에 승민은 은신을 만났다. 그는 대학 입학금을 그녀에게 건네주었다. 놀라워하는 그녀 표정이 얼비친 유리 테이블 위에서 담담하게 돈 봉투를 그녀 쪽으로 밀어 주었다. 그 돈은 아버지가 부쳐 준 돈이긴 했지만 자신의 돈이기도 했다. 승민은 시골 고향집에다가 자신이 대학으로부터 2년 전액 장학금을 받았다는 사실을 말하지 않았다. 민둥산 하나를 뒤덮은 수천 평 크기의 넓은 천도복숭아 과수원을 가졌고 수십 마지기 비옥한 논을 소유한 아버지에게 그 돈은 그리 큰돈이 아니었다.

승민은 애초부터 자기 장학금을 그녀 대학 학비로 생각하고 준비했었다. 왜 그렇게까지 해야 하는데? 그 무리수는 뭐며 대학을 낮추는 그런 멍청한 짓 따위를 한 까닭이 뭔데? 굳이 자신에게 물을 필요는 없었다.

은신에 대한 그의 모든 생각은 이미 오래전에 결정되었다. 세상에 여자는 무수히 많지만 승민에게 여자는 박은신 한 사람이었다. 그녀의 아버지가 죽은 그날 밤 이후 서울에서 커 오면서 은신보다 더 예쁜 여자를 못 보았을까? 아니, 많이 봤다. 대학 다니면서 조건 좋고 아름다운 여학생을 못 봤겠는가? 그럴 리가! 은신보다 가정 형편이 못하기란 쉽지 않다. 떵떵거리며 잘사는 집안을 가진 젊고 예쁜 여자는 얼마든지 있다.

도시 여자의 미는 단순한 어여쁨과는 전혀 다르다. 집안의 재력을 기반으로 옷과 액세서리를 착용하는 패션 감각, 매너, 지적인 능력, 자신감, 이 모든 것의 종합 치다. 그런데 뭐 어쩌라구? 뭘 어쩌자는 게 아니다. 현실이 그렇다는 거고 그뿐이다. 승민에게 은신은 다른 여자들과 비교 대상이 아니다. 선택하고 말고, 차 버리고 말고 하는 대상이 아니다. 오래전부터 그녀는 그의 가슴속에서 함께 살아왔다. 그렇기에 그녀와 둘이서 삶을 도모하겠다는 의지와 신념이 날이 갈수록 확고해졌을 뿐이다.

또 누군가는 그래도 믿지 못하겠다는 듯 회의적으로 바라볼 것이다. 그게 가능해? 어떻게 그럴 수가 있지? 자신이 보다 편하고 보다 풍족하게 살 수 있는 기회를 삶 바깥으로 걷어차 버린 거잖아. 이기심은 나쁜 게 아니라 인간 본성이야. 누가 누구를 구원해? 미치지 않고서야 그게 가능키나 해? 어리석기 짝이 없잖아. 요즘 세상에 누가 그렇게 얼빠진 놈처럼 살아? 순간순간 자신의 삶과 가치를 조금이라도 더 높여 주는 사람을 찾아 쉼 없이 옮겨 가고 갈아타는 게 요즘 연애관인데. 여자애가 좀 예쁘고 또 어린 시절에 특정 경험을 함께 공유했다고 해서 미래까지 단단히 못을 쳐 버리는 미친 놈이 세상에 어딨어?

맞다. 일정 부분 인정한다. 누군가 그렇게 자신을 타박한다면 승민은 굳이 변명할 필요성을 느끼지 못했다. 설령 열심히 설명한다고 해도 상대는 못 알아들을 것이다. 사랑이든 뭐든 결국 자기애의 포장일 뿐인 이 시대에 소 등에 쟁기 달아 밭을 가는 듯한 우매하고 덜떨어진 사유가 아니겠는가. 어떤 사람들은 그의 생각이 풍겨 내는 촌스러움에 코를 싸잡아 쥐며 뒷걸음질 칠 것이다.

그런데 대부분의 사람들이 생각하는 대로 살지 않으면 단번에 성 소수자 취급을 받아야 하는 건가? 아직 니가 세상을 전혀 모르는구나, 라고 저능아 취급을 받아야 하는 건가? 인생 전부 다 아는 것처럼 그리 쉽게 생각들 하지 마시라. 은신에 대한 승민의 생각은 아주 단순해서 이해하기가 쉽다. 사람은 누구나 원하는 것을 추구할 권리가 있듯이 승민 자신은 은신만을 원할 뿐이었다. 다른 여자는 필요 없다. 단지 그녀여야만 한다. 그뿐이다.

물론 승민이 성장하면서 그녀에 대한 생각이 일부 변하긴 했다. '그녀를 내가 꼭 지켜 줘야지!' 하는 쪽에서 '아니, 그녀가 꼭 있어야 돼'로 바뀐 것이다. '이젠 그녀 없인 내 삶이 절대 행복할 수는 없을 거 같아'로 점차 의미가 깊어진 것이다. 이런 간절함과 확고함에 비춰 보자면 남들이 도저히 이해하지 못할 일들, 그러니까 대학을 한 단계 낮추거나 그 결과로 만들어 낸 장학금을 그녀 손에 통째로 넘긴다는 것은 그리 큰일이 아니었다. 그녀에게 돈을 쓰는 것은 승민 자신에게 쓰는 것과 똑같으니까. 그것은 그녀와 자신이 함께할 미래를 위한 거름이고 투자니까.

승민은 은신이 공장 생활을 하면서 야간 간호전문대 1학년을 마칠 즈음이 되자 자신의 통장에다 보관했던 2학년 장학금 전체를 빼 내 그녀의 2학년 학비로 건넸다. 그렇다고 그녀가 당연하다는 듯 그 돈을 받은 건 아니었다. 간호전문대인 만큼 그녀는 그보다 빨리 졸업해 여공으로 일하는 것보다 월급을 훨씬 많이 받는 큰 병원에 취업할 것이었다. 은신은 월급의 절반은 고향집에 부치고 나머지는 적금을 부어서 승민 오빠가 자신에게 건넨 학비를 되갚을 거라고 했다.

하지만 승민이나 은신이나 그 돈이 서로 갚고 받아야 할 성질이 아니라는 것쯤은 이미 알고 있었다. 모든 돈이 반드시 개인의 돈이어야 할 필요가 없듯이 공동의 돈도 얼마든지 있을 수 있다. 니가 쓰는 것이 나를 위한 것이고 내가 쓰는 것이 너를 위한 것이라는. 그렇게 되기 위해서는 사람은 둘이지만 하나의 미래를 가슴에 품어야만 한다. 둘은 일찌감치 말로 된 약

속이나 맹세가 없이도 하나가 된 미래의 삶에 대한 마음만은 동일했다. 분리가 안 되는, 분리할 수가 없는 완전한 합일체로서의 삶을 오랫동안 준비하고 추구해 왔었기에 가능할 수 있는 그들만의 사고방식이고 행동이었다.

승민은 대학 졸업과 동시에 종로에 위치한 국내 굴지의 건축 회사에 입사했다. 은신은 그보다 한 해 빠르게 공부를 마치고 청계천에서 가까운 한 대형 병원에 들어갔다. 잘된 건지 아닌지 모르겠지만 승민은 남들이 다 가는 군대를 가지 못했다. 부동시와 평발이라는 이중 결격 사유로 인해 군대를 면제받았던 것이다.

승민이 입사를 한 그해 가을 그와 은신은 독립문이 저만치 내려다보이는 서대문구 현저동에 소재한 17평 투 룸 아파트에서 동거를 시작했다. 독립문이 무슨 상징성을 띄는 건 아니었다. 회사에서 빌려주는 전세 자금에 평수와 위치를 맞추다 보니 우연스럽게 그곳으로 정해졌다.

그때까지 승민은 동거하는 은신에 대해 부모님께 말씀 드리지 못했다. 솔직히 말하자면 그는 아버지, 엄마를 설득해 낼 자신이 없었다. 부모님이 강력하게 반대할 게 뻔했다. 자신의 아들이 택한 여자가 본가 행랑채도 못될 가난한 집 딸이란 것도 그렇지만 무엇보다도 그녀 부모며, 그녀 가족이 어떻게 살아왔고, 그 집 아버지에게 어떤 일이 일어났는지 너무도 잘 아시지 않는가. 그런데도 그 집 큰딸인 은신을 배우자로 인사 드리게 한다는 것이 집안에 어떤 파장을 불러일으킬지 너무나 잘 알았기 때문이다. 물론 그렇다 해도 자식 된 도리상 아버지, 엄마에게 무릎 꿇고서라도 밝히는 게 백 번 천 번 옳긴 했다. 하지만 그는 특히 엄마가 받을 충격과 배신감을 생각하자 도저히 입이 떨어지질 않았다. 용기가 나질 않았다.

당장 호적에서 파내 버릴 만큼 못난 놈이라는 질책이야 어떻게든 감당해 내겠지만 은신에게 내리꽂힐 엄마며 형제, 형수들의 싸늘한 눈빛과 거듭될 추궁은 그녀에게 참기 힘든 고통이 될 터였다. '내 아들의 장래를 막지 마라. 그르치지 마라. 네게 이렇게 부탁한다' 등등의 하소연에 은신은 기꺼이 우리 관계에서 물러날 가능성이 얼마든지 있었다. 그것이 바로 승민 자신이 제일 두려워하는, 원치 않는 상황이었다. 그렇기에 은신이 동거를 반대했을 때 승민은 "걱정하지 마! 내가 다 책임질 테니까 은신이 넌 나만 믿으면 돼!"라고 말했었다. 우격다짐으로 동거 생활을 밀어붙였다.

승민은 혼인 신고서를 작성한 뒤 자신의 대학 친구 한 명, 회사 입사 동기 한 명에게 증인란에 사인하게 하고서 주거지역 관할청인 서대문구의 한 동사무소에 제출했다. 그들이 동거한

지 한 달이 채 안 되어서였다. 그 행위가 자신의 부모님이나 은신의 엄마 입장에서조차도 배은망덕하기 짝이 없는 짓이란 걸 모르진 않았다. 하지만 그는 절차를 밟고 인정해 주길 기다리는 것이 아니라 일단 모든 일을 저질러 버리는 뒷길을 선택했다. 다른 사람들이 뒤늦게 알고 자신들을 아무리 쥐고 흔들어도 둘의 관계가 꿈쩍도 하지 않을 방법을 택한 것이다.

청춘은 빠르다. 10대를 아우르며 20대를 토막 치듯 훌쩍 흘러가 버리고 마는 짧은 청춘 시절, 그 10여 년의 세월이 옆구리를 관통하며 지나가는 동안 은신과 승민은 서로를 의지하고 믿었다. 함께 사는 동안 가벼운 말다툼조차 거의 일어나지 않은 것은 남들 보기에 이례적이긴 하겠으나 그들에게는 당연했다. 그들은 그저 주어진 하루하루를 쇠똥구리처럼 둥글게 만들어 꾸준히 내일을 향해 밀고 나아갔다.

"그리고 난 니가 반드시 대학생이 되면
좋겠어.(…) 아무튼 넌 걱정하지 마.
그 문제는 내가 어떻게든 해 볼 테니까."

"어떻게든 해 보겠다니?
그게 대체 뭔 말이야? 그럼 오빠가 나
대학이라도 보내 줄 거라 그 말이야?"

"그래."

¶

깊게 아픈 당신을 보며 문득 그런 생각이 들었다. 당신과 내가 한날한시에 죽을 수 있다면 얼마나 좋을까. 당신과 내가 함께 이 세상을 떠날 수만 있다면 슬픈 게 아니라 기쁠 것 같았다. 그 길이 어떤 길이든 앞서거니 뒤서거니 하면서 소풍 길처럼 즐거울 것만 같았다. 정작 우리가 건너간 그 세계가 텅 비고 아무것도 없다 할지라도 괜찮을 것이다. 나는 당신 세계가 되어 주고 당신은 나의 세상이 된다면 영원한 우주가 내뿜는 광막한 고독과 무한한 슬픔도 전혀 상관없겠다 싶었다. 그런데 지금 그 길을 당신 혼자서 훌쩍 가고 있지 않은가. 희미하게 멀어지고 있을 당신의 작은 등을 떠올리자니 자꾸만 눈물이 난다. 여보, 그 길이 그리 멀다고 하니 자주 앉아 쉬면서 천천히나 가소. 나 또한 언제고 눈감게 되면 당신이 간 길을 부지런히 뒤쫓아 갈 테니 따라잡을 수 있을 만큼만 천천히 쉬면서 가소. 당신과 함께 삶을 걸었듯이 내 죽음도 당신과 함께 나란히 걸어갈 테니까 말이오.

8. 인생

박은신과 김승민은 정식으로 결혼식을 올렸다. 그가 스물여덟 살, 그녀가 스물일곱 살 때였다. 동작구 사당동에 위치한 건축회관 예식장이었다. 그들이 동거를 시작한 지 3년째였는데 승민의 부모는 은신이 임신까지 한 것을 알고 체념하듯이 받아들였다.

아버지는 "그래. 니들 인생이니까 니들이 알아서 잘 살겠지" 하면서도 표정에 노기만은 감추지 않았다. 엄마는 앞에 무릎을 꿇고 앉아 머리를 숙인 막내아들과 은신을 대놓고 괘씸해 했다. "어떻게 감쪽같이 어른들을 속일 수가 있냐? 배신감이 이루 말할 수가 없다. 난 모르겠다!" 하면서 은신은 물론이고 막내아들에게도 한동안 말도 건네지 않았다. 그의 엄마는 아들이 데리고 온 배필이 이웃집 장녀 은신이라는 사실보다도 믿어 마지않던 아들이 이토록 오랫동안 자신을 속여 왔다는 것에 분노했다. 동거 생활도 그렇고 혼인 신고마저 이미 마쳤다는 것이 못내 서운하고 야속했던 것이다.

은신과 승민의 관계를 한 발 앞서 안 쪽은 처가였다. 은신의 엄마는 딸이 털어놓는 말을 듣고 입을 따악 벌리고는 소처럼 큰 눈만 끔벅거렸다. 그녀에게 큰딸은 커다란 자부심이고 위안이었다. 애를 겨우 중학교까지 공부시켜 놨더니만 지 발로 서울 올라가 돈을 벌면서 검정고시란 듣도 보도 못한 것을 통해 고등학교 졸업 자격증을 얻고 간호전문대까지 들어간 것을 엄청 자랑스러워했다.

그리고 동네 병원이 아니라 그 취업하기 어렵다는 커다란 대학병원 간호사가 척 되어 뿌렸다고 돈만 풍족했으믄 돼지고기 열 근이 아니라 소도 잡는 잔치를 했을 거라고 했다. 그동안 제 동생들 학비며 생활비를 한 번도 거르지 않고 꼬박꼬박 부쳐 주기까지 했으니 이런 장한 딸은 세상에 다시없다며 동네방네 자랑했었다. 그런데 그 모든 밑받침을 해 준 게 이웃집 막내아들이란 사실을 알게 되자 엄마는 당혹스러울 수밖에 없었다.

큰딸 은신은 대학병원 간호사가 된 뒤부터는 더 많은 돈을 시골집으로 보내왔다. 그 돈을 모아 바로 밑의 동생인 철영을 지방 국립 사범대에 진학시켰고, 고 밑의 동생 수영은 자기 좋다는 요리사가 될 수 있는 전문대에 보냈다. 셋째인 수영이 군대에 가 있긴 하지만 철영은 이미 졸업까지 마치고 도내 한 중학교 지리 선생님으로 발령받았다. 작년에는 막내인 승희마저 본인 재능을 좇아 지방대 미대에 들어갔다(물론 목돈이 필요할 때마다 승민도 아낌없는 역할을 했다). 어쨌든 대단하지 않은가. 빈곤한 살림살이 규모로 볼 때 은신의 엄마는 남편 없이도 자식 농사에서만은 크게 성공한 것이다.

태봉 마을 사람들은 그 집 자식들이 하나같이 대학에 가는 것을 보고 어안이 벙벙했다. 하지만 은신네 집 주변에 사는 사람들은 당연하다는 양 고개를 끄덕거렸다. 옛말에 부지런한 개미가 산을 쌓는다고 하질 않던가. 은신의 엄마가 한시도 몸을 놀리지 않고 워낙 억척스럽게 일했던 것을 잘 알기 때문이다. 과수원 꽃따기, 배 사과 복숭아 봉지 씌우기, 미나리와 부추를 베어 묶기, 고춧가루 만들 고추 꼬투리 따기, 고춧대 묶는 일이나 잡초 뽑는 밭일, 혼례집이나 상갓집 부엌일 등등 그 일대에서 벌어지는 일당 받는 일이라면 은신네 엄마가 제일 먼저 두 팔 걷어붙이고 나섰던 것이다.

비 오는 날이라 쉬지 않을까 해서 그 집 문을 두드려 보면 은신 엄마는 비닐하우스에서 모종을 심거나 오이며 토마토를 따고 있었다. 서울에 있는 은신이나 세 자식들이 제 엄마가 그렇게 고생하는 것을 어떻게 모를 수가 있겠는가. 아이들이 엇나가지 않고 앉은뱅이책상을 붙들고 앉아 공부를 하게 만든 가장 큰 공은 역시나 은신 엄마의 악착같은 밤낮없는 노동에 있었다. 그렇다 해도 그녀의 외벌이만으로는 셋이나 되는 애들 중고등학교 마치게 하는 데도 벅찼다. 대학을 못 보낸 아들의 미래는 뻔하지 않은가. 제 아버지 삶이 그대로 대물림되었을 것이다.

다행히 엄마만큼 장녀 은신 역시 제 몫을 잘 해냈다. 맏이로서 동생들에게 모범적인 본을 보여 주었다. 그런 큰딸을 의지해 살아온 엄마는 대놓고 장녀를 나무라기도 힘들었다. 동거나 혼인 신고나 양가 부모 몰래 저지른 짓이야 분명 잘못되었고 미웠다. 하지만 그렇다 해도 저지른 내용은 어미 속을 흐뭇하게 만든 구석도 있었다. 언감생심이지만 큰딸 배필감이 이웃집 막내아들이면 얼마나 좋을까 생각해 본 적이 있어서다. 그래서 그녀는 그저 "에구에구 대체 이 일을 어쩐다냐?" 하는 말만 연발했을 뿐이다.

은신의 엄마는 딸의 얘기를 들은 그달 말경 부랴부랴 용달차를 불러 자신의 고향인 은척으로 이사를 가 버렸다. 밤잠 안

자고 고심을 거듭했던 수가 이사였다. 은신의 아버지 일이나 집안 살림을 내장 훑듯이 다 안다는 것도 그렇고 무엇보다 장차 사돈댁이 될지도 모를 집과 자신의 집이 바짝 이웃해 있다는 것이 못 견딜 일이었다. 어지간해야 모른 척도 할 수 있는 건데 그러기에 시댁과 처갓집이 크기며 모양새가 너무나 비교되고 차이 나는 현실을 도저히 참아 내기 힘들었던 것이다.

"내사마 부잣집과 사돈 맺는 건 좋긴 하다만서도 아무리 그캐싸도 어디 내 사는 게 쬐끔이라도 받쳐 줘야 면이 설 거 아이가. 기우는 기 어디 웬만해야지. 에휴, 내는 모르겠다. 공부 많이 한 너거들이 일을 벌였으니 죽이 되든 밥이 되든 너거들이 알아서 허거라" 하고 엄마는 은척에서 전화기를 붙들고 서울에 있는 딸 은신에게 이사 소식을 알렸다.

그들의 결혼식 날은 날씨가 화창했다. 고향 인근에 사는 일가친척과 친지들을 태울 큰 버스 한 대를 전세 냈다. 식장이 서울인 것도 이점이 있었다. 학교 동창들, 야학 사람들, 직장 동료들이 참석하기기가 수월했다.

하지만 마을 어른들 숫자는 손가락으로 꼽을 정도였다. 그만큼 승민의 부모는 막내아들 결혼식을 얼른얼른 해치우는 데 주안점을 두었다. 막내아들이 한 짓거리를 생각하면 '너거들이 그리도 잘 알아 해 왔으니 결혼식도 너거들끼리 하든가 말든가 해라!' 하고 냉큼 돌아앉고 싶었다. 그것들이 약아빠진 임신까지 했지만 복(腹) 중에 든 손주가 무슨 잘못이 있겠는가 해서 서둘러 혼사를 치러 준 것이었다. 자식과 며느리의 면을 제대로 세워 주겠다는 것보다도 할아버지, 할머니로서 장차 보게 될 손주에게 부끄럽지 않으려는 마음이 더 컸다.

은신과 승민은 청계천에서 가까운 아파트를 전세로 얻어 신혼살림을 차렸다(당시는 청계천 복개 전이었다). 그녀의 직장과는 200여 미터 되었고 그의 직장과는 2킬로 정도 되는 거리였다. 지은 지 20년 된 그 아파트의 가장 큰 장점은 두 개의 커다란 시장과 인접해 있다는 거였다. 아파트 울타리를 벗어나 횡단보도를 건너면 도처가 상점이고 가게였다. 온갖 옷을 다 파는 의류 상가는 물론이고 과일 채소 반찬 가게가 널렸으며 그 외 간식 먹거리 가게도 밀집되어 있었다. 여러 종류의 먹음직스러운 전과 빈대떡, 찐빵, 만두, 떡볶이와 김밥, 어묵이며 국수, 냉면, 국밥을 파는 가게들 말이다.

그 전세 아파트에 사는 동안 큰딸 혜영이 태어났고 아들 재현도 2년 터울로 태어났다. 은신의 직장은 직원 복지가 가장 앞서가는 대형 병원이었다. 일찍부터 병원 부속 건물에다가 직원 전용 탁아소며 놀이방을 운영했다(직원 중 결혼한 젊은 간호사가 많아서다). 은신은 혜영과 재현을 이 시설들의 도움을 받으며 무난하게 잘 길러 냈다. 출산할 때 몸이 호리호리한 제 엄마를 아이들이 꽤 힘들게 만들긴 했지만 그래도 다행히 건강하게 태어났다. 아이들 성격은 모두 까탈스럽지 않고 유순했다. 잠도 잘 자고 먹기도 잘 먹었다. 잔병치레 없이 무럭무럭 자라 준 건 부부에게 큰 복이었다.

승민은 그 두 아이들이 태어나던 순간에 아내 곁을 한 번도 지켜 주지 못했다. 단순히 무성의했거나 무심해서가 아니다. 그가 회사에서 하는 일의 성격이 그러했다. 승민이 속한 건축 설계 회사는 수입의 절반을 대규모 관급 공사를 통해 벌어들였다. 그러니까 전국 공모를 통한 대형 관급 설계에서 단연 두각을 보이는 건축 회사가 그의 회사다. 그가 맡은 업무는 현재 지어지고 있는 건물의 공사가 건축 설계도면대로 잘 진행되고 있는가를 꼼꼼히 살피는 일이었다. 이 감리 업무는 사무실이 아니라 태반이 현장 작업이다.

그런 탓에 큰아이가 태어날 때 그는 강원도 강릉에 있었고 둘째 아이가 태어나던 순간에는 육지도 아닌 울릉도에 가 있었다. 그러니까 한 달의 절반 정도는 정시 퇴근이 불가능한 게 아니라 아예 집에 못 들어왔다. 그리고 그가 아이들의 출생 순간을 제대로 챙기지 못하는 데 은신도 크게 한몫했다. 출산 예정일 자체가 들쭉날쭉이었다. 큰애는 예정일보다 한 주 늦게,

둘째는 무려 2주나 빨리 세상에 나왔던 것이다. 2, 3일 상간이면 뭘 어떻게든 해 보겠지만 그 정도 차이라면 말단 직원 처지인 그로서는 업무를 조정해 낸다는 게 불가능했다.

아기가 태어난 지 며칠 만에 승민이 허겁지겁 산모실 안으로 뛰어들었어도 은신은 그런 신랑을 한 번도 타박한 적이 없었다. "괜찮아. 내가 낳는 거지 어디 당신이 낳는 건가 뭐?" 하고 부은 얼굴만큼이나 커다란 함박웃음을 지었다. 그리고 자기 품에 안겨 잠든 아기를 포대기째 그의 품으로 옮겨 주었다.

"정말 아무 일도 없었다구? 그, 그럴 리가!" 그의 직장 선배나 동료들 반응이 그러했다. 먼저 결혼해 아이를 낳은 그들은 한결같이 눈을 휘둥그레 뜬 채 고개를 갸웃거렸다. 출산 때 자리를 못 지킨 남편을 대하는 아내의 반응이 절대 그럴 수는 없다는 거다. "야! 이 애를 어디 나 혼자 만들었냐?" "당신이 애 아빠야? 아빠 될 자격도 없어! 꼴도 보기 싫으니 당장 나가!" "당신하곤 못 살아. 내가 몸 아물자마자 이혼부터 할 테니까 그리 알고 서류나 미리 작성해 놔!" 등등 별말을 다 들었다는 것이다. 그런 얘길 들을 때마다 승민은 내심 흐뭇했다. 내가 사람 보는 눈이 있구나 싶었고 여자 하나는 정말 잘 만났구나 싶었다. 그런 속 깊은 여자를 아내로 둔 남자로서의 가슴 뿌듯함이었다.

은신은 애가 하나도 아니고 둘인데도 불구하고 직장을 그만두지 않았다. 승민은 아내가 둘째를 가져 배가 불러 왔을 때부터 일을 잠시 쉬거나 그만두었으면 했다. 둘째가 태어나자 더더욱 그랬다. 정히 일을 그만둘 수 없다면 직장에서 법적으로 제공하는 안식년이라도 활용하라고 했다. 하지만 그녀는 남편이 그렇게 말할 때마다 입술을 뾰로통하게 내밀었다. 자신의 어릴 적 꿈은 간호사가 아니라 수간호사 되는 거였다는 무슨 말도 안 되는 뚱딴지같은 소리를 했다. 괜찮다고 했다. 걱정하지 말라고 했다. 충분히 해낼 수 있다는 거였다.

은신의 출근길 모습은 이랬다. 그녀는 큰아이를 유모차에 태워 밀었다. 아직 아기인 둘째 아이는 띠와 버클을 채우는 포대기를 사용해 가슴 쪽으로 안았다. 그녀는 두 아이와 함께 나서는 출근길이 시간에 쫓기지 않도록 하는 데 신경을 많이 썼다. 10분만 서둘러 준비하면 허겁지겁 집을 나서거나 길에서 동동걸음 치는 것을 피할 수 있기 때문이다. 그래서 여유 있는 출근길을 마련하기 위해 항상 조금 일찍 일어나 움직였다. 승민은 언젠가 먼저 출근하는 아내를 아파트 베란다에서 내려다본 적이 있었다. 아기를 가슴에 안고 유모차를 밀며 출근하는 그녀의 뒷모습은 생각보다 경쾌했다. 직장에 가는 게 아니라 어디론가 소풍을 가는 젊은 새댁처럼 즐거워 보였다.

가정생활도 마찬가지였다. 원더 우먼이 아닌 이상 직장일과 집안일을 병행하기란 쉽지가 않다. 간호사복을 입고 환자 팔에 영양제 링거를 꽂아 주고 엉덩이에 주사 놓는 일을 하다가 집으로 돌아와 청소며 식사 준비를 하면서 두 아이를 건사해 낸다는 것이 어디 보통 일인가. 사람 몸이 쇳덩이가 아니잖은가. 누구라도 체력에 한계 상황이 오기 마련이다. 그렇게 하루하루가 피곤에 절다 보면 밤늦게 퇴근하는 남편에게 아파트 문을 따 주면서 환하게 웃기란 불가능하다. 기적에 가깝다. 그런데 너무나 놀랍게도 은신은 그것을 해냈다.

건축 회사 사무실은 밤늦게까지 불이 환하게 켜져 있는 게 보통이다. 현대 건축물 설계는 건축사의 창의성과 정밀함을 필요로 한다. 그래서 설계 도면들은 대부분 야간에 그려진다(요즘은 업무 시간에 도면 작업이 이뤄지겠지만 당시에는 야간작업이 관례고 일상이었다). 그래서 승민이 귀가하는 시간은 늘 자정 전후였다. 매일의 업무가 그러했기에 남편인 그는 직장일과 육아를 병행하는 아내의 집안일을 도와준 적이 거의 없었다. 승민은 아내 은신에게 그 점이 늘 미안했다. "괜찮아. 내가 당신 일 많은 거 잘 알잖아. 그러니까 아이며 집안일은 전혀 신경 쓰지 않아도 돼. 내가 다 알아서 할게." 그녀는 늘 그렇게 말했다.

물론 그도 주말과 공휴일에는 팔을 걷어붙였다. 청소기와 세탁기도 돌리고 고무장갑을 낀 뒤 설거지도 했다. 아내는 침대에서 푹 자게 내버려 두고 거실 바닥에 앉아 두 아이들과 퍼즐 맞추기나 블록 쌓기 놀이를 했다. 아파트 구내 놀이터로 나가 공놀이며 세발자전거 타기도 했지만 그 횟수는 1년에 손가락에 꼽을 정도에 불과했다.

그래서 승민은 제시간에 퇴근하는 날이면 의도적으로 외식을 유도했다. 저녁 식사에 바쁘고 피곤한 아내 손을 또 빌리는 대신 코 닿을 거리에 위치한 광장시장이나 동대문시장으로 가 시장 음식들을 온 식구가 자주 사 먹었다. 젊은 부부가 각자 아이 손 하나씩을 잡고 나란히 시장 안을 걸으며 그 많은 먹거리 가게들을 순례한 것인데 아이들도 신나 하고 무엇이든 잘 먹어 주니 부부로서는 가슴이 뿌듯했다.

그들 부부가 시장 음식 가게를 애용한 까닭은 단지 가격이 저렴해서만은 아니다. 부부가 각자 월급을 충분히 받는 만큼 가족 뷔페나 꽃등심 고깃집을 못 갈 이유가 없었다. 단지 그런 번듯한 곳으로 가려면 거리가 꽤 되기 때문에 승용차를 이용해야만 했다. 그런데 아파트 주차장이 협소해 주차하는 데 애를 먹을 것이기에 그때까지 아예 차를 구입하지 않았던 것이다.

시장에는 아이들이 좋아하는 먹거리도 많았다. 큰애 혜영은 날치알비빔밥과 메추리알을 즐겨 먹었고 둘째 재현은 유부초밥과 계란국을 유난히 좋아했다. 은신과 승민은 시골 출신답게 도토리묵밥을 자주 시켰다. 부부가 파전이나 김치전을 곁들일 때면 시원한 맥주나 막걸리를 한 잔씩 따라 건배했다. 아이들은 사이다나 콜라 같은 탄산음료 대신 수정과나 식혜가 든 컵을 들고 함께 건배했다. 네 식구는 저마다 카아 하고 잔을 내려놓은 뒤 의자 밑 발을 굴러 대며 와구르르르 하는 크고 작은 떼거리 웃음소리를 만들어 냈다. 산다는 것이 이런 거구나, 행복하다는 것이 이런 거구나 싶을 만큼 즐거운 일상이고 세월이었다.

그런 기간이 꼭 7년이었다. 눈코 뜰 새 없이 바쁜 날들이 꼬리를 물고 쳇바퀴 돌 듯 계속되었다(나중에 돌아보니 은신과 승민의 삶에서 이 시절이 가장 행복했다). 아무 일도 일어나지 않아 일상 자체가 지극히 평범함의 반복이었다. 두 아이가 거실 바닥에 앉아 블록 쌓기 놀이나 타원형의 레일이 깔린 기차놀이를 할 때 주방 식탁에 앉은 그녀와 그는 캔맥주 하나씩을 따 마셨다. 그러면서 아이들을 건너다보는, 커피 한 잔을 함께 끓여 마신 뒤 아이들 방문을 열고 어린 새끼들이 쌔근쌔근 잠들어 있는 것을 내려다볼 수 있었던 그런 일상의 나날들.

큰딸 혜영이 유치원을 다니던 무렵이었다. 어느 초가을 늦은 밤, 애들 엄마가 욕실에서 샤워를 하고 나오던 그에게 속옷과 간편한 실내복을 건네주면서 할 얘기가 있다고 했다. 승민은 아내 표정이 조금 굳어 있어서 드디어 직장을 그만두겠다는 건가, 아니면 아직도 완전히 자리 잡지 못한 처가 동생 중 하나 얘기인가 싶었다. 그는 실내복을 갈아입고 마른 수건으로 머리에 남은 물기를 문지르며 주방 식탁 의자로 가 앉았다. 그녀가 그의 앞에 커피 한 잔을 가져다 놓았다. 자신 앞에는 아무것도 두지 않은 채 반대편 의자로 가 앉았다.

"당신은 안 마시나?"

"요즘은 밤늦게 커피 마시면 잠이 잘 안 와서."

"그러면 홍차나 녹차 마시면 되지. 근데 뭐야? 안 좋은 얘기야?"

"아니, 좋은 얘기!"

"근데 당신 표정이 왜 그래? 약간 심각해 보이는데?"

"훗후후."

그녀가 '예리한걸!' 하는 눈빛을 튕겨 내며 가볍게 웃은 뒤 말했다.

"있잖아. 내가 당신 몰래 혼날 짓을 했거든. 아니 혼날 짓을 하려고 했었으니까 그게 좀 걱정돼서 그렇지."

"헛, 이 사람이 대체 무슨 말 하는지 모르겠군. 무슨 얘긴데 그래? 알아듣도록 얘길 하세요."

"진짜로 그동안 나 깊이 반성했으니까 많이 혼내면 안 돼? 알았지?" 하고 꺼낸 그녀의 얘기를 들으면서 점차 환해지는 은신의 얼굴과는 반대로 승민의 표정은 무거워졌다.

그녀 말인즉슨, 지난달 초 자신이 임신했다는 것을 알았다는 거다. 셋째를 가진 것이다. 그럴 수 있다. 피임이 완벽한 건 아니니까. 어찌 되었건 부부에게 임신 소식은 나쁜 게 아니다. 상황에 따라 다르긴 하겠지만 승민에게는 좋은 일이고 기쁜 일이었다. 그런데 당사자인 은신은 당연히 마음이 복잡했다.

지금까지는 어떻게든 여길 막고 저길 막아 직장과 집 양쪽에 표 안 내려고 무진 용을 써 왔던 그녀로서는 새로이 아기를 낳고 기른다는 것에 대해 현실적인 생각을 안 할 수가 없었던 것이다. 우선 직장 내 결혼한 간호사들 중에서 애가 셋인 경우가 없진 않았지만 그 숫자가 아주 적었다. 대부분 두 아이나 한 아이 출산으로 그쳤다. 그래서 은신은 셋째까지 낳은 간호사 선배 두어 명과 상담을 했다. 그런데 그들 모두 권하고 싶지 않다는 의견을 피력했다.

그녀들은 공통점이 있었다. 친정 엄마나 시어머니 중 한 사람이 집에 거주하면서 아이들을 양육해 주었다는 거다. 그러니까 친정 엄마나 시어머니의 전적인 도움을 받을 수 없다면 직장을 포기하지 않는 이상 불가능하다는 얘기였다. 그리고 친정 엄마나 시어머니 할 것 없이 좁은 아파트에 같이 들어와 사는 것 자체가 그리 간단치 않은 문제라고 이구동성으로 말했다. 일상에서 아주 자잘하고 복잡한 감정들을 끊임없이 만들어 내기에 도저히 서로 편할 수가 없다는 것.

그럴 만도 한 것이 딸이나 며느리(아들의 자식이라 해도 마찬가지다)가 덜컥 무대책으로 아이를 또 낳는 통에 얼마 남지 않은 노후를 즐겨도 모자랄 본인이 좁은 아파트에서 아이를 업고 안고 감옥 생활을 한다는 하소연과 푸념을 매일같이 들어야 한다는 거다. 위의 두 아이를 돌보는 건 물론이고 갓 태어난 아기를 분유 먹이고, 기저귀 갈아 주고, 엉덩이를 깨끗하게 씻기고, 보송보송하게 엉덩이 분을 발라 주고, 그 아기를 또 포대기로 등에 업어 재우면서 키워 낸다는 게 어디 보통 일인가. 등골 휘고 잠 못 자는 것임을 잘 아는 딸이나 며느리로서는 그저 꿀 먹은 벙어리가 될 수밖에 없다.

아이들을 맡아 준 할머니의 비위를 조금이라도 거스르는 날이면 "내가 왜 너거 자식까지 키워 줘야 하냐? 안 그래도 허리며 다리 관절, 발목, 어깨 어디 한 군데 안 아픈 데가 없고 안 결리는 데가 없는데. 힘도 다 쇠잔해 버릴 대로 버렸는데. 그런데 그 공도 모르고 니가 지금 나한테 따박따박 말대꾸까지 하질 않냐? 내가 미쳤냐? 노망났냐구? 내가 천치고 바보 멍텅구리야? 앞으로 난 모르겠으니 니 새끼들 니가 알아서 키워라!" 하고 친정이나 시댁으로 휙 가 버린단다. 그러면 그날로 사는 게 감당이 안 돼 삶 전체가 삽시간에 지옥이 되어 버린다는 얘기가 선배 간호사들의 동일한 경험담이었다.

그 얘길 들은 은신은 남편에게 말도 못 하고 깊은 고민에 빠졌다. 결정을 내린 그녀는 결국 아기를 지우려고 수술대에 드러눕기까지 했다. 하지만 수술대에 두 다리를 벌린 채 누워 있다가 의사가 수술 장갑을 끼면서 들어오자 그녀 상반신이 자동으로 벌떡 일으켜 세워졌다. 도저히 그럴 수가 없었다. '이러다가 내가 천벌을 받지!' 하고 수술실에서 뛰쳐나오면서 그녀는 남편 몰래 혼자서 아기를 지우려고 했던 자신에게 몸서리가 처졌다고 했다.

"흐으음. 그러니까 몰래 아기를 떼러 했다가 결국은 그러지 않았다는 건데, 그런 결정의 가장 큰 이유가 뭔지 물어 봐도 되나?"

"무엇보다도 당신 애잖아. 물론 내 애이기도 하지만."

그녀는 가벼운 한숨을 내쉰 뒤 그의 굳은 얼굴을 바라다보며 천천히 미소를 머금어 냈다.

"화나지? 화 안나? 나한테 뭐라 할 거지? 안 했으면 좋겠는데. 내가 뒤늦게라도 정신 차렸으니까. 나, 그나마 잘한…… 거지?"

"그래. 참 잘했네."

승민은 고개를 끄덕거렸다.

"정말 나, 나쁜 엄마라고 꾸짖지 않을 거지?"

"그 말은 나한테가 아니고 배 속 아기한테 물어봐야 할 것 같은데? 걔가 혹시라도 당신 생각이나 행동을 느꼈다면 얼마나 불안하고 무서웠겠어?"

"그랬겠지. 자기를 없애겠다니 당연히……."

그녀가 자신의 아랫배를 두 손으로 소중히 싸안으며 고개를 끄덕거렸다.

"그래서 말야, 그동안 내가 얼마나 애한테 잘못했다고 빌었는지 몰라. 나를 믿고 내 안에서 싹을 틔웠는데 못된 엄마가 그것을 제 욕심으로 솎아 내려고 했으니 얼마나 상처를 받았겠어. 그래서 무릎 꿇고 내가 잘못했다고 싹싹 빌고 또 빌었어."

"그랬더니? 그 녀석이 용서해 준대?"

"응, 그러더라. 한 번 용서해 줄 테니까 다음부턴 절대 그러지 말라고 하더라구."

승민은 천천히 일어나 그녀 의자 뒤로 걸어가 멈춰 섰다. 허리를 구부리고 두 팔을 늘어뜨려 그녀의 가는 어깨와 목, 가슴을 뒤에서 부드럽게 감싸 안았다.

"그래. 나도 걔랑 같은 생각이야. 앞으로는 절대 그런 맘 먹지 마."

"나, 안 혼낼 거지?"

"그럼. 혼날 짓 하지 않았잖아. 그리고 많이 힘들긴 하겠지만 당신이 우리 셋째를 가졌다는 건 엄청 축하받을 일 아닌가. 당신 진짜로 장해!"

"그렇지? 7년 만에 갖는 늦둥이라서 노산이 걱정되었는데 아직 난 노산 축에 못 낀대!"

"누가 그래?"

"우리 병원 산부인과 과장님이."

승민은 그녀의 볼에 한쪽 뺨을 붙인 채 오른손을 내려 아랫배에 가져다 댔다. 그리고 부드럽게 쓰다듬었다.

"녀석이 여자앤지 사내앤지 모르겠지만 대단히 똑똑할 거야. 제 엄마 마음을 고쳐먹게 할 줄도 알고. 그래, 몇 달이야?"

"3개월 하고도 2주 차."

"그럼 녀석 크기가 얼마만 한가?"

"땅콩만 해."

"땅콩? 그렇게나 작아?"

“응.”

은신이 가볍게 키들거렸다. 그는 뺨을 아내의 볼에 두어 번 비볐다.

“그럼, 녀석이 태어나는 때를 기점으로 드디어 당신은 현역에서 물러나는 건가?”

“아마도. 내가 묘수를 찾아 내지 않는 한 그렇게 해야겠지?”

“햐아. 거 참 생각할수록 대단한 녀석이네. 나도 못 해낸 일을 녀석이 이 안에서 단번에 척척 해내는 걸 보니까.”

“흐응, 그렇게 되면 당신 혼자 벌어야 하는데. 괜찮겠어?”

“이보세요, 내가 지난달 당신한테 갖다 준 성과급이 얼만지 벌써 잊었나? 나 우리 입사 동기들 중 가장 먼저 대리 달고 과장된 사람이야. 이거 왜 이래? 내가 지금 손으로 만나고 있는 녀석한테 위엄 안 서게!”

그는 연신 아내 아랫배를 부드럽게 쓸었다. 그녀는 그의 손 위에 자신의 두 손을 포갰다. 그녀가 얼굴을 옆으로 돌려 그의 뺨에 입 맞추었고 그는 그녀 입술에 가볍게 입술을 맞추었다. 그러고 난 뒤 자신의 입술을 그녀 귓바퀴에다 대고 아주 작게 속삭였다.

“잘했어.”

“응.”

"그래, 당신 아주 잘한 거야. 당신 마음고생시키고 일 그만두는 생각까지 하게 한 만큼 아주 대단한 녀석일 거야."

"나도 그런 생각이 들어. 그러니까 앞으로 당신 돈 많이 벌어 와야 돼. 당신은 대단한 녀석 아빠가 될 테니까."

그가 허리를 곧추세웠다. 그녀가 헤실거리며 뒤돌아보았다. 그는 어이없다는 듯 구시렁거리며 거실 소파 쪽으로 등을 보인 채 몇 발자국을 걸어갔다.

"왜? 뭐야? 사람 알아듣게 말해!"

"야하, 너는 어째……."

"어째 뭐?"

"너는 잘 나가다가도 항상 끝이 또 그렇게 돈타령이냐?"

그들의 막내 재민은 그 이듬해 4월 17일 오전 11시경에 태어났다. 그때 승민은 세 자식 중 처음으로 분만실 복도에 서서 커튼 달린 문 안쪽을 힐끔거렸다. 연신 문에 귀를 대 보기까지 하면서 초조하게 서성거렸다. 네 시간 정도의 산통 뒤에 은신은 사내아이를 낳았다.

그런데 뭔가 좀 이상했다. 태어난 아기가 울지를 않았다. 간호사가 이물질에 뒤덮여 번들거리는 아기 얼굴과 작은 몸을 위생 수건으로 닦았다. 눈을 감은 아기 얼굴은 푸른빛을 띠었고 몸 전체가 축 늘어져 있었다. 사산은 아니었다. 아기 심장은 뛰고 있었다. 출생 시 아기가 울지 않는 건 대단히 이례적인 일이다. 보통은 앙증스런 두 주먹을 움켜쥐고 '나 드디어 태어났어'라는 것을 온 세상에 알리느라 바락바락 울어 젖히는 게 보통이기 때문이다. 세상에 나오느라 힘을 다 써서 기진맥진한 건가. 그 비좁은 엄마 몸 길을 통과한다는 게 어린 아기로서 얼마나 힘든 일이겠는가. 무려 네 시간씩이나.

신생아가 울지 않자 의사가 아기 얼굴을 옆으로 돌려놓고 손가락으로 입을 벌려 부드러운 가재로 입안의 이물질을 닦아냈다. 그러고 난 뒤 두 발목을 왼손으로 잡고 허공에 번쩍 쳐들고서 오른손으로 몽고반점이 벤 엉덩이를 찰싹찰싹 소리 나게 때렸다. 그제야 거꾸로 축 늘어져 있던 아기가 '왜 때려!' 하듯이 무릎을 위로 조금 구부려 올리면서 "응애!" 하고 울음을 터뜨렸다. 하지만 활기 찬 울음이 아니고 뭔가 '기분 나쁘니까 나 건드리지 마!' 하듯이 내는 울음소리였다.

그 얘기를 은신이 산모실에서 아기에게 젖을 물린 채 승민에게 웃으며 들려주었다.

"아이구 그래쩌요? 얼마나 대단한 녀석이 되려고 태어날 때부터 제 엄마, 아빠 간을 콩알만 하게 쪼그라들게 하냐?"

"아니에요. 난 남자라 우는 게 창피해 안 울려고 했을 뿐이에요" 하고 아내가 젖 빠는 아기를 대변해 주었다. 은신은 "나는 자라서 장군이 될 거예요! 나라 지키는 장군이 될 거예요!" 하고 말하고는 남편을 올려다보며 환하게 웃었다.

그런데 아기 재민은 젖 먹이는 것 자체가 쉽지 않았다. 일반적으로 아기들은 먹고 자고 싸고, 또 먹고 자고 싸고를 무한 반복한다. 아기가 잠에서 깨면 배고파 울음을 터뜨리는 게 기본이다. 아기 울음을 멎게 하려면 두 가지 방법뿐이다. 응가나 쉬를 한 기저귀를 새 기저귀로 갈아주거나 더 많이는 엄마 젖꼭지나 분유 젖꼭지를 물려 주면 된다. 그런데 재민은 깨어서는 울지 않고 눈만 멀뚱거린다. 배가 고플 텐데도 불구하고 울음으로 자기 욕구에 대한 의사 표현을 별로 하지 않았다. 아기의 이상행동은 해를 넘기면서 더 뚜렷해졌다. 두 아이를 길러 본 엄마 은신으로서 재민은 확실히 좀 남다르다는 생각이 들었다.

보통은 태어난 지 한 해가 지날 때쯤이면 아기가 엄마의 행동이나 소리에 반응을 한다. 예를 들어 누워 있는 아기에게 눈을 맞추며 까꿍 까꿍 소리를 내고 웃으면 아기도 곧잘 벙싯거리거나 꺄르륵 소리를 내며 따라 웃는다. 그런데 재민은 아예 제 엄마 눈길을 모른 척했다. 엄마, 아빠가 손뼉을 치면서까지 아기와 눈길을 마주치려 해도 녀석의 까만 눈동자는 가장 가까운 요를 향해 잔뜩 몰려 있었다. 그렇다고 녀석이 모유나 분유를 아예 안 받아먹는 것은 아니었다. 처음 어느 정도는 빨아 삼키지만 이내 엄마 젖과 분유 젖꼭지에서 고개를 홱 돌려 버렸다. 고개를 돌리고 나면 입을 쿡 다물어 버리는 통에 양껏 먹인다는 게 불가능했다.

아기의 몸무게가 늘고 키가 자라기는 했다. 그래도 비교적 정상 속도로 몸집이 자라나서 아빠인 승민은 '확실히 개성이 강한 좀 유별난 녀석이네!' 정도로 여겼지만 아기를 들여다보는 아내 표정은 점점 더 어두워져만 갔다. 간호전문대를 나왔고 대형 병원에서 10년 가까이 근무해 본 그녀 경험에 의하면 뭔가가 의심쩍었다.

세 살 직전 병원 진단을 통해 재민에게 '정서행동장애'라는 병명이 내려졌다. 정확히는 주의력결핍 과잉행동장애인 'ADHD'라고 의사가 말했다. 승민은 그때 사람의 말이 천둥소리로 들릴 수 있다는 것을 처음 알았다. 앞에 서 있던 은신이 먼저 휘청 하며 몸의 중심을 잃지 않았다면 그래서 자신이 뒤에서 그녀를 받쳐 안아야 하지 않았다면 그도 저절로 무릎이 푹 꺼져 들었을 것이다. 그리고 그는 세상이 그 이전과 이후로 변했다는 것을 그 자리에서 온몸으로 깨달았을 것이다.

중증의 ADHD라서 자폐아가 될 가능성이 크다는 얘기에 부부는 질식할 정도로 숨이 막혔다. 대학병원 두 군데를 더 돌아다니며 검사를 받았으나 결과는 모두 똑같았다.

옛날에는 출산 시 엄마나 아기나 잘못되는 경우가 적지 않았다. 특히 산도에 머리가 끼어 못 나오는 경우 커다란 둥근 집게인 겸자로 아이 머리통을 꽉 쥐어 엄마 두 다리 사이에서 강압적으로 빼내는 우매한 짓을 저질렀다. 그래서 곧잘 아기를 뇌성마비아나 정신박약아를 만들기도 했었다. 하지만 재민은 겸자 분만도 아니고 소파수술을 한 것도 아니다. 초장에 한동안 울지 않았을 뿐이지 정상 분만이었고 나중이더라도 분명하게 울기까지 했지 않은가. 그렇다면 유전적인 요인이라는 것인데.

그 점에 있어서 승민과 은신은 서로를 쳐다보며 고개를 갸웃거렸다. 글쎄 할아버지 이상의 증조부나 고조부까지는 잘 모르겠고 은신이나 그의 집 가계의 3대 안에서 뇌 기능 장애를 가진 아기가 출생한 적은 없었다. 그렇다고 남편인 승민이 노름이나 하고 술 먹고 아내를 밥 먹듯이 패고 쌀독이 비게 해 임신한 아내에게 엄청난 스트레스를 받게 한 것도 전혀 아니잖은가. 그렇다면 은신이 두 아이를 기르면서 직장일까지 모두 다 해내느라 적잖게 스트레스가 쌓였고 그 쌓인 스트레스로 인해 막내 재민이 잘못되었을 수 있다는 건가. 아니다. 그

인과 관계가 결정적 원인일 수는 없다. 한 여자가 직장일과 집안일을 다 했다고 해서 반드시 정서장애아를 낳는다는 주장은 누가 들어도 설득력이 없지 않은가.

간호사가 되는 대학 교육을 받고 현장에서 의학이 어떤 것인지 직업적으로 체득한 은신이었지만 굉장한 충격을 받았다. 거의 눈물을 보인 적이 없던 그녀가 아기를 들여다보며 자주 눈물을 흘렸다. 급기야 "이게 다 내 잘못이야. 내가 수술실에 눕기까지 한 것을 우리 재민이가 아는 거야. 그때 얘가 감당하기 힘든 충격을 받았나 봐. 그 충격이 우리 재민이 뇌를 마구 헝클어뜨린 거야!" 하면서 밤마다 흐느껴 우는 아내를 뒤에서 바라보는 승민의 마음은 고통스럽기 그지없었다.

아내의 자책감이야 충분히 이해되었다. 감정상으로 어떻게든 연결시킬 수도 있는 거긴 하겠지만 그게 어디 말이 되는가. 태아가 땅콩같이 조그만데, 뇌 자체가 형성되지 않은 3개월 갓 넘긴 태아가 어떻게 제 엄마의 나쁜 생각과 행동을 읽고 기억이란 것을 하겠는가. 어떻게 제 엄마를 벌하기로 마음먹고 자신의 뇌를 파괴하겠는가 말이다.

"아냐, 아냐. 절대 그럴 리 없어. 우리 재민이가 자폐아일 리가 없어. 내가 그렇게 안 되도록 막을 거야. 여느 아이들처럼 자라나 유치원 가고 초등학교 가도록 내가 할 거야. 반드시, 꼭 그렇게 되도록 할 거야!"

어느 순간부터 은신의 눈에서 물기가 사라졌다. 아기를 들여다보면서 어금니를 꽉 깨무는 모습이 잦아졌다.

물론 어느 아기든 세상에 태어났다는 그 이유 하나만으로도 충분히 존귀하다. 장애아든 비장애아든 가릴 것 없이 신의 선물이고 축복이라 말하는 사람들이 이 세상에 적지 않다. 특히 복지가 잘되어 있는 선진 외국에서는 자기 아이의 일반적이지 않은 장애를 특별함으로 여기기도 한다. 장애 아이를 일상에서 분리시키지 않으며 여느 아이들과 똑같이 그 아이를 밝게 키워 내려 애쓰고 또 그렇게 키워 낸다는 것을 인문학적 상식과 교양으로 승민도 이미 충분히 알고 있었다. 일정 부분 동의했다.

잘났든 못났든 장애를 가졌든 안 가졌든 하나뿐인 막내고 그녀와 자신의 소중한 자식이다. 그것을 모르지 않는다. 그렇기에 그는 최선을 다해 재민이 밝게 커 나갈 수 있도록 애정과 관심을 기울이겠다는 결의와 다짐을 한 반면에 그의 아내 은신은 생각이 달랐다.

그녀는 의사의 진단을 신뢰하지 않았다. 진단 결과를 받아들이지 않았다. 자신이 책임지고 재민이가 개나리 옷 입고 빵

떡모자를 쓰고 유치원에 가게 하겠다는 거였다. 초등학교며 중학교, 고등학교, 대학교도 정상적으로 다닐 수 있도록 만들겠다는 것이다. 아무리 의사들이 ADHD 판정을 내렸어도 엄마의 모성으로 그것을 물리치겠다고 했다. 재민의 자폐성은 서너 살 때가 아니라 말과 행동에 자기 생각과 뜻을 제대로 담아 낼 수 있는 일고여덟 살 때 내려야 제대로 된 판정이라는 것이다. 승민은 "그래. 당신 말이 백번 옳고 맞아!" 하고 아내 말에 맞장구를 쳤지만 내심 막내 재민에게 너무 과하게 집착하는 게 아닌가 불안감이 깊어질 수밖에 없었다.

물론 이해는 갔다. 어느 엄마고 아빠인들 그런 기적을 바라지 않겠는가. '세상 의사 놈들 모두 다 돌팔이야!' 하면서 제 엄마, 아빠에게 두 팔을 펼쳐 들고 환하게 웃으며 아장아장 걸어오는 어린 자식을 하늘 높이 답삭 안아 들고 싶지 않겠는가. 하지만 그가 깊은 밤에 깨어날 때마다 아내는 침대에 없었다. 옆방에서 잠이 든 어린 재민의 이마에 두 손을 내리고 무릎 꿇고 기도하고 있는 그녀를 발견할 때마다 승민의 가슴은 천근만근 무거워졌다.

그는 새벽녘마다 베란다로 나가 담배를 입에 물었다. 큰딸 혜영과 아들 재현 두 아이 때문에 일부러 끊었던 담배였다. 하지만 어쩌겠는가. 한숨 대신 연기라도 내뱉어야 숨통이 트일 것 같은데. 그는 베란다 창문을 열어 놓고 얼굴과 상반신을 반쯤 바깥 허공 쪽으로 내밀어선 담배를 태웠다. 속이 타들어 가며 자꾸만 눈물이 흘렀다.

승민은 은신과 자신의 삶 안에서 이런 일이 벌어지리라곤 꿈에서조차 생각해 본 적이 없었다. 그나 아내나 지금껏 누구 것을 빼앗은 적이 없었다. 남의 것을 훔친 적도 없었다. 남에게 욕하고 남이 안 되길 바란 적도 없었다. 남을 때려 본 적도 없었다. 그들 부부가 해 온 거라곤 가능한 바르게 살아 내려는 노력이 전부다. 노력한 만큼 소유하고 누리려 했던 게 전부다. 물론 살면서 악행을 많이 저질렀다고 해서 이런 일이 벌어지는 게 아니라는 것쯤은 잘 안다.

하지만 잠을 전혀 자지 않고 막내 이마에 간절한 기도를 쏟아붓고 있는 아내 등을 보고 난 뒤에는 가슴부터 미어졌다. 비명을 마구 지르고 싶었고 누구에게랄 것도 없이 쌍욕을 퍼붓고 싶은 충동이 일었다. 해결책이 없었다. 있다면 집을 팔아서라도 그쪽 길로 달려갔을 것이다. 하지만 막내와 관련해서는 모든 게 거꾸로다. 자라날수록 문제와 어려움은 점차 더 커지고 심각해질 것이다. 몸에 난 상처는 시간이 가면 아물겠지만 막내의 자폐성은 시간이 갈수록 깊어질 것이고 넓어질 것이다. 그것을 지켜볼 수밖에 없는 부모의 고통은 말로 다 하기 힘들 것이다.

느닷없이 눈물만 주룩주룩 흘러내렸다. 가슴의 감정과 머리의 이성이 따로 놀았고 쉼 없이 으르렁거렸다. 아내와 내가 깊이 사랑한 것이 죄인가. 아주 일찍부터 서로를 좋아했던 게 잘못된 건가? 오랫동안 변심하지 않고 서로를 사랑한 게 그 누군가의 비위를 거스른 건가? 한낱 인간에 불과한 것들이 흔들림 없는 사랑을 하고 가족으로 결실을 맺은 게 누군가의 심기를 건드린 건가. 그토록 못마땅하고 언짢았는가. 말해 달라. 아내와 내가 서로를 아껴 주고 노력을 해서 두 아이를 건강하게 길러 내며 자주 웃었던 것이 죄인가. 식탁에 가족이 둘러앉을 때마다 웃음꽃을 피운 게 죄인가. 그래서 그것을 누군가 시샘했던 것인가.

너무하지 않은가! 은신은 어릴 때부터 어린 동생들이며 집안일을 돌봤다. 남보다 훨씬 일찌감치 돈을 버느라 온갖 고생을 다 했다. 직장에 다니고 자식들을 키우며 최선을 다했다. 그런데 왜? 왜! 그녀가 이제 좀 행복하면 안 되는가? 인생은 모름지기 불행한 것인데 왜 너희들은 겁 없이 행복하냐고 이렇게 꾸짖는 것인가? 그렇다면 아내, 아니 남편인 내게 그 죄를 우선해 물어야지 왜 죄 없는 아기에게 묻는 것인가. 아기는 아무 잘못이 없지 않은가. 죄가 없지 않은가. 그것이 신이든 운명이든 뭐든 상관없이 그 처사는 매우 부당하고 온당치가 않다. 아주 패악적인 짓거리일 따름이다.

나와 아내가 무슨 그리 죽을 잘못을 했다고, 그저 어린 아기일 뿐인 우리 재민이가 무슨 나쁜 짓을 벌써 했다고 이처럼 가혹한 삶을 아이의 어깨에 평생 걸머지게 만들었을까? 이런 일이 삶 속에 암초처럼 돌부리처럼 솟아 있어서 그동안 셀 수 없이 많은 삶들을 여지없이 고꾸라뜨렸는가. 그래서 사람들 저마다 인생이 살기 힘들다고 말한 것일까. 도대체 어떻게 받아들이란 말인가. 그냥 하늘이 심심해서 돌을 던졌는데 니가 그저 맞았을 뿐이다, 그런 게 운명이다, 그러니 군소리 잡소리 하지 말고 순순히 받아들이라는 말인가.

그렇다면 삶의 본질은 가학적인 절대 폭력이 아닐는지. 승민은 생각하고 또 생각했고 억울하고 또 억울했다. 차라리 막내에게 벌어진 일을 거둬서는 그 무게를 아빠인 자신에게 돌릴 수만 있다면 당장이라도 그렇게 하고 싶었다.

본인이 교통사고를 당해 반신불수가 되는 값으로 재민이 마음이나 뇌가 더 이상 아프지 않고 여느 아이들처럼 건강하고 밝아질 수 있다면 그는 기꺼이 그렇게 할 터였다. 사랑하는 아내 은신의 고통과 슬픔을 사라지게 할 수 있다면, 그녀가 다시 예전처럼 환하게 웃게 할 수만 있다면 그는 당장에 자신의 목숨을 내놓을 터였다. 신이 아닌 그 무엇이라도 그런 거래를 해 온다면 주저하지 않을 자신이 있었다.

그런데 그런 일은 현실에서 가능하지 않지 않은가. 살란 말인가, 묵연히 그냥 살아가란 말인가, 아니면 죽으란 말인가. 대체 우리한테 뭘 어쩌란 말인가.

느닷없이 눈물만 주룩주룩 흘러내렸다.
가슴의 감정과 머리의 이성이 따로 놀았고
쉼 없이 으르렁거렸다. 아내와 내가
깊이 사랑한 것이 죄인가. (…)
한낱 인간에 불과한 것들이 흔들림 없는
사랑을 하고 가족으로 결실을 맺은 게
누군가의 심기를 건드린 건가.
그토록 못마땅하고 언짢았는가.

¶

생명이 떠난 육체는 무엇일까? 물질? 다시는 펼칠 수 없는 책? 여백 없이 다 써 버린 일기장? 먼지가 되어 버린 기억? 산산이 흩어져 버린 욕망? 차디차게 식은 슬픔? 눈이 멀어 버린 그리움? 다시는 뒤돌아볼 수 없게 되어 버린 목각 인형? 그 엄청난 본능이 걸어가 사라져 버린 사막? 햇살 부스러기를 빗방울로 핥는 축축한 고요? 한때 당신이었지만 당신이 아닌 것으로만 이루어져 버린 이 세상이 숨긴 황량한 이면? 전생이 머물다 가 버린 흔적인 화석 무늬? 만질 수 없는 사랑을 싣고 갈 조각배? 이승에서 마음마저 썩어 갈 방향을 가리키는 허공 위 부표? 나는 당신 몸을 떠나보내고 결국은 속절없이 완전히 잃고 말겠지만 당신은 육체를 버린 내신 내 삶 속에다가 무한히 많은 질문을 남겼다.

9.
박스

¶

몸의 고향은 나약함이고 육체의 집은 소멸이다. 육체의 본질은 죽음 위에 지어진 가건물이다. 무한한 영원 위에다가 순간을 구축할 수 있을 뿐이다. 인간은 제 각자 몸속에다가 끝없이 욕망을 채우지만 어느 순간 몸은 허물어진다. 몸을 뒤덮고 있는 세포가 마른 모래가 되어 서걱거리며 그 모래가 눈물과 피, 땀을 빠르게 흡수해 버린다. 가건물은 한줄기 바람에도 삐걱거리며 운다. 흔들리다가 삽시간에 무너지고 모래 속으로 꺼지듯 묻혀 든다. 육체는 그렇게 덧없다. 하지만 한때 그 몸에 깃들어 동거했던 걸음걸이와 손짓, 목소리, 웃음소리, 누군가를 포옹하고 뒤돌아서던 이별의 몸짓을 의미 없다 할 수는 없다. 그렇다면 삶은 존재할 가치가 없고 인간이 살아야 할 이유가 없다. 그런 부서지기 쉬운 몸속에 한순간이나마 사랑이 깃들게 했다는 것은 삶이 베푼 놀라운 기적이다.

은신은 마음 아프게 태어난 아이를 껴안고 살다시피 했다. 재민은 밥 먹을 때 하늘을 향해 수직으로 머리를 쳐들었다. 숟가락으로 밥을 떠먹이는 것이 아니라 밥알을 위에서 입안으로 조금씩 떨어뜨리는 식이었다. 그러면 상반신을 좌우로 흔들어 대면서 우물우물 씹었다. 물론 제 손으로 먹지 않았다. 식사 때마다 국에 밥을 말거나 밥 위에 달걀노른자 얹고 참기름을 떨어뜨려 비빈 그릇에다 숟가락을 꽂고 아이가 기어들어 가 있는 건넛방 커다란 종이 박스가 있는 곳으로 가야만 했다.

종이 박스가 재민의 집이다. 손가락으로 아주 가볍게 톡톡 노크하듯이 두드려야 했다. 주먹으로 툭툭 치면 아이는 그 안에서 기괴한 소리를 내질렀고 박스가 좌우로 크게 흔들릴 만큼 고개를 심하게 가로저었다. 아예 밥을 받아먹지를 않았다.

언젠가 승민이 박스를 열어젖히고 강제로 재민을 그 안에서 끄집어낸 적이 있었다. 번쩍 들어와 가족이 함께 식사하는 주방 식탁 의자에 앉힌 것이다. 아이는 "으잇 잇잇잇!" 하는 기괴한 소리를 내질렀다(재민은 말을 전혀 하지 못했다). 자신의 이마로 식탁을 내리찧어 식탁 깔개 유리에 금이 갔다. 하나로 쭉 뻗어 모은 두 팔이 빗자루인 양 마구 내저어 식탁 위에 차려진 음식 그릇들을 모두 떨어뜨려 바닥에 나뒹굴게 만들었다. 그러고는 국과 반찬이 엎질러진 데 그대로 드러누워서 떼굴떼굴 굴렀다. 재민이 다섯 살 무렵에 벌어진 일이다.

자신의 세상은 박스 안인데 왜 나를 낯선 곳에 강제로 데려다 놓았냐며 생떼를 부린 것이다. 보통 버릇과 습관이 본격적으로 드는 그맘때는 어린아이일지라도 부모가 화가 나 버릇을 고치겠다며 엉덩이를 손바닥으로 철썩철썩 때린다. 때리진 않더라도 큰 소리로 야단치며 혼내 주기 마련이다. 하지만 재민에게는 전혀 통하지 않는 방법이었다. 아이는 자신을 향하는 말과 감정에 대단히 예민했다. 특히 엄마 아닌 가족의 손이 가볍게라도 제 몸에 닿으면 맹렬하게 적개심을 드러냈다.

그렇다고 제 누나나 형, 아빠에게 맹수처럼 달려드는 건 아니다. 그냥 무조건 가까운 벽으로 진격하듯이 달려가 제 머리를 마구 찧어 댔다. 그래서 혼비백산한 아빠가 다급히 번쩍 안아 들었는데 녀석은 분노의 불에 기름을 부었다는 듯 자신의 팔이며 손등을 짐승처럼 물어뜯었다. 아빠 팔에서 풀려난 뒤에도 분이 안 풀리는지 열 개의 손가락 끝에 달린 손톱으로 자신의 목을 사납게 할퀴어 댔다. 그 통에 긁힌 목 여기저기에 온통 피가 배어 올라 단번에 타조 목처럼 변했다. 자신을 강제한다면 기꺼이, 언제든지, 주저하지 않고 자신을 파괴할 수 있다는 것을 웅변한 것이다.

그런 일을 두어 번 겪은 후 제 엄마 외의 다른 가족들은 막내와 친밀해지려는 노력을 거의 포기했다. 사람은 대화로 의사소통을 하지 않는가. 그런데 재민은 여덟 살이 되도록 제대로 된 말 한마디를 입으로 내뱉은 적이 없었다. 아예 언어를 배우려 들지 않았고 거부했다. 그래서 부부는 그 녀석에게서 '아빠!' '엄마!'란 소리를 한 번도 들어 보지 못했다.

재민은 몇 가지 반복되는 의성어로만 제 엄마와 의사소통을 했다. 기분이 좋으면 "흐잇 흐잇" 하는 밝고 가벼운 소리를 냈고 기분 나쁘면 "으잇잇 으잇잇잇잇!" 하는 기괴한 소리를 내질렀다. 가끔 노래 같은 것도 불렀는데 그 노랫소리는 제 전용 공간인 박스 안에서만 흘러나왔다. 조그만 냉장고 크기의 종이 박스 안에 들어가 있을 때만 노래를 불렀다. "아이아잇, 아이오 이오이오이이이 이오이오…….” 가볍게 리듬을 타며 흥얼거리는 식이었다. 인간이 수억 년의 진화 과정을 거쳐 오늘의 호모 사피엔스가 되었다면 막내아들은 그 초기 단계인 유인원 상태에 머물러 있는 것 같았다. 원숭이나 침팬지가 내는 소리와 흡사해 더더욱 그렇게 느껴졌다. 아무리 체념하거나 인정을 했다 해도 아이를 대할 때마다 부지불식간에 깊은 한숨이 터져 나왔고 기가 막혔다.

그나마 막내 몸에 손을 대고 다룰 수 있는 사람은 제 엄마였다. 재민은 엄마 이외의 가족은 사람 취급 하지 않았다. 마치 자신에게 언제든 위협을 가할 짐승처럼 여기는 듯했다. 그래서 아내 은신이 24시간 재민을 껴안다시피 해서 보살필 수밖에 없었다.

그녀가 무작정 보호만 한 건 아니었다. 딴에는 기린이며 코끼리, 사자, 호랑이 그림을 애 눈앞에다 한 장씩 흔들어 대며 “어흥! 호랑이! 호랑이!” 하고 기초 교육을 시켜보려 했다. 하지만 녀석은 쳐다도 안 봤다. 천장에 바나나가 안 달렸는데도 그저 얼굴을 위쪽으로만 쳐든 채 두리번거리듯 몸을 흔들며 앉아만 있었다. 아내는 재민의 눈높이를 찾아내기 위해 온갖 노력을 기울였다. 번번이 실패였다. 아이는 전혀 관심이 없었다. “재민아, 재민아! 엄마 봐야지? 이건 사과야 사과. 한번 먹어 볼래? 쪼끔만? 맛있다. 아삭아삭 씹어 먹으면 진짜로 맛있는데 너도 한입만 깨물어 볼래?" 해도 눈길조차 주지 않았다.

아내도 사람인지라 인내력에 한계가 있다. "이걸 보라니깐! 너 사과 먹을 거야, 안 먹을 거야? 안 먹으면 엄마가 다 먹어 버린다!" 하면서 두 손으로 얼굴을 잡아 강제로 정면으로 고정시키면 아이 눈빛이 이내 심하게 흔들렸다. 거실 바닥에 몸을 흔들며 앉아 있다가도 곧장 쿵쾅거리는 발소리를 내며 건넛방 종이 박스 속으로 잽싸게 기어들어 가 버렸다. 다른 가족이 그렇게 했다면 뿔을 단 소처럼 머리로 벽을 들이박았을 것이다.

아냐, 아냐. 그런 식으로는 안 되지. 아무리 엄마라 해도 어떻게 심한 자폐아를 다룰 수가 있겠어? 진작 전문 치료 센터의 도움을 받았어야지, 하는 사람들이 있을 것이다. 애 엄마가 안 해 봤겠는가? 했다. 당연히 노력했고 또 시도했었다.

아내는 아이가 네다섯 살일 때 정서장애만을 전담하는 유명한 병원 부속 센터를 찾았었다. 아주 실력 있다는 개인 치료 센터도 가 봤다. 하지만 그것도 아내가 아이를 답삭 안아 들 정도 몸무게일 때나 가능했다. 아이가 집 밖으로 나가는 것에 대해 심하게 저항해서였다. 녀석은 여간해 물지 않는 제 엄마 팔과 손등까지 물어뜯었다. 그래서 아내는 자신의 두 팔에다 보호대를 차고 손에 두꺼운 장갑까지 껴서는 어떻게 어떻게 간신히 치료 센터까지 몇 번 데려가기도 했었지만 애가 예닐곱 살로 자라자 그것도 불가능해졌다.

아이는 집 바깥으로 나가면 위험한 게 너무 많아 자신이 죽는다고 생각하는지 모르겠지만 온몸으로 저항했고 발버둥질쳤다. 그 힘을 아내 혼자서는 도저히 당해 낼 수가 없었다. 역부족이었다. 그래서 수 킬로 이상 떨어져 있는 치료 센터까지 가는 건 고사하고 아이를 집 밖으로 끄집어내는 데만도 온 힘을 다 쏟아야 했다. 기괴한 비명을 날카롭게 질러 대며 온몸으로 버둥질치는 아이를 지하 주차장에 세워진 차 안에 강제로 태운다는 것부터가 가능하지 않았다.

한동안 고심을 거듭하던 아내가 묘수를 냈다. 공업사에다가 사각진 쇠판 밑에 작은 쇠바퀴 네 개를 단 이동 구조물을 제작해 달라고 의뢰한 것이다. 그러니까 쇠판 위에 올릴 두껍고 큼지막한 종이 박스가 떨어지지 않게 사면체 형태의 쇠틀을 주문해 완성시켰다. 그리고 그것을 재민의 방 한쪽에 가져다 놓았다. 다른 종이 박스를 다 치워 버려선지 재민은 사각진 쇠틀 속 종이 박스 안으로 들어가 혼자서 진종일 잘 놀았다.

처음에 아내는 뒤에 밀대가 부착된 그 쇠틀을 거실에서 이리저리 밀고 다녔다. 박스 안에 든 아이 반응을 보기 위해서였는데 녀석은 괜찮아했다. 종이 박스 안에 들어가 있는 이상 땅이 무너지고 지구가 운석과 충돌해도 전혀 상관이 없다는 양 콧노래를 흥얼거리기까지 했다. 제 집에 바퀴가 달려 움직이기까지 하자 재밌어하는 반응이었다. 그래서 자신감이 붙은 애 엄마는 그것을 집 밖 복도로 밀고 나갔다. 다음 날은 엘리베이터를 타고 내려가 아파트 현관 바깥으로까지 나갔다. 사람들 눈에는 이동판 위에 박스를 올려놓고 짐을 나르는 듯 보였겠지만 그녀는 박스 속에 재민을 태우고 산책하듯이 아파트 구내를 돌아다녔다.

그다음에는 아빠 승민이 해야 할 일이 생겼다. 아내가 차에 이동판 전체를 실을 수 있기를 원해서였다. 기존 승용차로는 불가능해 아내 차부터 바꿔야 했다. 승민은 장애인 전용 차를 만드는 곳을 수소문해 그 공장을 직접 찾아갔다. 경기도 안산 식물원 가는 길에 그 작업장이 있었다. 아내가 주문 제작한 이동판과 종이 박스 사진을 공장장에게 보여 주었다. 아이의 장애 상태도 말해 주었다. 그래서 이 이동판 전체를 쉽게 차에 실을 수 있어야 한다는 설명을 했다.

공장장은 그 용도에 맞는 차로 승합차를 추천했다. 우선 차체 높이가 적당하고 운전석과 조수석을 제외한 뒷좌석 전체를 들어낸다면 충분한 공간이 확보된다는 것이었다. 문제는 그 쇠틀을 어떻게 승합차 안으로 집어넣느냐는 건데 그러기 위해서는 차 뒷면 전체를 들어 올려지는 큰 문으로 바꾸고 그 문 안쪽 차체에 부착된 버튼을 누르면 작은 승강기 형태의 쇠판이 지상인 주차장 바닥으로 천천히 내려오도록 해야 한다고 했다. 그러면 그 판 위에다가 박스를 실은 이동판을 밀어 세우고는 올림 버튼을 누른다. 차량과 연결된 쇠판은 다시 천천히 들어 올려지고 이동판은 차 안으로 자동적으로 들어간다.

그리고 차체 바닥에 짧은 레일을 까는 것이다. 승합차 내부로 이동판이 완전히 들어가게 되면 레일이 이동판 바퀴를 단단히 물 수 있도록 앞뒤로 잠금 장치를 한다. 그러면 흔들림 없이 안전하게 박스 속 아이를 이동시킬 수 있다는 설명이었다.

승민은 아내와 상의한 후 승합차를 개조해 달라고 공장에 주문을 넣었다. 승합차 뒷부분에 승강기를 장착하고 차 문을 개조하는 비용이 만만찮았다. 새 승합차 두 대를 사는 가격이었다. 그러나 돈이 중요한 건 아니었다. 아내가 아이의 상황을 조금이라도 개선시키기 위해 온갖 노력을 다 기울이는데 그거라도 도와줄 수 있어서 좋았다. 막내아들을 위해 뭔가를 할 수 있다는 게 아빠로서 기뻤다. 장애인용으로 개조된 그 특수 차량은 의뢰한 지 한 달 만에 그들이 사는 아파트 지하 주차장 안으로 굴러와 멈춰 섰다.

그러나 그렇게 묘안을 내고 큰 경비를 지불해 마련한 승합차는 집과 치료 센터를 네댓 번 오갔을 뿐이다. 승합차가 멈춰 선 건 아내와 아이보다는 소위 전문가라는 사람들의 능력의 한계가 더 큰 요인이었다.

아이를 데려오기만 하면 저희들이 책임지고 맡겠다, 물리 치료와 놀이 치료, 언어 치료를 통해 아이가 일반 생활이 가능해질 수 있도록 하겠다고 호언장담했던 그들은 막상 재민과 맞닥뜨리자 안색이 변했다. 처음부터 아이가 박스 속에서 나오기를 맹렬히 거부하고 저항한 것이다. 박스 입구 속으로 손을 집어넣으면 그 손을 물어뜯었다. 급기야 박스를 개봉해 아이를 들어 올려 빼내려 하자 녀석은 자신의 하늘이 무너진 것처럼 기괴한 비명을 내질렀다. 뒤에서 안아 끄집어내자 발버둥질을 쳤다. 아이는 의자나 바닥에 전혀 앉질 않았다. 치료실 바닥이 비좁다는 듯 몸을 굴리며 비명을 질러 댔다.

은신은 우리나라에서 정서장애 아동을 가장 잘 치료한다는 그 센터에 단 세 번 가는 데 그쳤다. 그 뒤에 갔던 다른 치료 센터도 두 번 만에 끝이 났다. 흰 가운을 입은 여러 명의 전문가들이 재민에게 라포(친밀감 혹은 신뢰 관계)를 형성하려 애썼지만 철저히 무산되었다. 치료사들은 뒤로 물러났고 쓴 입맛을 쩝쩝 다셨다. 그들로서는 재민이 아이 몸이긴 하나 그 몸속에 웅크리고 있는 실체는 도사견일 거라는 생각을 하지 않았을까.

그들은 차라리 아이가 아니었으면 했을 것이다. 사나운 개라면 몽둥이질을 하든 진정제 주사를 놓든, 우리에 사나흘 집어넣고 힘이 쪽 빠지도록 굶기든 어떻게든 수를 써 보겠는데 그들 입장에서는 불행히도 재민은 사람이고 아이였다. "상태가 이럴 줄은 몰랐습니다. 저희가 여태껏 경험한 것을 훨씬 뛰어넘는 정도입니다." 흰 가운들은 실망감이 역력한 표정의 은신을 보며 뒷머리를 긁적거렸다. 소위 박사, 전문가, 치료사라는 말이 무색해지는 순간이었다.

하긴, 이해는 갔다. 그들로서도 답답하기가 짝이 없었을 것이다. 어디 말이 통하길 하나, 잠시라도 가만히 있길 하나, 그 누구 손이라도 몸에 닿으면 곧장 물어뜯고, 강제로 녀석 두 팔을 잡아 부둥키면 머리로 턱을 들이박아 버린다. 그리고 너무나 분하다는 듯 풀려난 손의 손톱으로 자신의 목이며, 팔, 손등에서 마구 살점을 떼어 내니 그들이 진저리치며 물러나 버린 것이다. 그 전쟁을 치르고 나서 아내가 센터의 가장 유능하다는 치료사로부터 들은 유일한 조언은 "자해 수준이 도를 넘습니다. 평상시에도 손톱을 자주 잘라 주시고 손목을 고정시키는 장갑을 주문해 차서 익숙해지게 하는 걸 고려해 보시는 게 좋을 겁니다"가 전부였다.

그렇다고 아내가 포기했을까? 아니다. 은신은 제 나름대로 재민에게 생활 기초 교육을 끊임없이 시도했다. 밥 먹는 숟가락질과 이를 닦는 칫솔질, 세수하는 방법, 수건으로 얼굴 닦는 방법, 화장실 사용법과 뒤처리 방법, 혼자서 옷 입고 벗기, 양말 신고 벗기 등등의 자립에 가장 기본이 되는 생활교육 말이다. 한 번이 안 되면 열 번을 시도했고 열 번에 안 되면 백 번 천 번을 시도했다. 뭔가 아주 작은 한 가지라도 제 손으로 해낼 수 있도록 아내는 끊임없이 아이를 달래고 어르며 혼자 씨름을 했다.

재민이 여덟 살 직전에 초등학교 입학 통지서가 날아왔다. 그제야 또 정신이 번쩍 든 아내는 그 주말에 이사부터 가자고 남편을 졸랐다. 그러니까 송파구 충민로에 위치한 '한국육영학교'에 아이를 입학시키자는 거였다. 그 학교가 정서장애아와 자폐성장애아 전문 교육기관이고 가장 좋은 시설을 가졌다는 이유에서였다.

승민은 "가능할까?" 물었고 "물론이야. 가능하게 해야지!" 은신이 대답했다. 승민이 보기에도 최소한의 진전이랄까 긍정적인 변화가 막내아들에게 있긴 했다. 종이 박스 안에 있는 시간이 점차 줄어들고 거실 소파 위에 드러누워 뒹굴거나 엄마 손에 이끌려서 화장실을 손쉽게 이용했다. 예전에는 제 누나나 형이 근처에만 와도 발버둥질을 쳤는데 이젠 그러지 않았다. 자신에게 좋게 말을 걸면 아주 가끔씩 히죽거리며 웃을 줄도 알고 부드럽게 손을 잡으면 물어뜯지 않고 가만히 있을 때도 있었다. 그런 변화가 흘러 버린 몇 년 세월의 힘인지, 아내의 끊임없는 노력 덕분인지 아니면 그 두 가지 모두가 합해진 결과인지 잘 모르겠지만 재민이 적당히 온순해진 것만은 분명해 보였다.

여느 서너 살 아이면 너끈히 해낼 일상생활일 테지만 승민과 큰딸 혜영, 아들 재현은 재민이 욕실에서 혼자 제 손으로 치카치카 이를 닦는 모습을 들여다보며 눈물을 글썽거렸을 정도다. 게다가 학교 입학 얘기가 나온 그 즈음에는 엄마 손에 이끌려 마지 못한다는 투긴 했지만 가족들이 함께 식사하는 주방 식탁 의자에 재민이 곧잘 앉았다. 여전히 고개를 천장으로 향한 채 두 눈을 뚜렷뚜렷 굴리다가도 엄마가 떠 넣어 주는 밥을 우물우물 씹어 내는 막내를 봤을 때 가족 모두가 소리 내지 않는 박수를 쳤다. "야핫, 아주 조금씩이나마 나아지긴 나아지네!" 하는 소리가 저절로 튀어나왔다. 박스 속에서 끄집어내는 것 자체가 불가능하다 여겨졌던 녀석이 거실과 방 곳곳을 스스로 걸어 다닌다는 건 엄청난 진전이었다.

그사이 큰딸 혜영은 중3, 아들 재현은 중1이 되어 있었다. 너무나 다행스럽고 감사한 것은 엄마의 관심이 온통 막내 동생에게만 가 있었어도 두 아이들이 별 탈 없이 잘 자라 주었다는 것이다. 집에 사납기 그지없는 자해하는 막내 동생이 있었음에도 제 방에 앉아 공부를 열심히 했다. 성격도 엇나가지 않았다. 고맙기가 이루 말할 수 없었다.

혜영이나 재현이나 같은 자식들이 아닌가. 한창 엄마 사랑을 받고 싶은 아이들이잖은가. 그 중요한 10대에 부모에게 섭섭하고 서운한 일이 왜 없었겠는가. 왜 저런 괴물 같은 애를 낳았지? 왜 하필 내 동생으로 태어났지? 고민도 많았을 테고 마음에 깊은 상처도 받았을 것이다. 하지만 두 아이들이 잘 자라 준 것은 그 언젠가부터 마음이 아프게 태어난 막내 동생을 진심으로 이해했고 엄마가 동생에게 한없는 사랑을 퍼붓는 것은 어쩔 수 없는 일임을 깨닫고 난 뒤부터였다.

철부지였을 때 혜영은 막내 재민이 죽었으면 좋겠다는 말을 밥상머리에서 했었다. 형인 재현은 온 집 안을 시끄럽게 하고 난장판을 만드는 동생이 미워 주먹으로 때리고 발로 차기까지 했다. 그럴 때마다 제 엄마는 비명을 질러 대는 막내를 가슴에 싸안은 채 두 자식에게 눈물로 호소했다. 미안하다. 정말 너희들에게 너무너무 미안하다. 한창 신경을 써 주고 관심을 기울여 줘야 하는데 엄마가 그렇게 하지 못해 너무나 잘못이 많다. 하지만 너희는 모든 것을 제 손으로 해내는 똑똑한 아이들이 아니냐? 그러나 재민이는 다르다. 너희들도 알겠지만 왜 마음이 아프게 태어났는지 엄마도 아빠도 알 수가 없다. 분명한 건 재민이는 엄마, 아빠의 자식이자 너희들의 막내 동생이다. 그러니 누나이고 형인 너희들이 동생을 미워하지 말아다오. 가족으로 받아들이고 좋은 마음으로 대해 주었으면 한다. 엄마의 간절한 부탁이다.

어쨌든 은신과 승민 부부는 이사를 결정했다. 그러니까 그의 집이 강남으로 이사를 간 것은 혜영과 재현의 공부 때문이 아니라 한국육영학교에 재민을 입학시키기 위해서였다. 그들은 그 학교와 100여 미터 거리쯤에 있는 가장 가까운 아파트를 구해서 입주했다.

이사한 지 얼마 안 된 무렵이었다. 승민은 퇴근길 좌판에서 재민이 좋아하지 않을까 싶어 장난감 하나를 사서 귀가했다. 노란색 고무로 된 모가지가 긴 소리 내어 우는 닭이었다. 막내아들은 몸체를 꾹꾹 누르면 '꼬끼오! 꼬끼오!' 하고 우는 그 고무 닭을 너무너무 좋아했다. 그러나 녀석이 시도 때도 없이 낮이건 밤이건 눌러 대는 통에 온 가족이 노이로제가 걸릴 정도였다. 아빠가 가볍게 사 준 놀잇감이지만 한창 공부해야 할 혜영과 재현에게는 치명적이었다. 누나와 형은 귀에 이어폰을 꽂아 음악을 들으면서 공부를 하는 걸로 타협점을 찾았지만 아빠인 승민도 적잖게 타격을 받았다. 잠만 들려고 하면 들려오는 '꼬끼오!' 소리가 커다란 스트레스였다. 그렇다고 해서 준 것을 되뺏을 수는 없었다. 귀마개를 하고 끙끙거리며 참아내야만 했다. 우습게 들릴지 모르겠지만 그 뒤로부터 승민은 통닭을 잘 먹지 않게 되었다. 직장 동료들과 들른 치킨집에서 닭 다리를 보기만 해도 그 꼬끼오 소리가 귀에 생생하게 들렸기 때문이다.

재민은 육영학교에 입학해 9년 가까이 다녔다. 물론 아내가 같이 등교했다. 교실에서도 아이 책상 옆에다가 의자를 놓고 애 엄마가 찰떡처럼 붙어 앉아 있어야만 했다. 그렇지만 승민과 은신은 재민이 학교를 다닌다는 것 자체에 감격했고 감사했다.

변하지 않은 것도 있었다. 재민은 선생이 아니라 여전히 제 엄마만 따랐다. 제 엄마를 지팡이 삼아 세상 속으로 아주 느릿느릿 걸어 나갔다가 함께 귀가했다. 아이는 한순간이라도 엄마가 안 보이면 불안해했다. 곧장 얼굴이 천장 쪽으로 쳐들려지고 의자가 덜컹거릴 정도로 제 몸통을 흔들어 댔다. 그 시간이 지속되면 아이는 보이지 않는 엄마 대신 자신이 기어들어 갈 숨을 구멍 같은 것을 찾았다. 박스 말이다.

다행히 그 학교는 열린 사고방식을 가진 교사들이 많았다. 담임 여교사는 재민을 책상 의자에 앉히기 위해서 재민의 왼쪽에 본인이 원하면 금방이라도 기어들어 갈 수 있는 커다란 종이 박스를 두었다. 책상 오른쪽에는 엄마가 나란히 앉는 전용 의자가 놓였다. 재민이 뚜렷하게 의사 표시를 한 건 아니지만 곁에 종이 박스가 있고 엄마가 있어 안심하는 듯 보였다. 아파트의 방이나 거실처럼 학교 교실도 나름 괜찮다는 심리적 거래가 이뤄진 셈이다.

특수교육은 귀 멀고 눈 멀고 말하지 못하는 세 가지 악조건을 이겨 내고 위대한 삶을 살아 낸 헬렌 켈러의 삶을 지향한다. 하지만 그것은 꿈과 같은 일이다. 다양한 장애를 포괄하는 특수교육은 장애 아동이 일상생활이 가능토록 하는 것을 기본 목표로 주 프로그램이 짜여졌다. 인사하기, 상점에 가서 하드 사 먹고 거스름돈 거슬러 받기, 공공장소에서 침 뱉지 않기, 줄 서기 등은 그나마 상위 교육이다.

제 손으로 식사하고 먹은 그릇 치우기, 세수할 때 비누 사용법과 머리 감을 때 샴푸 사용법, 그리고 얼굴과 손을 닦은 수건을 제자리에 거는 법, 치약 짜는 법, 칫솔 사용법과 물로 입안을 헹궈 내는 법 같은 것을 반복해 가르친다. 즉 사회와 세상에 나가기 전 우선 집에서 가족한테 피해를 주지 않는 독립된 생활 교육이 현장의 주된 교육이다. 가장 가까운 가족들로부터 외면당한다면 일반 비장애인들과 섞이는 사회생활은 불가능할 것이기 때문이다.

하지만 장애 교육이 이뤄지는 정서장애 학교 교실 풍경은 단순하지가 않다. 다양한 정도의 정서장애 아동을 여섯 명 모아 놓고 한 명의 교사와 한 명의 보조 교사(자원봉사 학부모)가 지도하는데 교실 안은 시간 시간이 난장판이다. 여섯 명 중 절반인 세 명은 교사가 아무리 주의를 주어도 의자에 엉덩이를 붙이지 않는다. 교실 안을 뛰어다니거나 좀비 표정으로 걸어 다닌다. 붙잡아 겨우 앉히면 또 금방 일어나 같은 행동을 반복한다.

남은 세 명은 움직이기가 귀찮아 엉덩이를 의자에 붙이고 있다는 표정들이다. 단 한 명의 학생도 교사의 말이나 지시에 귀 기울이거나 따르지 않는다. 아무리 욕실에서 쓰는 수건을 쳐들고 "이건 뭐지요?" 해도 "수건이요!" 하고 말하는 학생은 아무도 없다. 선생님이 기린이나 호랑이 모형을 손에 쥐고 흔들면 그나마 집중할 수 있을까, 웬만한 것에는 전혀 관심이 없다.

그렇기에 정서장애 학교 초등부 교실에서는 숫자나 글자를 가르친다는 것이 불가능하다. 냉철하게 말하자면 교육이 아니라 아이들 시간을 잘라 교실에 붙잡아 두는 것에 불과하다. 하지만 그것 또한 아주 중요한 경험이기도 하다. 어쨌든 제각기 유별난 아이들을 한군데 모아 두면 그것으로 그들은 연대감과 집단성을 자신도 모르게 체험하게 된다. 아무도 자기 이외에는 관심을 두지 않는 듯하나 아이들은 그래도 선생님과 다른 아이들 움직임이 만들어 내는 다양한 상황을 흡수하듯 인식한다. 나 아닌 모든 사람이 적이 아니고 친구가 될 수도 있다는 것을 경험한다는 점에서 교실은 유효하다. 대인 관계 면에서 아이들의 적응력이 조금씩이라도 높아지는 것이 현장 교육의 유일한 혜택이다.

재민은 육영학교 중등부 3년을 다 마치지 못했다. 일반 중학교에서는 영어를 배우고 함수를 푸는 과정이지만 육영학교 중등부는 초등부 교실과 크게 다르지 않다. 단지 나이를 먹고 몸이 더 커진 만큼 좀 의젓해졌다는 차이가 있다. 이를테면 의자에 앉아 있는 시간이 엉덩이가 무거워진 것과 정비례해 갑절로 늘었고 좋아하는 애니메이션 영상을 틀어 주면 절반 넘게 재미난 표정으로 끝까지 쳐다본다는 것이다.

세월은 그렇게 흘러갔다. 장녀 혜영은 대학에 들어갔고 뒤

이어 둘째 재현도 대학생이 되었다. 자식들이 자라날수록 부모는 세상 한쪽을 물려주듯이 뒷걸음질 치며 흰 머리칼을 하나둘 늘려 가는 것이다.

아이들이 성인이 되었다는 건 부모가 늙었다는 거다. 부모의 삶은 결국 자식들이 삶에 뿌리를 내리게 하는 거름일 뿐이라고 하질 않던가. 하지만 자식들에게 좋은 거름이 되어 주었던가를 생각하면 승민은 마음이 무겁다. 아내 은신도 마찬가지일 것이다. 혜영, 재현 두 녀석에게는 그 성장기에 걸맞은 충분한 관심과 애정을 기울여 주지 못했다. 그게 무엇보다 미안하고 가슴 아프다. 어른이자 자식들의 아버지인 승민조차도 아내의 사랑을 막내에게 모두 빼앗겨 버린 상실감을 남몰래 앓은 적이 있다. 물론 이성적으로야 충분히 이해하고도 남지만 그 아이가 태어난 이후 줄곧 아내와 재민은 몸 한쪽이 붙어버린 일란성 시간을 보냈고 일란성 세월을 살았다.

그사이 승민은 회사에서 부장이 되고 차장을 거쳐 임원인 이사까지 되었다. 결코 짧지 않은 그 세월 내내 그들 가정의 중심은 막내 재민이었다. 세상과 섞일 수 없는 장애아를 자식으로 둔 부모의 가장 큰 바람은 무에서 유로 자식을 세상으로 옮겨 왔듯이 본인들의 죽음을 합해 그 자식을 저승으로 함께 옮겨 가는 것이라는 얘기도 있다.

하지만 승민은 그 바람에 동의하지 않는다. 동참할 생각이 전혀 없다. 단지 그는 회사에서 은퇴하더라도 서울 위성도시 쯤에 설계 사무소를 낼 생각이다. 일산 쪽을 생각하고 있다. 죽기 직전까지 현역으로 살 작정이다.

그는 남자보다 평균 수명이 7, 8년이 길다는 아내 은신과 한창 젊은 재민에게 충분할 정도의 돈을 벌어서 남기고 싶다. 자신이 먼저 세상을 떠나고 아내가 훗날 세상을 뜨게 되더라도 재민에게는 누나와 형이 있지 않은가. 돈이 없다면 재민의 삶이 아무래도 심각한 문제에 봉착할 가능성이 커지겠지만 돈이 충분하다면 혜영과 재현의 됨됨이나 성격을 볼 때 믿고 맡길 만하다. 사는 내내 재민의 삶을 좋은 환경에서 지속시킬 수가 있다.

이제 승민의 나이 50대 초반이다. 그 나이에 무슨 그런 생각까지 벌써 하느냐 하겠지만 그렇지가 않다. 쉬는 날 집에서 재민을 지켜보고 있으면 별별 생각이 다 든다. 저 녀석 장래를 어찌해야 하나 싶고 어떻게든 준비를 잘해 줘야 하는데 하는 조바심이 절로 든다.

장애아를 둔 부모는 만성적인 불안과 조급증에 시달릴 수밖에 없다. 재미나고 즐겁게 많은 걸 누리자는 쪽으로 삶이 설정되는 게 아니고 일반인보다 훨씬 빨리 죽음을 준비하고 예비하려는 태세를 갖추게 된다. 그렇지 않은가. 사람의 삶은 내일 어떤 일이 일어날지 모른다는 치명적인 약점을 가지고 있다. 승민 자신이 무너지면 가족 전체가 무너진다. 의도치 않게, 전혀 예상해 보지 못한 상황에 얼마든지 놓일 수 있다. 더 이상 나와 우리 가족에게 절대 나쁜 일이 일어날 리가 없어! 하고 장담하는 것처럼 어리석은 일도 없다.

이제부터 할 얘기가 그렇다. 그와 아내 은신의 삶에 일어날 거라고 전혀 예상치 못했던 사건에 대해서다. 부부의 삶에서 가장 가슴 아픈 일이다.

승민과 은신의 막내아들 재민은 열일곱 살 끝 무렵에 죽었다. 그즈음 재민은 제 엄마 손을 잡고 승용차를 이용해 등하교를 했었다. 원래 살던 아파트는 학교에서 가까워 걸어 다닐 수 있었다. 하지만 사고가 일어났던 그 시점에서 3년 전쯤 그들은 몸집이 커진 아이들에게 보다 쾌적한 각자의 공간이 필요하다는 판단에 한강변에 위치한 더 넓은 평수의 새 아파트로 집을 옮겼다. 재민의 학교와는 1.5킬로미터 정도 거리가 떨어졌다.

그날은 오후 3시쯤 학교가 파했다. 재민은 엄마 뒤를 쫄래쫄래 따라 길을 내려와 엄마가 열어 준 조수석 차문 앞에서 발걸음을 멈춰 세웠다. 잠시 후 녀석은 뒷좌석 문 앞으로 이동하고

서 얼굴을 하늘 쪽으로 쳐든 채 두리번두리번하고 있었다.

"왜? 뒷좌석에 타고 싶어?"

재민은 대답 없이 흘깃흘깃 먼 곳을 휘둘러보며 딴청을 피웠다. 12월 초순인 그날 오후 날씨는 잔뜩 흐렸다. 바깥바람이 쌀쌀함을 넘어서 매서울 만큼 추웠다.

"그냥 조수석에 타지? 난 우리 잘생긴 재민이가 옆에 앉아 가는 게 좋은데? 응?"

하지만 녀석은 들은 척 만 척했다. 애가 고집을 피우자 은신은 뒷좌석 문을 열어 주었다. 녀석이 올라타자 엄마도 하는 수 없다는 듯 뒷문을 닫은 뒤 운전석에 올라탔다. 뒤쪽으로 두 손을 뻗어 아들 안전띠부터 채웠다. 재민의 표정은 밝았다. "후잇 후잇" 하는 휘파람 부는 듯한 기분 좋은 소리를 내서 그녀 또한 기분 좋게 안전띠를 막 착용했는데 학교 건물 쪽에서 누군가 재민의 이름을 부르며 급하게 뛰어왔다. 승용차 운전석 쪽으로 달려와 멈춰 선 건 담임선생이었다. 이번 주 금요일에 학년이 끝나고 파티를 하는데 그 일정표며 개인 준비물이 적힌 인쇄물을 깜박 잊고 주지 못했다며 차창 너머로 건네주었다. 그것을 받은 은신은 또 한 번 여교사와 인사를 나누었다. "재민이 잘 가. 내일 보자!" 하고 선생님이 손을 흔들어 주는 가운데 승용차가 출발했다.

집으로 가는 길은 빠르면 10분, 늦으면 20분이었다. 시간이 좀 더 지체되는 길은 주택가 협소한 골목길과 아파트 단지 교차로를 두어 차례 통과해야 하는 길이고 빠른 길은 한강 우회 도로를 이용해 몇 블록을 단숨에 끊어 내서는 왼쪽 아파트 숲으로 곧장 꺾어 드는 길이었다.

평소에 늘 그래 왔던 것처럼 은신은 한강 우회 도로로 진입해서는 곧장 달렸다. 그러다가 앞에서 달리던 차들의 후미등이 저마다 빨갛게 켜지면서 속도가 느려지는 것을 보고 그녀도 브레이크를 밟으며 속도를 줄여 나갔다. 저 앞쪽에서 무슨 사고가 일어났는지 차들이 빼곡히 줄지어 섰다. 은신은 앞 차 후미랑 일정 간격을 두고 차를 멈춰 세운 뒤 "뭐지?" 하고 목을 빼서는 전면 이쪽저쪽을 살펴보았다. 왜 차들이 정체되는지 알 수가 없었다.

그녀는 집 냉장고에 넣어 둔 아직 포장을 뜯지 않은 피자가 생각났다. "재민아, 배고프지? 우리 집에 가면……" 하고 말하면서 상반신을 돌려 뒷좌석에 앉은 막내아들을 돌아보았다. 바로 그 순간이었다. 한 번도 제 손으로 안전벨트를 차 본 적 없던 애가 빨간 버튼을 눌러 순식간에 벗겨 내고는 차문을 열고 뛰쳐나갔다. 순간 애 엄마는 '엇! 차 뒷문을 어떻게 열었지? 내가 문을 안 잠갔나?' 하는 생각이 들었지만 부리나케 자신도 안전띠를 풀고 차 밖으로 뛰어나갔다.

"재민아! 재민아! 대체 어딨는 거야?"

그녀는 소리쳐 불렀다. 자신의 목덜미를 찍어 누르는 듯한 섬뜩한 느낌이 들자 허둥거리며 줄지어 서 있는 위아래 차량 행렬 쪽으로 고개를 빼서는 황급히 아들을 찾았다. 아들은 뒤쪽 차량 사이에 웅크리고 있었다. 10여 미터 떨어진 방금 지나온 지점에서 반대편 도로 쪽을 향한 채 자세를 낮추고는 등을 활처럼 구부리고 있었다. 은신은 아들이 보는 쪽으로 시선을 던졌다. 반대편 인도 턱 바로 아래쪽에 희고 검은 점이 박힌 새끼 고양이 한 마리가 기진맥진한 모습으로 잔뜩 웅크리고 있는 게 보였다.

그러니까 승용차가 서서히 멈추기 직전 아들은 반대편 도로가에 웅크리고 있는 길고양이 새끼를 보고는 차에서 곧장 뛰쳐나간 거였다. 그녀는 불길함에 온 머리칼이 곤두섰다. "재, 재민아! 안 돼! 안 돼!" 하면서 아들을 향해 두 팔을 휘저으며 다급하게 달려갔다. 그와 동시에 재민은 길고양이를 향해 돌진했다. 아이는 집 없는 새끼 고양이를 집에 데려다가 키우겠다는 마음을 단단히 다졌는지 그 새끼 고양이만을 보고 쏜살같이 반대편 도로로 뛰어들었다.

곧이어 텅! 하는 강한 충격음과 함께 빠르게 달려오던 SUV

회색 차가 급브레이크를 밟는, 두꺼운 차바퀴가 아스팔트 표면을 날카롭게 긁어 대는 끼이이이익! 소리가 도로 위 공기를 뒤흔들었다. 앞이 둔탁한 차량인 SUV가 반대편 차들 사이에서 튀어나오는 아이를 미처 발견하지 못하고 그대로 들이박은 거였다.

"아, 안 돼, 안 돼!" 하는 말이 은신의 입에서 연기처럼 흘러내렸다. 재민이 차에 치이는 광경을 바로 코앞에서 목격한 그녀는 풀썩 쓰러졌고 아들이 보였다가 사라진 곳을 향해 한 손을 길게 뻗었다. 막내아들의 몸이 허공에 붕 떠올랐다가 10여 미터 앞쪽 차가운 아스팔트에 떨어져 구르다 멈춰지는 것을 본 그녀는 그대로 실신해 버리고 말았다.

자식들이 자라날수록 부모는
세상 한쪽을 물려주듯이 뒷걸음질 치며
흰 머리칼을 하나둘 늘려 가는 것이다.
아이들이 성인이 되었다는 건
부모가 늙었다는 거다. 부모의 삶은 결국
자식들이 삶에 뿌리를 내리게 하는
거름일 뿐이 라고 하질 않던가.

¶

머잖아 아무도 찾지 않게 될 당신 마음을 닦는다.

나와 당신만이 아는 공원의 흐린 하늘을 닦는다.

당신을 안았던 그 기억의 둘레를 닦는다. 그날 비가 뿌렸던가.

가는 비 흩뿌렸던가. 그 숲의 깃털 같던 햇빛은 떨면서

젖어 들어갔는가. 당신이 떠난 뒤 아무도 찾지 않게 된 공원은

그제야 고요해졌는가. 낡은 벤치 위에 침묵과 쓸쓸함이 앉아

다리 없이도 쉴 수 있게 되었는가.

나는 당신 기억이 우거진 그 숲속으로 홀로 걸어 들어갈 것이다.

나는 그 낡은 벤치가 되어 당신에 대한 내 기억들이 어디를

향하는지 그 눈길을 보리라. 당신을 사랑한 내가 낡고 바래져

무너져 내릴 때까지 최후의 그리움이 질 때까지 이 세상 모든

슬픔과 외로움을 벗해서 죽음을 앉혀 볼 것이다.

10. 배웅

¶

당신의 도톰한 아랫배를 닦는다. 문득 그런 낯선 생각이 들었다.
당신이 날 사랑한 것뿐만 아니라 내 삶 전체를 나 몰래 낳았던
게 아닐까. 내 사랑을 잉태한 뒤 나를 분만해 낳아 길렀던 게
아닐까 하는 기이한 생각이 들었다. 그래서 어쩌면 내가 당신
속에서 걸어 나와 당신 탯줄과 연결된 평생을 함께 산 게 아닌가
하는. 그렇다면 당신 배는 나와 아이들이 태어난 고장이다.
강과 바다의 배처럼 당신은 알 수 없는 곳에서 생명을 싣고 와
이 세상에 부려 놓았다. 그리고 흐린 배 한 척이 당신을 싣고
홀연히 가 버렸다. 그런데 나는 왜 당신과 함께 가지 못하고
이렇게 혼자 남아 있을까. 당신을 따라간 내 마음은 어쩌자고
빈껍데기 내 몸만 이곳에다가 남겨 두었을까. 빗방울이
이승에서 당신 간 저승까지 눈물 뿌린다.

은신이 살면서 가장 큰 충격과 고통을 받았던 일은 막내아들의 죽음이 틀림없다. 당시 그녀는 재민을 잃고 석 달 넘게 정신을 차리지 못했다. 넋이 나가 버린 듯했고 삶에 완전히 금이 가 버렸다. 살아 있는 것 같기도 하고 이미 죽은 것 같기도 했다. 식음을 거의 전폐하다시피 한 나날들이어서 결국 병원에 입원시킬 수밖에 없었다. 남편 승민도 마땅한 방법이 없었다. 극한의 슬픔 속에 들어가 웅크리고 있는 아내에게는 그 어떤 위로도 위안이 되지 않았다. 그는 자식을 잃은 고통도 엄청났지만 뒤이어진 아내의 고통과 슬픔을 감당해 내는 것도 너무나 힘들었다.

그러나 '인명은 재천'이라 하지 않던가. 사람이 죽는 것은 사람 손으로 어찌할 방도가 없는 게 대부분이다. 그것이 팔자건 운명이건 예상치 못한 사고이건 결과를 돌이킬 수 없다면 결국은 받아들일 수밖에 없다.

승민은 회사일을 바쁘게 하고 남은 두 자식들과의 삶을 살아 내느라 재민을 잃은 상실감에 서서히 어느 정도는 적응했지만 그 아이를 제 몸으로 낳고 기른 어미란 존재는 그렇게는 쉽사리 되지 않는 것 같았다. 은신은 병실에서고 집 거실에서고 할 것 없이 창밖 하늘만 가뭇하게 쳐다보았다. 마치 시냇물 바닥의 돌을 하나하나 뒤집어 다슬기를 잡는 것처럼 아이와 함께한 세월 속에 놓인 기억 하나하나를 뒤집어 그 느낌을 몇 번이고 곱씹는 것 같았다.

퇴근 후 저녁때마다 승민은 숟가락과 죽 그릇을 양손에 들고 아내 뒤에 서 있어야만 했다.

"한 숟가락만 들지?"

"……."

"사람이 먹어야 살지. 당신 죽을 거야?"

"……."

"이 사람아 당신만 자식 죽은 거 아니잖아. 나도 자식이 죽었다구!"

아내의 무반응이 야속하고 지치기도 해 그런 말까지도 했었다. 천칭 저울에 올려놓고 자식 잃은 아빠와 엄마의 고통의 무게를 잴 수는 없다. 하지만 그는 자신과는 비교할 수 없을 정도로 막내에 대한 아내의 애착이 깊고 넓다는 것을 잘 안다. 왜 그렇지 않겠는가. 17년은 기나긴 세월이다. 그 세월 전체의 시간을 아내와 막내는 거의 한 몸이다시피 함께하지 않았던가. 시간에 응고성이 있고 접착력이 있다면 아내와 막내는 온몸과 마음이 붙어 있어서 그것을 뜯어 내 원래대로 분리시킨다는 것은 참기 힘든 고통이고 상실감일 테다.

그리고 역시나 아내 은신은 사고 원인을 자기 탓으로 여겼다. 재민이 그렇게 된 것은 자기 잘못 때문이라는 넋두리를 자주 했다. 자신이 담임선생과 갑작스런 대화를 나누는 통에 승용차 문 잠그는 걸 깜빡했고 그 부주의로 인해 사고가 일어난 거라며 자신의 마른 가슴을 수시로 쳤다. 그런데 꼭 그런 것일까? 맞는 말이기도 하고 틀린 말이기도 한 것 아닌가. 설령 맞다고 해도 변할 건 없었고 틀리다고 해서 자식을 잃은 비탄이 줄어들 건 아니었다.

누군가 승민에게 그 사고가 왜 일어났냐고 묻는다면 그는 재민의 착한 마음 때문이라고 말했을 거다. 차들이 씽씽 달리는 대로에서 추위에 떠는 어린 길고양이를 구해 주고 싶은 그 마음 말이다. 그 마음이 그를 하늘로 데려간 것뿐이라 여겼다. 굳이 겨울 초입에 배고파 웅크린 길고양이 새끼가 아니더라도 재민에게는 세상 전체가 위험 요소였다. 그곳이 한강변 도로가 아니고 아파트 구내더라도 길 잃은 강아지를 봤다면 똑같은 일이 벌어지지 않았을까. 그래서 그는 재민이 타인들과 함께 만드는 세상을 못 살았을 뿐이지 제 엄마 품에서는 나름 행복했다고 믿고 싶었다. 17년 동안 제 엄마 사랑만은 원 없이 받지 않았는가.

은신은 일상으로 다시 돌아왔다. 다시 숨 가쁘게 돌아가는 세상으로 돌아온 그녀는 평소 하던 일을 집어 들었다. 밥하고, 빨래하고, 청소하고, 아이들 뒷바라지하고, 남편 챙겨 주고. 하지만 세상은 그 어떤 이별에도 끄떡없이 돌아가야만 하는 이유를 말해 주겠다는 듯이 또 하나의 부고가 날아들었다. 승민의 아버지가 뇌경색으로 쓰러졌고 그길로 돌아가셨다. 두 사람은 본가이자 시댁인 고향집으로 내려가 검은 상복을 입고 상을 치렀다.

사람이 살면서 힘든 일만 계속 생기고 겪게 되면 삶이 온전히 지속되기 어렵다. 울 일이 있고 그 눈물이 마를 즈음에는 소리 내 웃거나 잔잔히 미소 지을 수 있는 일도 하나둘 생겨났다. 이듬해 가을 큰딸 혜영이 결혼했다. 대학 때 만난 사이로 숱하게 티격태격했음에도 용케 헤어지지 않고 관계의 결실을 맺은 것이다. 그리고 그다음 해 2월 군대를 마치고 대학을 졸업한 아들 재현이 대기업에 입사했다. 녀석은 군대에서 사격술과 함께 마음을 다루는 기술을 터득했는지 사내 연애를 시작했다. 속전속결이 뭔지 보여 주겠다는 듯 저보다 두 살 연상이자 직장 상사인 대리와 사랑에 빠졌다. 두 사람은 결혼은 하지 않겠다고 선언해 놓고도 불붙은 사랑을 유지했다. 주말마다 전국 각지를 돌아다녔고 휴가 때는 나라와 나라를 옮겨 다니며 사랑을 나누었다. 그 정도면 서로 아주 잘 맞는다는 건데 결혼해야 하는 게 아닌가 물어보면 아들 녀석은 씨익 웃기만 했다.

사랑과 결혼 풍속도도 시대에 따라 변하는 게 당연하다. 하지만 부모인 승민과 은신 입장에서는 '현재가 재밌고 즐거우면 된다. 다른 건 NO!' 연애 방식에 대해서는 동의하기 어렵고 이해하기도 힘들었다. 앞선 세대인 그들에게 '사랑'의 또 다른 이름은 '책임'이고 상대에 대한 '헌신'이었기 때문이다.

아들 연인이 휴가차 유럽에 일주일 가 있던 그사이 큰딸 혜영이 아들 태현을 낳았다. 이마가 반듯하게 훤하고 빵싯빵싯 잘 웃는 건강한 아들이었다. 승민과 은신은 어느새 자신들을 할아버지, 할머니라고 부르게 될 첫 손주를 얻은 거였다. 세월은 그렇게 변화무쌍한 속성을 지녔다. 빼앗아 가는 것도 있지만 던져 주는 것도 있다. 비 오는 날이 있으면 해 뜨는 날도 있듯이 때로는 인생을 축복하는 듯한 포근한 흰 눈이 소담스레 내리기도 한다.

그 이듬해 낙엽이 지던 11월 중순경에 은신의 엄마인 장모가 돌아가셨다. 부모가 앞다투어 세상을 떠난다는 것은 승민과 은신이 그만큼 늙었고 늙어 간다는 것을 뜻했다. 부부가 함께 살아갈 날이 훨씬 줄어들고 짧아짐을 의미했다.

나이 예순이 된다는 건 어떤 의미일까? 이순(耳順), 듣는 대로 순하게 이해할 수 있는 나이라는 건데 그렇다면 60살이라는 나이는 자신의 가슴까지 차오른 세월로 인해 생이 삶보다 죽음에 가깝다는 것을 능히 이해할 수 있게 되는 건 아닐까?

은신이 나이 예순이 가까워 지던 어느 날 저녁이었다. 녹차를 마시는 남편 승민 옆에 앉아 홍차를 마시던 그녀가 혼잣말처럼 중얼거렸다.

"차암 이상해."

"뭐가?"

"요즘 안 꾸던 꿈을 자주 꾸는데……."

"……?"

그는 그녀의 갸웃거림에 탁자에 잔을 천천히 내려놓으며 아내를 돌아보았다.

"무슨 꿈을 꿨길래 표정이 그렇게나 심각해?"

"울 아버지……."

"으응, 장인?"

그는 휘둥그레진 눈으로 말을 이었다.

"장인어른께서 당신 꿈에 나타나셨단 거야?"

그의 마음 한쪽이 서늘하고 묵직해졌다. 뭐랄까, 별고로 일찍 세상을 뜬 장인은 두 사람 삶에서 지금껏 금기어였다. 그래서 30년 넘도록 함께 살면서 한 번도 입에 올린 적이 없었는데 지금 아내가 그 말을 꺼낸 것이다.

"응. 자주."

"자주? 그렇다면 뭐 당신 사는 거 보고 싶으셔서 잠깐잠깐 나타나신 거구만."

"아버지만 보였다면 내가 말도 안 꺼냈지. 재민이가 글쎄……."

"재, 재민이? 우리 재민이?"

갑자기 이 사람이 왜 이러나 싶어 승민은 바짝 긴장한 표정으로 마른침부터 꿀꺼덕 삼켰다.

"응. 재민이가 울 아버지 손을 잡고 놀고 있더라구. 어젯밤 꿈에. 며칠 전에도 그러더니만. 이상하잖아? 참 이상하지?"

"……!"

그는 끄응 하는 신음소리를 삼키면서 탁자 위에 놓인 신문을 향해 거칠게 손을 뻗었다.

"이 사람아! 이상할 게 뭐 있어? 장인어른과 그 녀석이 거기서 잘 지낸다는 거 아냐? 그러면 좋은 꿈 아냐? 길몽이잖아. 모두 잘 지낸다는 기별 같은 거니까."

"아니 그게 아니고……."

그녀가 답답하다는 눈길로 남편을 돌아보았다.

"모르잖아!"

"응? 뭘 몰라?"

"아니, 두 사람이 서로 모를 거라구. 울 아버지나 재민이나 서로 한 번도 본 적이 없고 전혀 만난 적도 없잖아. 그런데 어떻게 함께 있을 수가 있지?"

"……!"

"신기하지 않아? 어떻게들 그렇게 척 알아봤을까?"

"나 원 참! 별소리 다 듣겠네. 할아버지가 제 손주를 몰라보신다는 게 어디 말이 돼? 이 사람아, 혈육은 천륜이고 본능이야. 보고 안 보고가 중요한 게 아니지. 그건 자석처럼 그냥 척하고 달라붙는 거야."

"그런가? 그러니까 피 당김 같은 거? 보자마자 서로 끌린다는 거 아냐?"

"그렇지. 아무튼 뭐, 당신 한시름 놓게 돼 좋겠구만. 두 사람이 함께 잘 지내니 얼마나 안심이 되겠어. 그러니까 우리 건강이나 잘 챙겨서 아주 천천히 가도 되겠네."

승민은 그 말을 하면서 미간이 점점 찌푸려졌다. 뜬금없이 죽은 사람들 얘기를 계속해야 하니 마음이 언짢아진 것이다. 산 사람이 죽은 사람 얘기 할 필요가 뭐가 있겠는가. 망자들은 그 세계에서 살고 생자들은 이 세상에서 각자 잘 살아 나가면 된다. 삶과 죽음이 하나라고들 하나 그 사이에는 엄연히 삼도천(三途川)이 흐른다. 살아서는 건널 수 없고 죽은 혼도 되건너올 수가 없다. 어찌할 수 없는 건 그냥 놔두는 거다.

살아 있는 사람이 죽은 이를 걱정하는 것만큼 부질없는 일이 없다. 서로의 계(界)가 엄연히 다름에도 서로의 영역을 침범하는 얘기는 또 하나의 덧없을 욕망이고 부질없음이 아니겠는가 싶었다. 그래서 승민은 그때까지 아내 마음을 편안하게 하는 응답을 해 주었지만 만약 아내가 더 말을 연장했다면 종국엔 벌컥 화를 냈을지도 모른다. 하지만 아내는 입을 다물었고 골똘한 생각에 잠겨 고개를 천천히 끄덕거렸다(그런데 나중에 돌이켜보니 아내의 그 꿈 얘기는 뿌리가 깊고 넝쿨이 무성했다. 그 후 일상생활에서 목격하는 아내의 침묵이 재민과 자신의 아버지 쪽을 향하고 있는 게 아닌가 가슴이 철렁 내려앉기도 했기 때문이다).

그 무렵 승민도 정년을 기다릴 필요 없이 회사를 퇴직해야겠다는 생각을 굳혔다. 막내의 삶을 받쳐 줄 필요가 없어졌기에 악착같이 돈을 벌어야 할 이유가 없었다.

그즈음 그는 회사 일과가 끝나면 사무실에 혼자 남아 단독주택 설계 도면 그리는 작업에 공을 들였다. 조만간 일산 호수 옆에 건축될 은신과 자신의 노후를 담아 낼 붉은 벽돌 2층집이었다. 그는 3년 전에 일산 호숫가 옆에 오래된 주택과 그 주택을 에워싼 300평 정도의 땅을 매입했다. 이젠 아파트 생활을 끝내고 아내와 자신이 지은 단독주택에서 살아 보고 싶어서였다. 그는 자를 대고 눈금지에 도면의 선을 그려 나갈 때마다 가슴이 뿌듯했다. 나중에 자신이 지팡이를 짚게 될지라도 매일 아내와 손을 잡고 해거름마다 호숫가를 산책하는 모습을 떠올리자니 습지고 눅눅한 마음 구석에 볕이 들 듯이 좋았다.

아름다운 석양빛이 번져 있는 호수를 바라보면서 그녀와 함께 녹차를 마시고 싶었다. 이런저런 일을 모두 다 겪어 낸 부부이지 않은가. 삶이 온전히 익은 후 과일 향기처럼 베풀어지는 그 온후함을 그윽하게 누려 보고 싶었다. '어떻소? 당신 집이오!' 집 다 지어지면 그렇게 아내를 깜짝 놀라게 해 주고 싶었다. '그동안 정말 애 많이 쓰셨소. 당신은 이 집을 선물 받을 자격이 충분히 넘치고도 남소!' 하고 집 현관 열쇠를 그녀 손에 건네주고 싶었다.

승민은 집 설계 도면 작업을 환갑이 지나서야 시작했다. 명예퇴직이니 정리해고니 하는 말이 넘쳐나는 세상이지만 그에게는 해당되지 않았다. 그는 사장에게 퇴직하겠다는 뜻을 여러 번 비쳤지만 직원이 200명이 넘는 건축 회사를 그만두는 게 생각보다 쉽지 않았다. "이번 한 해만 자리를 지켜 주시오! 부탁이오. 더는 안 붙잡겠소."라는 사장의 말이 발목을 잡았던 것이다. 그 이듬해 하반기에서야 회사에서 퇴직할 수 있었다.

그리고 그사이에 집을 짓기로 한 땅이 일산시의 관리지역으로 용도 변경이 되어 있었다. 건축 신고 절차가 까다로워졌다. 만약 낡은 집인 기존 주택이 그 땅에 없었다면 건축 행위 자체를 아예 할 수가 없었다. 만약 행정 시행령이 또 한 번 시의회에서 새롭게 개정된다면 일체의 재건축 행위가 불가능하게 변경될 우려가 다분해 그는 부랴부랴 포클레인으로 낡은 기와집을 허물고 단독주택 건축 공사를 시작했다.

남동향으로 기초공사가 시작된 그 집은 햇빛 들고 바람 잘 통하도록 꼼꼼히 설계되었다. 바닥을 잡는 데 이외에는 시멘트를 전혀 쓰지 않고 목조로만 지어졌다. 기둥은 궁궐 짓는 데 쓰이는 금강송을 박았으며 잘 건조시킨 향나무로 창문과 바닥을 만들었다. 아름드리 오동나무를 켜서 내벽 전체가 결이 자연스럽게 흐르도록 덧대었다. 거실의 가장 큰 유리벽으로는 일산 호수 정경이 그대로 들어와 고여 들 수 있도록 시선 높이며 크기, 방향을 잘 잡았다. 늙은 사람들이 안전하게 오르내리기 좋도록 2층으로 올라가는 계단의 가파름을 최대한 지워 완만하게 했으며 층계가는 거머쥐기 좋은 나무 지지대를 에둘렀다. 기와는 지중해에서 흔히 쓰는 유럽식 분홍빛 기와를 얹었다. 마당은 절반을 반원형 잔디로 깔고 중간에 징검돌 형식의 평석을 놓아 호수 쪽으로 길을 냈다. 삶의 벗인 지인들을 불러 와인을 마실 수 있는 야외 테이블을 놓고 고기를 구워 먹을 화로와 바비큐 시설을 데크 쪽에다가 부려 놓았다.

집을 짓는다는 건 일반인들에게는 수없이 많은 공정이 필요하고 다양한 자재가 들어가기 때문에 보통 골머리 썩는 일이 아니다. 하지만 승민이 평생 해 온 게 그쪽 일이었고 재직했던 건축 회사에서 나서서 많은 도움과 편리를 제공했다. 그 집 도면과 건축 구성 요소에 맞게 전문 기술자들과 자재를 척척 붙여 주고 적시에 공급해 준 것이다.

승민은 그 집을 아내 몰래 짓는 동안 내내 마음이 들떴다. 자신의 전문 분야로 아내를 온전히 기쁘게 해 줄 수 있다는 기대감 말이다. 깊이 생각하지 않더라도 남편에게 아내만큼 세상에서 고마운 사람이 어딨겠는가. 자신의 건강을 지켜 주고, 일상을 지켜 주고, 아이들까지 낳아 길러 준 여자가 아닌가. 기뻤고 설렜다.

하지만 안타깝게도 승민의 바람은 이뤄지지 않았다. 무산되었다. 역시나 삶은 감당할 수 없는 복병을 세월의 길목마다 숨기고 있다는 듯이 그의 일상을 또 한 번 습격했다. 승민이 호숫가 집을 다 지은 뒤 집 둘레에 바닥을 치는 데크 작업을 현장에서 감독하고 있던 날 오후였다. 핸드폰으로 다급한 목소리가 실려 왔다. 그의 아내가 강남 아파트 거실에서 배를 싸안고 쓰러졌다는 것이다. 정신을 잃었다고. 연락을 준 막내 처제가 집에 와 있었던 게 그나마 다행이었다. 승희 처제가 없었다면 실신해 버린 아내는 그길로 아주 잘못되었을 수도 있었다. 119대원들의 도움을 받아 앰뷸런스에 실려 강남병원으로 가고 있다고. 형부도 빨리 오셨으면 한다는 내용이었다.

승민은 부랴부랴 차를 몰고 서울로 향했다. 일산에서 서울 가는 길은 잘 뚫릴 때는 제 속도를 내지만 까딱 시간을 잘못 만나면 가다 서다를 반복해야만 한다. 그의 앞에서 달리던 차들이 속도를 떨구며 정체되고 있었다. 빌어먹을! 운전대를 잡은 승민의 속이 타들어 갔다. 시속 20킬로가 날까 말까 한 속도로 차들은 느리게 달렸다 섰다를 반복하고 있었다. 입술이 바짝바짝 말랐다. 그런 와중에 그는 지난 주말 저녁에 아내와 나누었던 대화를 떠올렸다. 그날 아내가 말한 얘기가 지금 벌어진 상황의 전조였구나 싶어 그는 눈앞이 캄캄해졌고 온몸이 부들부들 떨렸다.

승민은 처제의 연락을 받은 지 한 시간 반이 지나서야 응급실 안으로 헐레벌떡 뛰어들 수 있었다. 응급실에 와서야 정신 차렸다는 아내 얼굴에는 노란색이 감돌았다. 승민은 놀라 두 눈만 끔벅거렸다. 집을 나선 오늘 아침 나절만 해도 전혀 못 본 완연한 병색이었다. 하루 사이에, 아니 반나절 사이에 멀쩡했던 아내 얼굴이 중환자 얼굴로 변한 것이었다. 그는 아내 손을 두 손으로 보듬어 쥐면서도 이런 돌발 상황이 도무지 이해가 안 되었다.

일반적으로 병 기운은 안에서부터 피부까지 차오른다. 오랜 시일을 거쳐 스며 나와 배어 오르는 게 보통이다. 그런데 아내는 전혀 그게 아니잖은가. 마치 안에 잠금장치가 있어 병 기운을 철저히 가두었다가 수문을 일거에 들어 올려 바깥으로 방출해 버린 게 아닌가 싶을 정도였다.

승민은 불안하고 불길했다. 이 급작스런 상황의 정체가 뭔가 싶었다. 그는 침대에 누워 검사실로 실려 가는 아내를 허둥지둥 뒤따라갔다. 병원의 긴 복도를 걸어 내는 그의 두 다리가 후들거렸다. 가슴이 답답했다. 억울했다. 아내와 그는 자식을 앞세워 가슴에 묻어 버린 것으로 삶에 치러야 할 대가를 치렀다고 여겼었다. 자식 앞세운 것만 한 고통이 없기에 그 무엇이든 별거 아니라고 여겼다. 하지만 아무렇게나 지목하는 손가락의 무자비함이 이렇게도 빨리 자신도 아닌 아내를 가리키고 있다는 것이 경악스러웠다.

은신은 그 다다음 날 오후 병원으로부터 정식으로 위암 말기 통보를 받았다. 그리고 폐와 췌장까지 전이 흔적이 보여 전이 가능성이 높다는 소견서까지 첨부되었다. 그 진단 서류를 받아 든 승민의 손이 푸들푸들 떨렸다. '사람 가지고 장난치나?' 하는 생각부터 먼저 들었다. 며칠 전까지만 해도 멀쩡하게 일상을 영위하던 사람에게 위암 말기를 선고하는 의사가 제정신인가 싶었다. 오진이 틀림없다는 확신까지 들었다. 그런데 문제는 그 진단을 내린 자가 우리나라 암 치료 방면에서는 권위자였다. 티브이에도 자주 나와 그도 몇 번이나 브라운관을 통해 본 적이 있을 만큼 저명한 박사이고 의대 교수였다.

승민은 그 교수 의사에게 면담을 신청했다. 그의 설명에 의하면 사람 체질에 따라서 암이 전신에 다 퍼지도록 전혀 고통을 느끼지 않는 사람들이 있다고 했다. 은신이 그런 케이스였다. 승민은 그런 특이체질이 있다는 것을 처음 알았다. 일견 그런 체질이 좋을 성싶지만 목숨이 위태롭다는 경고등이 제때 전혀 작동되지 않는다는 치명적인 단점이 있다고 했다. 환자나 가족이 항암 치료를 원하면 해 드릴 수는 있지만 회의적이라고. 딱 잘라 언제까지 환자가 사신다 말씀드리는 것이 적절하지 않다, 하지만 환자 심리를 편안하게 해 주면서 서로들 마음의 준비를 하시는 게 좋겠다는 게 담당 의사의 말이었다.

의사 진료실에서 복도로 걸어 나온 승민은 휘청거렸다. 황급히 손으로 벽을 짚어 쓰러지는 것을 멈춰 냈지만 얼굴에 핏기가 하나도 없었다. 단 며칠 사이에 세상은 또 다른 험악함으로 변했다. 공포가 그의 얼굴을 꽈악 거머쥔 표정이었다.

승민은 침대에 누워 있는 아내가 처제와 얘기를 나누는 것을 보고 천천히 돌아섰다. 아내는 잔잔히 웃고 있고 처제는 훌쩍거리는 게 이상해 보였다. 그는 현실감이 마비된 듯 정신이 멍했다. 병원 건물을 나와 커다란 가문비나무가 서 있는 구내 한적한 곳을 향해 허깨비처럼 걸어갔다. 주변에 사람이 있는가 천천히 둘러본 그는 육중한 그 가문비나무에다가 이마를 찧으며 흐득흐득 울었다. 높고 날카로운 울음소리가 아니라 입안에 비통함이 그득 고여 입 밖으로 뱉어 낼 수밖에 없는 탁한 울음이었다. 하늘이, 삶이 원망스러웠다. 왜 나만 가지고 이러느냐고, 왜 내 멱살만 이토록 틀어쥐고 사납게 흔드느냐고 대들며 따지고 싶었다.

이마에 들이받힌 나무가 멀쩡하듯이 세상은 끄떡없었다. 아내가 세상을 머잖아 떠날 처지에 이르렀는데도 불구하고 '그건 당신 일일 뿐야' 하듯이 저만치 도로 위에서 차들이 줄지어 달렸다. 몇 마리 새들이 즐겁게 허공에서 지저귀며 날아다녔다. 저쪽 야외 주차장에서 중년 남자가 큰 소리로 웃으며 누군가와 통화를 했고 야외 계단으로 오르는 그 언저리 벤치에 앉은 남녀는 종이컵 커피를 들고 서로의 머리를 연신 상대의 어깨에 기대며 깔깔거렸다.

그때 승민은 자신이 이제껏 살아 낸 삶의 본질적인 정체는 무심함과 일체의 무관함이 아닐까 하는 생각이 들었다. 개인의 행불행과 고통과 비극은 바다 위로 던져진 하나의 돌멩이 같았다. 해변의 파도 끝에서 수없이 사라지는 포말이고 그 물거품이 아닌가 여겨졌다.

일반 병실에 이틀 누워 있었던 은신은 마약성 진통제를 처방받고 집으로 퇴원했다. 담당의는 집보다는 병원이 관리가 쉽고 안전하다고 했다. 그러나 환자 당사자인 그녀가 집으로 돌아가겠다며 고집을 꺾지 않았다. 담당의는 "늦긴 했지만 손 놓고 있을 수만은 없으니 이렇게라도 해 봅시다."라며 항암 치료 단계와 일정을 설명하고 치료를 권유했다. 은신은 고개를 내저었다. 치료 거부 의사가 단호했다. 자신의 명성이며 권위를 전혀 인정해 주지 않는 환자의 태도에 그 교수 의사는 이마를 찌푸렸다. 그녀는 자신이 경력 13년 차 대형 종합병원 간호사였다는 전력을 밝혔다. 자신이 처한 상황과 병원에서 해 줄 앞으로의 치료 내용을 훤히 꿰뚫고 있다는 의미였다. '그렇다면야 뭐……' 하는 표정으로 의사는 고개를 끄덕거리면서 갑작스럽게 치고 드는 고통을 일정 시간 무마시켜 줄 약 처방만을 내린 것이다.

"괜찮겠소? 그래도 난 당신이 집이 아니라 담당의 말대로 병원에 입원했으면 하는데?" 하고 남편이 말리자 아내는 "내 상탠 내가 더 잘 알아."라며 고개를 가로저었다.

승민은 그때 아내가 병원을, 현대 의학을 별로 신뢰하지 않는다는 것을 처음 알았다. 집으로 돌아온 그녀는 어떠한 경우에도 연명 치료를 거부한다는 뜻을 남편에게 단단히 못 박았다. 거실 소파에 앉아 그 말을 하는 그녀의 표정은 평온하다 못해 밝기까지 했다. 승민은 그 순간 내심 또 한 번 충격을 받았고 몹시 당황했다.

아내가 아주 순순히 자신의 죽음을 받아들인 듯했기 때문이다. 죽고 사는 그 자체가 남의 일인 듯 무심하게까지 느껴져서

'이 사람이 지금 너무 하는 거 아닌가?' '이미 오래전부터 알았다는 듯이 지금 너무나 태연자약한 거 아닌가?' '그렇다면 그 속마음까지 다 헤아리진 못하겠지만 당신이 떠난 뒤에 홀로 남아야 할 나를 전혀 생각해 주지 않는 게 아닌가?' 하는 서운함과 야속함까지 들었다. 하지만 따뜻한 허브차를 마시며 그녀가 승민에게 들려준 얘기를 듣다 보니 그도 어느 정도는 이해가 되었다.

암세포는 건강한 사람에게도 상존한다는 것. 암세포도 여느 다른 세포들처럼 몸속에서 생멸을 거듭하는데 어느 순간 신체 내 장기에서 기생할 환경이 만들어지면 그때서야 자리를 분명하게 잡는다는 것. 그리고 우리나라 병원은 각 과가 전문 분야란 명패를 내걸고 환자가 먹지 않아도 되는 약들을 너무 많이 먹여 대고 있다는 것. 그 많은 약들 중 극히 일부 약만 빼고는 환자 몸에 그만큼의 부작용을 불러일으킨다는 것.

특히 그녀는 연명 치료에는 아주 부정적이었다. 의식이 전혀 없는 환자 목숨을 유지시키기 위해 코에 입에 수많은 관을 꽂아 놓고 주사액이나 음식물을 주입시키는 것만큼 잘못된 행위도 없다고 했다. 의식이 경미하게라도 돌아온 환자에게 엄청난 고통을 주는 일이기 때문이다. 결국 일상에서 이뤄지는 그 많은 정기 검진과 진단은 미리미리 위험 요소를 제거한다는 게 명분이다. 그 명분을 뒤집어쓰고 있지만 실상은 병원 장사로 연결된 거대한 상술 구조라는 것이다.

글쎄…… 그런 일면이 있을 수는 있으나 그렇게까지 생각할 필요가 있을까? 아무리 전직 간호사인 아내 말이라 할지라도 승민은 내심 고개를 갸웃거렸다. 이 사람이 지금 치료를 받지 않기로 한 자기 결정을 합리화하기 위해 너무 부정적인 생각을 고집하고 있는 게 아닌가 싶었다. 그러니까 아내 말은 암 환자 수만 명을 데이터상에 올리면 항암 치료를 받든 안 받든 죽고 사는 확률의 포물선은 일반적인 포물선으로 나온다는 것이었다.

즉, 주식이나 코인처럼 그것으로 돈 버는 사람은 1퍼센트, 혹은 10퍼센트 내외지만 언론과 사람 입을 통해 성공한 사례만 회자되고 조명되는 예와 치료를 통해 일상생활로 무사히 귀환하는 경우의 내막이 거의 유사하다는 것. 전직 간호사인 그녀 얘기를 압축하자면 교통사고 같은 다급한 외상 환자가 아닌 이상 병원 치료가 대부분 적절치 않다는 것이다. 사람도 자연의 일부인 만큼 그녀가 원하는 것은 의술이 전혀 들어가지 않은 자연사나 자연 회복이었다. 그런데 그녀는 다른 장기로 전이가 강력하게 의심되는 확실한 위암 말기 환자가 아닌가.

"당신이 왜 그렇게까지 병원 치료에 부정적인지 얘길 듣고 나서도 나로선 잘 이해가 안 되는 면이 있군. 그러니까 당신은 죽는 게, 죽는다는 게 무섭고 두렵지 않다는 거요?"

"글쎄, 뭐 그렇게까진."

그녀 입가에 옅은 웃음이 감돌았다.

"난 경험이 많잖아. 예전에 병원 근무할 때 죽는 사람들을 얼마나 많이 봤는데."

"그건 그 사람들인 거고. 난 지금 당신 얘기를 하는 거잖소."

"난 양쪽 다 괜찮다니깐. 더 살면 당신과 함께 지낼 수 있어서 좋고 그 반대면 또……."

은신은 아차 싶은지 말을 채 맺지 못하고 황급히 입을 다물었다. 하지만 남편 승민이 아내의 그 마음을 왜 모르겠는가. 못다 한 말은 충분히 짐작되고도 남았다. 그녀가 죽게 되면 막내 아들을 더 빨리 볼 수 있다는 거 아닌가. 재민이 있는 곳으로 가서 하루라도 빨리 함께 있을 수 있어 좋다는 것일 텐데.

'이 사람아, 뭔 생각과 말을 그렇게 해? 그럼 난 어떻게 하라고?' 하는 말이 그의 목구멍 밑까지 차올랐다. 하지만 말기 암 선고를 받은 환자 당사자에게 자신 걱정부터 하는 말이 가볍고도 이기적으로 느껴져 그는 입을 굳게 다물었다.

물론 삶은, 영원하리라 느끼는 마음과 시간의 지배를 받는 몸 사이의 착오와 혼란이 중심축이다. 하지만 마음 또한 결국은 몸의 한계에 굴복하기 마련이다. 그렇듯이 승민 또한 삶이 언제까지나 지속되리라고는 생각하지 않았다. 언제고 은신과 자신 사이에 이런 날이 카드나 엽서처럼 하늘에서 송달될 거라는 생각은 했었다. 하지만 그런 날이 너무나 빨리 도착했고 그 당사자가 남자인 자신이 아니라 은신이라는 사실이 당혹스러웠다.

"아이들에게 알려야겠지?"

"뭐 하러 그걸 벌써부터 알려. 자연스럽게 알게 될 걸."

'버, 벌써?' 그는 아내의 그 무심한 말까지는 참아 낼 인내력이 없었다.

"왜 그렇게 생각해? 당신이 급작스레 잘못되기라도 하면 그땐 어떻게 해? 아이들에게도 미리 마음 준비 할 시간을 지금이라도 줘야 하는 거잖아."

"아이구, 왜 버럭 소리까지 내질러요? 환자한테!"

"화, 환자? 그렇지. 당신이 환자이긴 하지!"

그녀가 거실 소파에서 벌떡 일어났다. 톡 쏘아붙인 말과는 달리 그녀는 두 팔을 벌리면서 걸어와 한쪽 무릎을 거실 바닥에 대고 앉아서는 화가 잔뜩 배어 올라 얼굴이 붉어진 그의 어깨를 천천히 감싸 안았다.

"알아요 알아. 당신 그 마음 내 잘 알지."

"뭘, 뭘 그렇게나 잘 알아?"

"당신 몹시도 마음 아프고 슬퍼한다는 거 내가 왜 모르겠어요?"

"흐으음……."

그녀가 남편 등을 토닥거리고 쓰다듬어 내렸다.

"나 괜찮아질 거야. 좋아질 거고."

"말기인데 그 말을 내가 어떻게 믿나?"

"말기건 아니건 내 몸인데 본인이 가장 잘 알지. 그러니까 너무 걱정 마요. 당신이 날 얼마나 아끼는지 너무나 잘 아는데 내가 이런 당신을 두고 어딜 가겠어?"

"그렇지? 그, 그런 거지? 그 말 진심인 거지?"

"그래요. 당신 원래부터 내 말 믿었잖아. 그러니까 지금 말도 믿어요. 나는 이렇게 당신 옆에 오래도록 함께 있을 테니까."

그녀가 그의 넓은 등을 쓸어내리자 갑자기 그의 눈에서 비오듯 눈물이 흘러내렸다. 참아 내려 애썼지만 꽉악 깨문 어금니 사이를 비집고 선지 같은 비통한 울음 덩어리가 물컹물컹 그의 입 밖으로 새어 나왔다. 그녀가 그의 뺨에 자신의 볼을 붙인 채 비비며 그 눈물을 지웠다. 그는 오열했고 그녀는 그의 오열을 빠르게 잦게 하려고 연신 그의 등을 손바닥으로 두드리고 길게 쓸어내렸다. 이상한 그림이지 않은가. 누군가 만약 그들이 다녀온 병원과 아파트 거실 안까지 꿰뚫어 보는 천리안을 가졌다면 남편이 암 선고를 받아 아내가 그런 남편을 위로하는 듯 보였을 것이다. 그녀는 그런 사람이고 그런 여자였다.

은신은 그 후 한 달 반 동안 집에서 일상생활을 보냈다. 특이 체질이라 암이 전신에 퍼져 극한 상황에 이를 때까지는 고통을 전혀 느끼지 못한다던 그녀는 일정한 한계 수위를 넘어서자 고통을 못 참아 냈다. 일주일마다 병원이 내 준 처방서를 가지고 약국으로 가 강한 진통제를 타 와서 복용했다.

그 기간에 그녀가 딱 한 번 남편에게 눈물을 보인 적이 있었다. 그건 승민이 은신을 차에 태워 일산 호숫가에 완성된 집을 보여 주었을 때다. 그녀는 두 손을 펼쳐 보이며 한동안 말을 못했다. 온몸으로 기뻐했다. "하아. 당신은 역시 사람 감동시키는 한 방이 있네요!" 하면서 새집 통유리벽 앞에 서서 환호성을 질렀다.

"멋있어. 정말 아름답네!"

호수를 바라보면서 눈가에 흐르는 눈물을 손가락으로 연신 문질러 없앴다.

"어떻소? 맘에 들긴 하오?"

"최고예요! 당신 짱이야!"

"짱? 핫하하, 이 사람이 애들 표현도 할 줄 아는구만!"

"좋아요. 으흠!"

"……?"

"이 집 보니까 맘이 변하네. 어떻게든 내가 살아 내 봐야겠네. 당신이 날 위해 지어 준 내 집이라니까!"

"당연하지. 새집에는 당연히 집주인이 들어가 살아야지!"

하지만 은신은 신축된 그 집에서 단 하룻밤도 보내지 못했다. 갓 지은 집은 최소한 한 달 정도 환기를 시켜야 한다. 보일러도 풀로 가동시키고 햇빛과 바람에 집 내부를 말려야 건축 재료가 내뿜는 유해 성분을 가시게 할 수 있다.

또한 재건축된 그 주택에 대한 관할 시청의 행정 처리가 마감되지 않았다. 건축과 담당 공무원이 감리 절차를 남겨 두고 있었다. 집 주변에 쓰다 만 건축 자재들도 여기저기 널려 있는 상태였다. 모든 게 미비했다. 사람이 차를 끓여 마시거나 잠을 자려면 거기에 필요한 주방 용품들과 침대가 있어야 한다. 그것은 이사를 완전히 오기 전에는 갖춰질 수 없는 것들이었다. 그리고 결정적인 건 그녀의 주 병원인 강남병원과 일산은 거리가 너무 멀었다. 차도 자주 막혀서 집을 옮긴다는 그 자체가 옳지 않았다.

은신은 그해 10월 하순경 강남병원 중환자실로 실려 들어

갔다. 코에 튜브를 꽂은 채 누워 있었다. 암 선고를 받은 지 2개월이 거의 채워지자 일상생활이 거의 불가능했다. 고통의 횟수가 잦아지고 그 고통의 크기가 약으로는 제어가 안 되는 상황에 이르자 스스로 병원행을 택했다. 낫기 위한 치료 목적이 아니었다. 시간 길이며 강도를 더해 가는 고통을 빠르게 잠재우는 마약성 진통제를 그 즉시 주입하기 위해서였다.

그녀가 중환자실에 머물러 있었던 건 고작 6일에 불과했다. 어느 날 은신은 잠에서 깨어 흐릿하게 눈을 떴다. 그녀는 시야의 흐릿함을 지우려는 듯 머리를 좌우로 흔들었다. 그리고 자신의 침대 옆 의자에 홀로 앉아 있는 남편 승민의 얼굴을 지그시 올려다보았다.

"……깼소?"

"응. 언제 왔어요?"

"조금 됐어. 더 자지 그래? 간호사 얘길 들어 보니 당신 겨우 눈 붙인 지 두 시간 남짓이더구만."

"보기에도 아까운 당신을 두고 왜 자꾸 자라고만 해?"

"얼굴이 피곤해 보여서."

"괜찮아. 그렇게 보일 뿐이지. 오랜만에 정신이 맑아진 것 같아 기분도 좋아."

"그래? 다행이군."

승민은 손을 뻗어 아내의 한 손을 손바닥 위에 올려놓고 남은 손으로 그녀 손바닥이며 손등을 부드럽게 쓸었다. 그녀가 잠시 입술을 모아 내밀더니 무엇인가를 작심한 듯싶었다.

"여보!"

"응?"

"당신한테 진작부터 물어보고 싶은 얘기들이 있었는데 이제야 하게 되네. 그래서 많이 미안하지만……."

"뭔데?"

그녀 낯빛이 조금 가뭇해졌다.

"아주 오래전이지. 나 학교 졸업하고 막 간호사가 됐을 그 무렵에……."

"……?"

"고향 여중학교 때 친구를 병원에서 우연히 만났어. 그때 걔가 얘기해 주더라. 당신 대학 신입생일 때 강우식 그 사람이 대학까지 찾아가 당신을 만났다는 얘기를."

"헛흐으음."

그는 긴장을 내색하지 않기 위해 빠르게 헛기침부터 했다.

"그런데 당신은 그 사람 만났다는 얘기를 나한테 일절 하지 않았어. 생각해 보면 그 뒤에 당신이 내 대학 입학금을 건네줬고 2학년 때도 등록금을 내줬어. 어, 어떻게 그렇게 할 수 있었어? 틀림없이 그 사람은 당신을 굉장히 불쾌하게 만들었을 텐데?"

"글쎄, 그런 일이 있었나? 난 기억이 잘 안 나는데?"

"아냐, 그럴 리가 없잖아."

그녀는 솔직하게 말하라는 듯 남편의 눈을 강한 눈빛으로 쳐다보며 말을 이었다.

"혼란스러웠을 거 아냐? 내가 예전에 그 사람에 대해 했던 말과 그 사람이 나에 대해 했던 말이 분명 달랐을 테니까."

"……!"

"아주 달랐을 거 아냐? 당신은 틀림없이 참기 힘들 정도로 무척이나 괴로웠을 거고 화도 아주 많이 났을 거야. 그럼에도 불구하고 당신은 그런 내색을 전혀 하지 않았어."

"……."

"지금까지 당신은 그 사람에 대해 한 번도 입 밖으로 꺼낸 적도 없고 내게 물은 적도 없었어. 어떻게 그럴 수가 있지? 나 같았으면 절대 못 참았을 텐데? 그땐 당신이나 나나 젊고 어렸잖아?"

"이 사람아, 뭘 한다고 그런 쓸데없는 것을 아직까지 마음에 담고 있나? 별일도 아닌 걸 가지고."

그는 한숨을 내쉬었다.

"그게 왜 별일이 아냐? 나한테 엄청 큰 배신감을 느꼈을 텐데?"

"배신감은 무슨. 그 인간 말이 하도 말 같잖아서 무시한 거지. 생각해 보라구. 당신과 그 인간 말이 서로 다르다면 내가 당신 말을 믿는 게 당연한 거 아니겠어? 당신은 이미 당신 시댁 돌층계 위에 앉아 있던 내게 충분한 설명을 했으니 난 이미 그 대답은 다 들은 거지."

그의 말에 그녀가 희미하게 웃었다. 탈색된 그녀 입가에서 더욱 진한 미소가 길어 올려졌다.

"그래. 그런 거였구나. 역시나, 역시나 당신답네."

"그리고 이 사람아! 그간에 얼마나 세월이 흘렀는데 뭘 그런 얘기를 새삼스레 꺼내누? 지난 것은 지나간 대로 그냥 두는 건데."

"아냐, 아냐."

"……?"

"당신의 그 처신을 알고 난 후부터 나도 당신에 대해 참 많이 생각했거든. 당신이 너무 고마웠어. 나에 대한 당신 사랑이 그 모든 것을 불식시킬 수 있을 만큼 깊고 크다는 것도 새삼스레 알게 됐어. 그래서 그 이후 내 삶은 전부 나를 믿어 준 당신에 대한 은혜를 갚는 거라고 여겼어. 당신에 대해 내가 최선을 다할 수 있는 계기가 된 거지. 물론 많이 부족했다는 거 나도 잘 알지만…….”

“아냐. 아니오. 당신은 넘치도록 잘 해내었소. 아이들을 기르면서 그렇게까지 집안일을 잘 해낸 건 아마 당신밖에 없을 거요. 그래서 나 당신과 사는 내내 많이 고마웠고 표현은 못 했지만 감동 참 많이 했더랬소. 그런데 그런 계기는 없어도 되는 것을. 당신이 예민해서 쓸데없는 생각을 했구려.”

“홋후후, 그런가요? 그럼 이제라도 투정도 부리고 집안일도 신경 써 달라고 대놓고 요구해 볼까?”

“얼마든지. 당신이 자리에서 일어나면 맘껏 그리 하시구려. 일산 호수 집에 가게 되면 앞으로 내가 앞치마 두르고 밥하고 청소하고 세탁기 돌리고 다 할 테니 당신은 그저 흔들의자에 앉아 지시만 내리소!”

“정말요? 내 꼭 그렇게 합니데이!”

“얼마든지. 내 꼭 그리할 턴께!”

그녀가 운명하기 이틀 전이었다. 은신은 불현듯 누군가 자신을 흔들어 깨웠다는 듯 눈을 떠서는 한참이나 어리둥절한 눈동자를 굴리다가 병상 머리를 지키고 앉은 남편 승민을 쳐다보았다.

"왜? 무슨 꿈이라도 꾼 거요?"

"재민이……."

"응?"

"우리 재민이를 봤어요. 그 녀석이 박스 속에 있는 게 아니라 수국같이 아주 큰 꽃이 만발한 꽃나무 아래서 나를 보고 활짝 웃고 있더라."

"그랬소? 헛허허, 그 녀석이 거기선 아주 건강하게 제대로 잘 살고 있는가 보구만!"

그녀는 고개를 끄덕이면서 남편 입가에 깃든 웃음 꼬리가 완전히 사라질 때까지 승민을 응시하고만 있었다.

"왜? 무슨 할 말이 있는 게요?"

"아무래도 이 말을 해야 할 거 같아. 당신에게 용서받고 싶은 게 있거든……."

"엇허, 왜 또 그런 얘기를 하오. 마음이나 굳게 먹어요. 당신과 나 사이에 용서하고 말고 할 게 대체 뭐가 있다구. 아예 말도 꺼내지 마시오. 난 듣고 싶지 않소."

"아니, 아냐!"

"……?"

"나, 살아오면서 정말 그런 생각 참 많이 했었어요. 아주 나쁜 생각이긴 한데……."

"흐으음!"

"우리 재민이……."

"……?"

"만약 재민이가…… 안 태어났다면…… 우리 삶은 어땠을까? 그때 당신에게 말하지 않고 그냥 수술실에 누워 있었다면 그 후 우리 삶은 어떻게 됐을까? 나와 당신이 훨씬 더 많이 행복하지 않았을까?"

"여, 여보! 무, 무슨 말을 그렇게……?"

하지만 은신은 이미 남편을 보지 않고 허공을 보고 있었다. 중얼거리듯이 아주 작게 말했다.

"그때 수술실에 누웠던 내가 참 많이 떠올랐었어. 그때 벌떡 일어나 수술실을 뛰쳐나오지 않고 눈 질끈 감아 버렸다면, 그대로 누워 있었다면, 그런 결정을 했다면 더 괜찮지 않았을까? 그래서 나, 사실 재민이를 기르던 와중에도 어미로서 벌 받을 몹쓸 생각이란 걸 알았지만 혼자서 참 많이 후회도 하고 당신한테 너무 미안했었어."

"이 사람아……."

그는 가슴이 먹먹해져서 한동안 말을 하지 못하다가 깊은 한숨과 함께 말을 이었다.

"왜? 대체 왜 그런 안 해도 될 생각까지 곱씹었던 게요? 알지, 아오. 당신이 17년을 그 녀석 감당해 내느라 더없이 힘들었다는 것을 너무나 잘 알지만 생겨나고 태어났고 이제 세상에도 없는 그 자식을 두고 지금 할 말은 아니잖소?"

"……."

"왜 마음을 편안히 두지 않고 당신 마음을 괴롭히냐 그 말이오?"

"나는…… 당신이 깊은 밤 화장실에 앉아서 몰래 흐느끼는 소리를 몇 번이나 들었어. 다른 건 몰라도 재민이에 한해서만은 당신에게 너무 못 할 짓을 했다는 자책감을 지울 수가 없었어요."

"이 사람아! 그게 어디 당신 탓인가? 당신이 재민이를 어디서 주워 왔소? 내 자식 아니오? 탓을 돌리려면 내게 돌리지 안 그래도 녀석과 씨름하면서 진이 빠질 대로 빠진 당신 마음을 왜 혹사시켰느냐 말이오."

"……."

허공에 가 닿은 아내 시선이 텅 비어 있는 듯해서 그는 누가 송곳으로 마음을 찌르는 듯 아팠다.

"그래요. 나도 솔직히 말하겠소."

그는 차마 떼기 싫은 입술을 떼는 양 얼굴 표정이 고통으로 일그러져 있었다.

"나도 너무 심정이 괴로운 날엔 그런 생각을 했더랬소. 당신 너무 힘들게 하는 그 녀석이 미웠던 순간도 있었고. 한시도 집 안이 조용하지 않으니 사는 게 뭔가 싶었소. 하지만 말이오. 나는 그 녀석 때문에 새로이 알게 된 것도 많았소. 많이 겸손해졌고 남 사는 것도 보다 깊이 이해할 수가 있었소. 녀석으로 인해 가슴 아팠던 건 사실이지만 그만큼 재민이로 인해 순간순간 즐겁고 행복했던 일도 적지 않았소. 나는 말이오. 내 진심을 다해 얘기하오만……."

그는 눈물을 글썽거렸다.

"만약에, 만약에 말이오. 우리 재민이가 다시 살아올 수만 있다면 내 모든 것을 다 주고서라도 지금 당장 바꿀 수가 있소. 내 목숨까지도 말이오. 그만큼 그 녀석이 내 인생에서 소중한 아이였던 게요."

"당신, 정말 그렇게 생각해요?"

"그렇소."

"그동안 나, 정말 원망 많이 안 했어요? 그런 재민이를 낳은 것도 나고 그런 재민이를 잃은 것도 나인데? 그래서 내가 정말로 너무너무 미웠을 텐데?"

"그럴 리가. 천부당만부당한 소리요. 절대 그렇게는 생각 안 했소. 개는 혜영이 재현이를 떠나 내가 세상에서 제일 사랑한 자식이었던 것만은 확실하오."

"……!"

"아마 당신도 그럴 테지만 내가 죽는다면 나는 그 녀석을 만날 수 있다는 이유만으로 행복하게, 기꺼이 죽음을 받아들일 거요. 당신도 지금 내가 느끼는 바로 그런 마음일 거 아니오?"

그녀는 후후후 가볍게 웃었다. 하지만 마른 그 입술에서는 소리가 나지 않았다. 고개를 찬찬히 끄덕이며 남편을 바라봤는데 눈가에 눈물이 그득 고여 눈빛이 젖어 있었다.

"당신 그거 모르죠?"

"뭘 말이오?"

"우리 재민이가 딴 애들보다도 유독 당신 눈빛을 아주 많이 닮았다는 거?"

"뭔 소리요? 눈이 안 닮고 내 눈빛을 닮아?"

"그래요. 걔가 뭔가를 쳐다볼 때 당신 눈빛과 아주 쏙 빼닮았어요. 똑같았어. 그래선지 재민이가 더없이 소중하고 특별했던 거 같아요. 그 아이 속에 당신이 고스란히 들어 있는 거 같아서."

그 밤을 지내고 하루가 더 지났다. 사흘째 되던 날 오후에 접어들자 은신의 건강 상태가 급전직하로 빠져들었다. 벚나무에서 한꺼번에 꽃잎이 화르르 져 내리듯이 혈압과 맥박, 호흡이 한꺼번에 위태로워졌다.

그날인 11월 3일 오후 5시경에 은신은 숨을 거두었다. 큰딸 혜영과 둘째 재현은 제 엄마 손을 양쪽에서 잡고 울부짖었지만 아내는 자식들의 그 손을 놓았다.

은신은 막내아들이 죽은 뒤 약 10년 정도를 더 살았다. 환갑이 채 한 달이 안 남은 시점에 세상을 등져 버렸다. 환갑은 육십갑자의 갑이 다시 돌아오는 나이다. 그러니까 한 살에서 60살까지 살면 한 바퀴의 삶을 다 사는 것이다. 그리고 예순한 번째 생일이 되면 비로소 '돌아올 환(還)' 자를 써서 또다시 거대한 생의 원(圓)을 새로이 시작한다는 의미다. 어쩌면 은신은 자신의 삶이 또 다른 육십갑자가 시작되는 수레바퀴에 올라타는 게 부담스러웠을까? 그래서 육십갑자가 거대한 원으로 다시 굴러오자 스스로 연의 고리를 끊어 내고 삶과 생에서 내려 버린 것은 아닐까? 그녀의 속절없는 죽음이 그런 해석을 가능하게 하는 건 아닐까?

그런데 목숨을 하루하루 이어 나가는 생의 실체는 어떤 구조로 되어 있을까? 심지가 불을 밝히며 빨아들이는 기름의 양만큼 몸이 사는 것인가. 아니면 라이터돌이 갑자기 나가 버려서 더 이상 불이 켜지지 않는 라이터처럼 시간과 세월이 아직 몸속에 많이 고여 있음에도 단번에 못 쓰게 되어 버리는 것이 죽음인가. 은신은 자신을 그렇게도 사랑한 승민을 등질 정도로 삶이 버겁고 힘들었던 것일까? 그녀 마음을 알 수가 없다.

"당신이 너무 고마웠어.
나에 대한 당신 사랑이 그 모든 것을
불식시킬 수 있을 만큼 깊고 크다는 것도
새삼스레 알게 됐어. 그래서 그 이후 내 삶은
전부 나를 믿어 준 당신에 대한 은혜를 갚는
거라고 여겼어. 당신에 대해 내가 최선을
다할 수 있는 계기가 된 거지. 물론 많이
부족했다는 거 나도 잘 알지만……."

¶

죽음을 사랑합니다

왜 이렇게 열렬히 당신을 사랑하는지
당신은 잘 이해하지 못하시는군요
그건 제가 죽어 가는 존재이기 때문입니다
단 한 번뿐인 삶으로, 매 순간 제 죽음으로
당신 전부를 사랑하기에 그토록 뜨거운 겁니다
당신 만날 때마다 매번 죽고 싶다고 말하는 건
당신이 너무나 소중하단 뜻입니다
단 하나의 목숨으로 당신 우주처럼 사랑하고 싶지만
그에 못 미칠 때 절망합니다
당신 또한 단순히 절 사랑하는 게 아니고
제게 삶의 가장 빛나고 화려한 생명의 순간을
죽음으로 주신다는 걸 압니다
청춘이 죽고 삶이 죽어지지 않는 거라면
우리 사랑 이토록 슬프고 간절하진 못할 겁니다
아시겠지요? 전 매 순간 제 죽음으로
당신 삶을 불태우듯 사랑합니다

11. 염습

승민이 거즈로 아내 몸을 다 닦고 난 시간이 밤 11시 10분 무렵이었다. 그는 발가락이 꺾일 우려가 있어 혼자서 아내 몸을 뒤집지는 않았다. 대신 아내 몸을 옆으로 반쯤 세워 상반신을 팔로 껴안은 채 몸의 뒷면을 닦았다.

한 시간이 조금 더 걸렸다. 여름에 그 정도 움직였다면 온몸이 땀범벅이었을 텐데 안치소 안의 온도가 4도 이하로 서늘하게 유지되고 있어서 땀 대신 피곤이 그의 얼굴에 스며 있었다.

그는 사용한 물품을 모두 다 제자리에 올려놓은 카트를 한쪽에 밀어 놓았다. 그러고는 의자 위에 올려 두었던 양복 상의에서 휴대폰을 꺼내 전화를 했다. 그가 잠시 아내 머리칼을 매만져 바로잡아 주는 사이 검은색 직원 복장을 한 40대 후반 정도의 여자 장례지도사가 안치소 문을 조심스레 열고 들어왔다. 그녀는 단정하게 걸어와 두 발을 모아 선 뒤 두 손을 앞에 가지런히 모으고 상주인 고인 남편에게 머리를 한 번 깊이 숙였다. 그리고 침대 위에 흰 천을 어깨까지 덮고 누운 고인을 향해 두 번 깊숙이 머리 숙여 인사했다.

그사이 업체 직원 남자 한 명이 바퀴 달린 철제 침대 위에다가 오동나무 관을 싣고 와 고인이 누워 있는 침대 가까이에 두고서 조심스럽게 뒷걸음질 쳤다. 그는 상주에게 예를 표하고 고인에게도 예를 표한 뒤 안치소 문을 열고 나가 사라졌다.

승민은 습(襲)이 끝나면 아내에게 수의를 입혀 줄 장례지도사가 여성이었으면 한다고 낮에 장례 업체 사무실에 미리 얘기해 두었다. 혼이 떠난 아내라 할지라도 맨몸이 드러날 수밖에 없는 착의 과정을 남성에게 맡기는 걸 왠지 아내가 꺼릴 것만 같아서다. 또한 남성보다 상대적으로 부드러운 손을 가진 사람이 여성이기 때문이다. 장례지도사는 흰 장갑을 끼고 남편인 그가 고인을 붙들어 주는 가운데 은신에게 수의를 차례대로 입혔다(그는 이미 아내가 세상에서 마지막 입을 옷으로 고운 명주로 된 안동포 수의를 택해 두었다).

속바지, 속저고리, 겹바지, 겹치마, 겹저고리, 두루마기 순서로 입혔다. 옷을 입히기 좋게 지도사가 자세를 잡아 달라는 대로 그는 보조 역할을 했다. 지도사는 아주 능숙하게 고인의 두 다리에 속바지를 꿰고 양팔에 저고리를 꿰었다. 특히 겹저고리와 두루마기를 입힐 때 약간의 폭이 있는 두 개의 띠를 다루는 솜씨가 아주 인상적이었다. 고름 길이를 가늠한 뒤 띠 하나가 다른 띠를 만나야 하는 적정한 지점을 확보하고 가슴 중심께에 봉오리를 만들 듯 동그라미를 만들어 띠를 넣어 당기면서 그 매듭 부위의 부드러움이 한껏 살아나게 고름을 매었다.

그때 승민은 아내의 상반신이 비스듬하게나마 세워지도록 자신의 두 팔과 배로 뒤에서 받쳐 주었는데 그녀의 가는 목과 쇄골 어디쯤, 턱 선이 끝나는 곳의 대정맥 쪽 어딘가에서 꾸룩하면서 아직 채 굳지 않은 핏덩어리가 아래로 굴러 내려가는 듯한 소리를 들었다. 그 소리가 '여보, 나야 나! 나 아직도 여기 안에 있어!' 하는 소리로 들려 그의 두 눈은 금세 그렁그렁한 물기로 가득 찼다.

그가 바지 뒷주머니에서 손수건을 꺼내 연신 눈물을 훔치자 장례지도사는 지나가는 투로 중얼거리듯이 말했다. 시신에서 소리가 나는 건 흔한 일이라고. 어떤 시신은 발인하는 날까지도 시신이 굳지 않고 살아 있는 듯 살갗이 말랑말랑하다고. 그것은 몸속의 피가 사람에 따라 아주 더디게 굳어 그런 거라고. 원래는 피가 굳은 다음 살가죽이 따라 뼈에 내려앉아 붙고, 어느 정도 선까지 온몸이 뼈처럼 느껴질 정도로 단단하고도 차갑게 굳는다고.

원체 그 일에 베테랑인 모양으로 지도사가 고인 양발에 버선을 신기고 발목에 띠로 버선목을 묶어 내 수의 입히는 것을 끝내기까지 30분 남짓밖에 걸리지 않았다. 표정이며 손 움직임에 전혀 감정이 들어가지 않은 능숙하고도 깔끔한 일솜씨 그 자체였다.

"자, 이제 관 안으로 고인을 함께 모시지요."

"네? 그걸 지금 꼭 해야 하는 겁니까?"

"다 이유가 있으니 그리하는 게지요."

장례지도사의 몸짓이 군소리하지 말라는 듯해서 승민은 상당히 몸집이 좋은 그 여자 지도사가 시키는 대로 했다. 머리 쪽에 선 그녀가 고인의 겨드랑이에 두 손을 껴 어깨 쪽을 들고 승민이 밑에서 아내 허벅지와 종아리 쪽을 받쳐 들어서 한 걸음 옆에 있는 관 속에다가 천천히 내려놓았다. 지도사는 관 속에 고인이 길게 눕자 뒷목과 머리 아래쪽으로 베개를 넣고 고인의 머리 위에 자줏빛 작은 모자를 씌웠다.

그러고는 두 손이 가지런히 포개지게 모아 잡고 팔의 형태가 유지되도록 양쪽 관 벽에다가 밀도가 강한 스펀지 같은 것을 몇 개씩이나 끼워 넣었다. 그리고 고인 다리며 두 발이 붙어 발끝이 나란히 수직으로 서게 역시나 그 스펀지 같은 것을 여기저기 끼워 넣어 고정시켰다.

“좀 이상하군요. 자세가 굳기 전에 매듭 묶기 좋으라고 그리 해 두시는 모양인데, 차라리 지금 상태에서 묶는 것이 좋지 않은가요?” 그가 물었고 “그건 내일 오전 다른 직원이 와서 마무리할 겁니다. 저는 위에서 지시받은 대로만 해야 하는 사람이라서” 하고 그녀가 잘라 대답했다.

귓구멍, 콧구멍을 솜으로 막고 두 손목과 발목을 묶은 뒤에야 치러지는 고인 입에 노잣돈 물리는 의식이 남았는데 죽은 자가 보다 좋은 곳으로 가려면, 구만리 저승길을 가려면 든든하게 노잣돈을 입에다가 물려 주어야 한다는 거다. 그렇다고 진짜로 망자가 신사임당 누런 5만 원권 지폐들을 서승실 가는데 요긴하게 쓰지는 않을 터, 상조 회사 직원들은 그 노잣돈을 따로 챙기기 위해 그 절차를 내일로 남겨 둔 것 같았다. “원래는 입관 노잣돈도 따로 있답니다. 특별히 생략해 드려서 그렇지”라는 여자 장례지도사의 중얼거림으로 미루어 짐작하고도 남았다.

로마에 가면 로마법을 따라야 한다고 산 자와 죽은 자가 같이하는 이 장례식장 안에서는 그들 말이 룰이고 규칙이었다. 고인을 앞에다 놓고 굳이 그렇게까지 해야 하느냐 언성을 높일 이유는 없었다. 관습적인 예가 그렇다는 거지 유족이 완강하게 거부하면 뭐든 그대로 진행된다. 하지만 그런 유족들은 장례지도사의 손이 고인 몸에 성의 없이 함부로 닿는 걸 지켜봐야 하는 대가를 치러야만 한다. 사랑하는 이를 잃은 크나큰 슬픔 와중에도 그와 관련한 죽음의 절차를 사고 파는 곳이 바로 세상이다.

장례지도사는 원래 고인 얼굴에 화장해 줄 도구 가방을 챙겨 왔지만 승민은 마다했다. 왠지 아내가 그렇게까지 하는 걸 싫어할 것 같아서였다. "그래요. 안 하셔도 좋겠네요. 화장 없이도 이렇게 얼굴 본바탕이 깨끗하고 고운 분이 드문데 고인께서 그러하시네요." 그녀는 진심에서 우러나온 듯한 말로 자기 일을 마무리했다. 고인에게 먼저 머리를 두 번 숙여 예를 표하고 승민을 향해 한 번 머리를 숙여 인사한 다음 그녀는 화장 가방 손잡이를 손에 쥐고서 안치소 문을 열고 나갔다.

그 시간이 밤 11시 57분경이었다. 염습이 늦었는데 그나마 자정 전에 무사히 마쳐 안도감이 들었다. 그는 아내가 누워 있는 관 테두리에 손을 얹고 천천히 한 바퀴를 돌았다. 불가에서는 극락왕생을 위해 탑돌이를 몇 번이나 할까? 많이 돌수록 그 염원이 하늘에 닿을 테지. 승민은 불자도 아닌데 그런 생각을 하며 천천히 관 테두리를 손으로 쓸며 돌고 또 돌았다. 그러다가 문득 사람이 이렇게 고요하고도 얌전히 관 속에 두 손을 포개고 누울 수 있다는 게 잘 믿겨지지 않았다. 이 세상에서 건너갈 수 없는 세상이 관 속에 오롯이 담겨질 수 있다는 게 실감이 나지 않았다.

승민은 눈을 크게 뜨고 수의를 입고 관 속에 누워 있는 아내의 얼굴을 들여다보았다. 맨몸이었다가 부끄러워하지 않아도 될 겹겹의 수의를 입어서일까. 아내 얼굴이 내비친 그 느낌이 달랐다. 그냥 침대 위에 누워 있을 때는 납빛으로 창백하고 무표정하기만 했었는데 관 안에 수의를 입고 누운 아내는 편안해 보였다. 비좁기는 하나 마치 나무 침대 안에 누운 듯 아늑해 보였다. 무색무취의 깊은 꿈을 꾸고 있는 듯했다.

"다행이구려. 얼굴이 좋아 보여서. 그래요, 이젠 세상 걱정 다 내려놓으셨을 테니 부디 내내 좋은 꿈만 꾸시구려."

승민은 한 손을 내려 아내의 식은 뺨을 어루만졌다.

"당신의 고움은 죽음도 어찌하지 못하는 가 보오. 어떻게 이렇게나 단정하고 어여쁘신 게요."

그는 아내의 이마며 눈썹, 두 눈두덩이, 뺨과 콧날, 코와 윗입술 사이 인중, 윗입술과 아랫입술, 그리고 턱까지 부드럽게 쓸어 가며 매만졌다. 안타깝고 애틋한 손길이었다. 머잖아 흙으로 돌아갈 아내의 얼굴을 자신의 마음속에다가, 기억 속에다가 똑같이 본을 떠 놓기라도 하려는 듯 아주 진중하고도 세심하게 어루만졌다. 내일 장지에 깊이 판 구덩이 속으로 천천히 내려가게 될 아내의 관이 그의 머릿속에 떠올랐다. 관이 다 내려간 뒤 유족들은 한 삽씩의 흙을 관 두껑 위에 부어야 할 것이다. 투두둑, 투둑. 아내 은신은 관 속에 누워서 흙 떨어지는 소리를 듣게 될 텐데.

"무서워하지 말구려. 당신은 그곳에 혼자 누워 있는 것 같겠소만 내 마음도 당신과 함께 누워 있을 것이오. 내 마음이 당신 몸을 포근히 감싸고 언제까지 함께할 테니 두려워하지 마시오."

승민은 관 속으로 허리를 구부리고서 아내 이마에 입술을 맞추었다. 대리석 위에 입을 맞춘 듯 느낌이 서늘했다. 하지만 그는 자신의 더운 입술로 그녀의 식은 얼굴을 덥히기라도 하려는 듯 뺨에, 코에, 입술에 입술을 맞추었다.

"그동안 못난 사람 만나서 고생 참 많으셨소. 고맙고 또 한없이 감사하오."

마지막 인사를 하고 있다는 생각이 들자 눈에서 뜨거운 눈물이 왈칵 솟았다.

"여보, 그때를 기억하시오? 당신이 열한 살일 때 열두 살인 내게 걸어와 주지 않았소? 난 그 여자아이가 이사 왔던 그 봄을 잊지 못하오. 아마도 내게 처음 오빠라고 불러 주었을 때부터 그 여자아이가 내 마음속에 들어와 지금까지 함께 살아온 듯싶소."

그의 나지막한 목소리가 젖어 있었다.

"당신은 내가 당신에게 많은 걸 줬다고 생각하겠지만, 아니오. 틀렸소. 내가 당신으로 인해 훨씬 더 많은 것을 얻고 누렸소. 그중에 가장 큰 보물들이 혜영이, 재현이, 우리 재민이라오. 당신과 아이들 덕분에 내가 존재할 가치가 있다는 걸 깨달았고 부족하기 짝이 없는 내 삶을 희로애락으로 가득 채울 수가 있었소. 그것이 모두 당신이 내게 베푼 사랑이고 은혜였소."

기어이 승민은 흐득흐득 울기 시작했다.

"당신 없는 내 삶이 무슨 의미가 있겠소. 나도 솔직히는 열 번 백 번 당신 따라 죽고 싶었소. 지금도 당신과 같이 그 속에 누워 함께 떠나고 싶은 마음이 굴뚝같긴 하오만……."

그는 거푸 깊은 한숨을 내쉬었다.

"어찌하겠소. 이곳엔 당신이 남긴 두 자식이 있고 또 그 손주가 자라나고 있잖소? 그래서 나는 그들에게 당신 몫까지 어른으로서의 도리를 해내야 하오."

누워 있는 아내 얼굴을 향해 고개를 몇 번 크게 끄덕거렸다.

"내 그러리다. 부족하긴 하겠지만 당신 몫까지 챙겨 좋은 모습을 보여 줄 것이오. 그리고 나도 오래 살려고는 애쓰지 않겠소. 나도 당신처럼 자연이 주는 죽음을 고스란히 받아들이겠소. 나는 당신 없는 이 세상보다 당신 있는 그곳이 더 좋소. 그러니 내가 발버둥질을 칠 하등의 이유가 없는 게요."

그는 목이 메어 와서 몇 번이나 숨을 골랐다.

"당신이 간 거긴 어떠하오? 정말이지 저세상이 따로 있기나 한 거요? 그곳이 여기보다 훨씬 낫기는 한 게요?"

뒤춤에서 손수건을 꺼내 쉼 없이 눈물이 흘러내리는 두 눈두덩이를 문질러 닦았다.

"여보, 박은신 씨. 그리 누워서 잠든 체만 말고 대답 좀 해 보시구려. 여긴 나밖에 없으니 당신이 말해도 전혀 상관없소이다. 그래 재민이 그 녀석이 정말 눈에 보이오? 당신 혼자 가야 할 그 먼 길을 녀석이 마중 나온다는 기별이라도 받은 게요? 그렇소?"

감겨진 그녀의 눈꺼풀과 다물어진 입술을 번갈아 보았다.

"그랬다구? 정녕, 그런 게요? 그 녀석이 마중 나오겠단 전갈을 받았단 말이지? 헛허허, 그렇다면야 내가 좀 안심이 되는구려. 아암, 그래야지. 당연히 그래야지. 그 녀석이 당신을 좀 힘들게 했소? 그러니까 그곳에서 그만큼 당신에게 잘할 거요. 원래 제일 부모 맘 아프게 하고 속 썩이던 녀석이 나중에 제일 잘한다고들 하지 않소. 그러니 염려 말고 편히 가시구려. 내가 나중에 당신 찾아갈 때까지 우리 재민이가 당신 잘 지켜 줄 테니까. 그러니 이곳은 아무 걱정하지 말고, 혜영이 재현이 두 자식과 손주는 걱정하지 말고 바람처럼 자유롭고 가볍게 훨훨 가시구려."

그가 두 눈을 크게 뜨고 끔벅거렸다.

"정히 이 세상에 미련이 남아 딱 한 곳 돌아볼 양이라면, 어떻소? 우리 어릴 때 같이 올랐던 고향 태봉에 내려앉아 당신이 내 볼에 한 그 첫 입맞춤을 주워 가시든가."

마음속에는 그 사람만의 이별의 시간이 찾아온다. 승민은 직감적으로 아내를 마음속에서 내보낼 시간이 왔음을 알고 아내의 관에서 두어 걸음 물러나며 옷매무새를 챙겼다.

이윽고 그는 아내를 향해 두 손을 모아 들어 올리고 허리와 머리를 구부리며 바닥에 무릎을 꿇어 한 번 절했다. 일어서면서 천천히 "은신아, 잘 가" 하고 나지막하게 읊조렸다. 그는 다시 이마가 바닥에 닿도록 깊고도 깊은 두 번째 절을 했다. 그러나 이때는 곧장 일어나지 않고 이마를 바닥에 붙인 채 그 자세를 오래 유지했다. 그는 다시 천천히 일어나 두 손을 앞에다 가지런히 모으고 아내를 향해 마지막 말을 건넸다.

"여보, 정말 너무나 사랑했소. 앞으로도 그러할 것이오. 당신 고마움 절대 잊지 않으리다. 부디, 편히 잘 가시구려!"

작가의 말

사람의 몸은 참 많은 말을 합니다. 특히나 죽은 이의 몸은 살아 있는 이들에게 가장 많은 말을 하지요. 저는 지금껏 살아오면서 제 부모님 두 분의 마지막 병상을 지켰었고, 두 분의 죽음의 순간을 함께했습니다. 모든 움직임이 멎은 부모님의 몸을 어루만지고, 식어 가고 굳어 가는 그 몸을 한동안 깊이 감싸 안았던 기억이 있습니다.

그때 죽은 부모님 몸에 담긴 회한과 고통, 슬픔과 좌절, 그리고 삶이 이루었던 기쁨과 즐거움이 한꺼번에 제 가슴속으로 쏟아져 내려, 그 이후 저는 한동안 먹먹함으로만 사위어지는 긴 침묵의 시간을 가졌습니다.

이번 소설은 제 고향 선배의 이야기로부터 영감을 얻었습니다. 4년 전 선배의 아내가 돌아가셨을 때 저는 고향에 있는 장례식장을 찾아갔습니다. 그때 그 선배가 제게 들려준 얘기 중 가장 가슴에 남았던 게 본인께서 아내의 죽은 몸을 직접 닦아 주었다는 내용이었습니다.

일반적으로 남자가 여자보다는 7, 8년 빨리 세상을 뜬다고들 합니다. 하지만 그렇게 될 가능성이 크진 않겠지만 나중에 만약 제 아내가 먼저 세상을 뜨게 된다면 저 또한 선배처럼 남의 손에 맡기지 않고 제 손으로 아내 몸을 정하게 닦아 주고 싶다는 생각이 이번 작품을 완성시켰습니다. 그렇게 되면 그때 아내는 입이 아니라 온몸으로 제게 얼마나 많은 말을 할까요.

저는 다른 건 몰라도 차갑게 굳어진 사람 몸이 마지막으로 하는 그 말들만은 남은 배우자가 가슴으로 꼭 들어 주어야 한다고 믿습니다. 점점 더 살기 어려워지는 세상이고 사랑이 메말라 가는 팍팍한 이 시대에 제가 믿는 단 하나의 신앙은 내 곁의 배우자뿐입니다. 따지고 보면 배우자만큼 자신을 보살펴 주고 걱정해 주는 이가 없습니다. 그런 점에서 저는 살아 있는 아내 말을 잘 들으려고 노력합니다. 그렇지 않다면 혹시라도 제가 아내의 죽은 몸을 닦게 되었을 때 아내에게 잘못했던 만큼 후회로 몸부림칠 것이고 숨도 못 쉴 만큼 자신의 오만과 무지를 자책할 것이 자명합니다.

이 겨울, 모두가 자신과 제일 가까이 있는 사람이 가장 소중하고 귀하며 가장 따스한 존재라는 것을 느끼셨으면 하는 바람입니다. 그렇게 가장 가까이 있는 한 사람을 편안히 안아 주고 등 두드려 주면서 하루하루 아늑하고도 그윽하게 저물어지시길 기원합니다.

2024년 겨울

김하인

둘이 하는 혼잣말 : 염습(殮襲)

2024년 1월 30일 초판 1쇄 발행

지은이 김하인
펴낸이 박시형, 최세현

책임편집 김명래 **디자인** 정아연 **교정교열** 김성현
마케팅 양근모, 권금숙, 양봉호 **온라인홍보팀** 신하은, 현나래, 최혜빈
디지털콘텐츠 김명래, 최은정, 김혜정 **해외기획** 우정민, 배혜림
경영지원 홍성택, 강신우 **제작** 이진영
펴낸곳 팩토리나인 **출판신고** 2006년 9월 25일 제406-2006-000210호
주소 서울시 마포구 월드컵북로 396 누리꿈스퀘어 비즈니스타워 18층
전화 02-6712-9800 **팩스** 02-6712-9810 **이메일** info@smpk.kr

ISBN 979-11-6534-884-7 (03810)

• 잘못된 책은 구입하신 서점에서 바꿔드립니다.
• 책값은 뒤표지에 있습니다.
• 팩토리나인은 (주)쌤앤파커스의 브랜드입니다.

쌤앤파커스(Sam&Parkers)는 독자 여러분의 책에 관한 아이디어와 원고 투고를 설레는 마음으로 기다리고 있습니다. 책으로 엮기를 원하는 아이디어가 있으신 분은 이메일 book@smpk.kr로 간단한 개요와 취지, 연락처 등을 보내주세요. 머뭇거리지 말고 문을 두드리세요. 길이 열립니다.